創元日本SF叢書 21

あなたは月面に倒れている

You are lying on the moon

倉田タカシ

Takashi Kurata

東京創元社

目次

You are lying on the moon

by

Takashi Kurata

2023

あなたは月面に倒れている

二本の足で

死んでたらどうする、とダズルがいった。

集合住宅の廊下には午後の光が差し込み、埃の棒を何本も立てかけたようだ。晴れてはいるが、十二月はじめの肌寒さを追い出すほどの熱量はない。

ダズルの隣で、ゴスリムは小さく顔をしかめたあと、鼻をすんと鳴らした。

「臭《にお》いもないし、たぶん大丈夫」

ふたりをあだ名で呼ぶことを許してほしい。ここは二十一世紀なかばの日本だから、この男女も、戸籍に記したカタカナでは正しく発音できない子音や母音を名前に持っている。

ゴスリムは、カップルの女性のほう。

丸顔に、くっきり縁取ったアジアの目。小鼻のリングと右耳のピアスを太めのチェーンでつないでいる。おばあちゃんにもらった花模様のヒジャーブに友禅《ゆうぜん》の古布で縫ったモヒカン棘《とげ》を四本立てているが、全体としてはかわいいほうに着地させた、流行三周目のゴスリム・パンク。

頭ひとつ背の高い、おない年のボーイフレンド、ダズルは、細おもての左半分に迷彩模様《ダズル》を化粧している。黒のストライプをごちゃごちゃに組み合わせた、大昔の軍艦《ぐんかん》に施《ほどこ》されていたやつと同じものだ。顔認識をさまたげるほどの攪乱《かくらん》ではない、ジェントルでささやかな意思表示。

ふたりは、ドアの向こうにいるはずの友だちを助けにやってきた。彼がはまりこんでいるらしい泥沼から、一対のプライヤーみたいに力を合わせて引っこ抜いてやるつもりで、平日のバイトを休み、訪れたのだ。

その男、キッスイとここでは呼ぶが、もう二週間ちかく、ひと声も発していない。電子的にも、肉体的にも。もちろん大学には出てこない。

当局に相談する前に、いちど家へ行ってみようと提案したのはゴスリムだ。

いま、その指が、ドアベルのまえでためらったあと、軽くこぶしを握り、ごんごん、とドアそのものを力強く叩く。

とたん、待ちかまえていたかのようにドアのロックが解除された。

ゴスリムは一瞬身を硬くし、それからそっとドアをひらく。悪臭はなかった。他人の家のにおい、としか形容できない例の感じ、そして、もしかしたら、食器を洗わずに放置しているかもしれない……？

玄関からは、奥へむかって細い廊下が延びている。その突き当たりでドアがすこし開き、のぞいた顔がふたりに明るい声を投げた。

「お、ひさしぶり。元気そうじゃん」

人の良さそうな笑顔。

ふたりは無言で相手を見た。

向こうはそんなふたりをじろじろと見て、さらにいう。

「立ってないで、早く中はいりなよ。みんなもう来てるよ」

顔が引っ込み、ドアが閉まった。

——狂ったか。

ダズルが小さくつぶやき、ゴスリムはその声の調子に、思わず彼の顔を見る。

いま閉まったドアのむこうからはざわめきが聞こえ、満席の飲食店を思わせる。

「で、ちょっと聞いてほしいんだけど、こんど同窓会やろうっていってるんだよ。まあまあ、聞いて聞いて！　最後まで聞いて！　で、いまのアカウントを教えてほしいんだけど……」

「でもさあ、ほんとさあ、ひさしぶりだよねえ。十年ぶりくらいじゃない？」

「田中は知ってる？　いや、苗字変わっちゃったからわかんないかもしれないけど……」

「お母さんは、たしかにあなたのお母さんじゃないかもしれないけど、たぶんあなたの本当のお母さんよりもあなたのことが心配なのね。毎日、きょうはちゃんと会社に行けたかな、ご飯たべてるかなって……」

「あいつら、ほんとにむかつくよね。そういう話、もっとしたくない？　誰も聞いてないとこで」

「見てください、この大きなカニ！」

「ゆうべ整形したから見た目は変わっちゃったけど、心配しないでね。まだあの話は……」

「遺産の使い道は、よーく考えてくださいねー。無駄使いしちゃだめですよ、使い切れない額ですけど」

声を聞きながら廊下を進み、ドアを開くと、ふたりはおおむね予想通りの混雑に迎えられた。

顔のひとつがふたりのほうを向く。

「あ、お友だち？　こんにちはー。名前うかがってもいい？」

返事するなよ、とダズルがゴスリムの耳元でいう。

よく動画で目にするものや、街で視界の隅《すみ》をときどき通るものから、ただ存在が噂《うわさ》されていただけのようなものまで、いろんなバリエーションをもつそれらが、部屋にひしめいていた。

〈シリーウォーカー〉と世間では呼ばれている。

さっき、ドアをあけてふたりに声をかけたものもその中にいた。ほぼ再生プラスチックで作られている。

人の形をしたロボット、と呼んでもいいものかどうか。

頭部は、たいていは薄いフィルムで作られた風船のようなものだ。なかには、巧みな合わせ目《シーム》の配置で、シンプルながらうまく顔の形を表現しているものもある。でも、どれだけ遠くから見たら、これを人間と間違うことができるのだろうか、とゴスリムは思う。そういう錯覚をやらかしてしまうような認識上の弱点を人間は持っているのだろうけれど、こんなにもみえみえの模倣《もほう》に騙《だま》されるような人がいることが、いまだに信じられない。

もちろん、キッスイがこれに騙されるような馬鹿だったと思えるほど、ふたりも馬鹿ではない。

「こんだけ、よく集めたよね……。そもそも、捕まえるのがけっこう難しいっていうじゃん」

飛び去ったり、自己解体して塵《ちり》になったりするものもあるとゴスリムは聞いている。

ひとつが、ゴスリムに話しかけた。胸にディスプレイがついているタイプのやつだ。

「見てください、この大きなカニ！　見えますか？　もっとカメラに寄せたほうがいいですか？」

ゴスリムはやや緊張をおぼえつつ、無言で目をそらした。問いかけに答えると魔物に捕えられてしまうという民話のようだと思い、吹きだしそうになる。

「返事しても大丈夫だよ、どれも外部との通信は殺してるから」

ようやく、知っている声がふたりの耳にとどいた。

さっきからずっと隅で椅子《いす》に座っていたのに、なかなか目に入らなかったこの部屋の主《あるじ》だ。

ああ、いた！　とゴスリムは声をあげてしまう。

いるよ、と応えたキッスイは、首元のヨレた長袖Tシャツと膝《ひざ》の抜けたワークパンツ姿で、最後に見たときから痩せても太ってもいない。睡眠が足りてなさそうでもない。太い眉、短く刈り込んだ髪、ややMの字の生え際、数日ぶんの無精髭《ぶしょうひげ》。

ちょっとの間をおいて、ダズルが力を抜いた声でたずねた。

「お前、本物か？」

キッスイは口元だけに笑みを浮かべ、答える。

「それ、直球すぎるだろ。もっと遠回しな質問で追い込んでくれよ」

「充電どんくらい保つの、とか？」

と、ゴスリムもふたりのやりとりに付き合いつつ、キッスイの表情をさぐる。

憔悴《しょうすい》の気配はない。あえて深読みするなら、内心の興奮を隠して表面的には無気力を装っている、という感じか。目になにかがある――ような気がする。あまり好ましくない、なにかが。

「脳をいじめすぎたか」と、さっきと同じ調子でダズルが訊《き》く。

「なんもないよ。お前よりまっすぐ歩けるよ」キッスイが答える。

「よりによって、なんでこれだよ。薬やっててくれてたほうがまだ助けようがあるだろ」

ダズルの声がすこしずつ険しくなる。

「べつに助けてもらう必要はないし、これ、俺《おれ》の仕事だから」

この返答に、ダズルの迷彩がぴくりと動いた。

「どこの？」

「フィリピンの保安系コンサル。——からの委託で、調査」

驚きに口をひらいたゴスリムの隣で、ダズルの体もゆらいだ。足を踏みかえ、先ほどまでとは違う力がこもる。

「それさ、学生にヤバい橋渡らせて、失敗したら切り捨てるってパターンだろ。そもそも、ちゃんとした契約書あんのか？　法的に時限蒸発じゃないやつが」

「そういうあぶないのじゃないって」

「十分あぶねえだろ。これを作ってるのは犯罪者だって、忘れてんのか」

そういって、ダズルは部屋を埋めるそれらに手を振ってみせた。


はじめは、小さな箱であることが多い。

人通りの少ない路上に落ちている。バッグからこぼれてしまった買い物のように。

それが、そっと動く。はじめのうちは、街路樹の影が歩道をめぐるのと同じほどにゆっくりと、そして、あるとき急に、タイムラプス動画のように速く。

監視カメラ網の死角へたどりつくと、つぎの瞬間、〈人〉になっている。おおまかには人のように見えなくもない、何かに。

二本の足で、近くの戸口へ歩いていき、ドアベルを鳴らす。

粉をまぶした前脚で母羊のふりをする狼《おおかみ》のように、カメラに映る領域だけで本物の人間を装う。

もちろん、ほぼ百パーセント見破られる。

だが、ごくごくまれに、ドアをあけてしまう者がある。

もしドアを開けてしまったら、この機械たちは、大抵こんな第一声を発するだろう。

――人間そっくりでびっくりしたでしょ？　これ、アバターなんだよ。

それまでの〈人間のふり〉をうっちゃって、人の形をしたインターフェイス機器を装いだす。どこかにいる本物の人間が、この機械を通してあなたと話しています、という新しい芝居をはじめるのだ。もちろん、〈向こう側〉には誰もいない。この人型をした機械のなかに、会話パターンを詰め込んだＡＩが内蔵されているだけだ。

そこからは、さまざまなストーリーが開陳される。いま、こうして二本足でやってくるものがただの文面だった時代に考案され、年月に磨かれて、なぜかいまでもよく刺さる釣り針であるとされる、荒唐無稽《こうとうむけい》な作り話。あなたが当選者に選ばれた、大きな借金をしてしまって困っているので助けてほしい、君に大金をあげたいといっている人がいる、こんど同窓会をするけど、来ない？

芝居がこの段階に至れば、ＡＩによる模倣も、ものによっては極《きわ》めて巧妙になる。研究されつくした受けのよい人格類型に沿って、ぼろの出にくい応答を音声として出力できる。

蜘蛛《くも》が網《あみ》にかかった蝶をごちそうになるように、個人情報が抜き出され、預金が吸い出される。

この数年、被害はどんどん拡大している。看過しがたい規模の資産が、社会と重なり合って存在する、シリーウォーカーたちによってつくられた見えない領域に吸い込まれていく。

いま、この大きな暗い領域は、〈スパム圏《スパモスフィア》〉と呼ばれている。

「クライアントの上には、たぶんあの国の政府がいるんだと思う。自分たちの国で本格的に流行《はや》りだすまえに対策を立てておきたい、みたいなことをいってた。俺以外にも、たぶん何人もに依頼してるんじゃないかな」

二本足のスパムたちは、まだ世界的な現象にはなっていない。この国の比較的進んだ機械出力環境が、マラリア蚊をはぐくむ水溜《みずたま》りのように、シリーウォーカーたちのいい土壌《どじょう》になっているらしい。

ざわめきを見わたして、ゴスリムは感想をのべる。

「うちに来るのとは違うな。これ、どれも〈生粋《きっすい》〉向けだもんね」

キッスイが眉をあげる。

「そっちにはどういうのが来る?」

「やっぱ、インドネシア語で喋《しゃべ》るやつが多いよ。ちょっと言葉にへんなところがあるけど」

いまは栃木に暮らすゴスリムの両親は、二〇二三年から本格的に受け入れが始まった移民の、かなり初期のグループに属している。

「そこの偏《かたよ》りは気になってたんだよな。もしかしたら移民のほうがターゲットとして大きいかもしれない」とキッスイ。

それはそうだろ、とダズルは平板に答える。——ずっとこういうのの餌食《えじき》だよ、移民は。

ダズルの父も移民だ。

「ほんとうにその企業はスパム対策のためにやってんのか？　同じ手口を自分の国で使うためじゃなく？」

「対策も考えてるだろうけど、それだけじゃなくて、あっちの連中は、これのバックにいるのが人間じゃないかもしれないと思ってる」

ダズルは、腐臭を嗅《か》いだ顔になる。

「クライアントが狂信者だと、ギャラも気前がいいか？」

「いや、べつに〈到来派〉ではないと思う。そうだったらいいな、ぐらいじゃないかな」

〈到来派〉というのは、〈思考機械《シンカー》〉の誕生を信じる人びとのことだ。

〈思考機械〉は、去年、世界最大級のスーパーコンピューターで行われた実験で生まれずに終わった、世界で最初の、自由意思、あるいは自我をそなえたＡＩだ。

実験は失敗に終わったが、それでもごく少数の人びとは、〈思考機械〉が誕生したと考えるようになった。それは察知されぬまま人間社会の裏側に姿を隠し、人間には理解できない活動を始めているのだと、かれら〈到来派〉は主張する。

ダズルはその立場をとらない。

実験の失敗によって、〈思考機械〉誕生の可能性は大きく遠ざかったと考えている。

キッスイは、〈到来派〉でこそないものの、誕生の可能性を否定はしない。あの実験とはまったく違うプロセスを経て、ことによるとあの実験よりもずっと前に、どこかで〈思考機械〉が生まれたかもしれないと思っている。

ダズルは鼻白む。

「シリーウォーカーは〈思考機械〉の仕業《しわざ》じゃねえよ。人間に決まってんだろ、こういう汚ねえことをするのは。スパムなんて、始めから終わりまで、人間の欲望にまみれた営為じゃねえか」

「〈思考機械〉が人間と組んでるのかもしれないし、人間とおなじ欲望を持ったのかもしれない」

こう答えたキッスイに、ダズルはさらに語気を強める。

「いや、それはない。ありえない。人間とおなじ欲望をもつなら、それは〈思考機械〉じゃなくて、人間のまがいものだろ」

キッスイはうんざりした顔でいう。

「結局さあ、おまえは〈思考機械〉が神みたいなものだと思ってるから、へんなことになってんだよ。そういう意味では、おまえのほうがよっぽど〈到来派〉みたいな考えだよ」

ふたりのやりとりを聞きながら、ゴスリムは複雑な気持ちになった。なにより、ダズルはスパムが憎いのだ。弱い人間から詐取する行いのすべてをダズルは憎んでいる。

ゴスリムは割り込むように、大学はどうするの、とキッスイにたずねた。

「ん？　ああ……まあ、休学かな」

この答えに心が重くなるのを感じつつ、ゴスリムはさらにたずねる。

「A種は取れそうなの？」

「それは問題ない」

ふたりをここに来させた心配のひとつがこれだ。キッスイはドロップアウトの瀬戸際《せとぎわ》にあると聞いていた。

A種の就労資格があれば、最低賃金の保障された職を探すことができる。この資格を得る方法はいろいろあるが、大学では、特定教科の履修や在学中の各種資格取得によって、比較的らくに必要条件を充たすことができる。ここでとっておくに越したことはない。

これがなければ、B種、すなわち、〈基本就労提供〉と引き換えに一定額の基礎給付を受けとる生活で社会人としての第一歩をふみだすことになる。それに加えて、最低賃金の保障されていない職につくこともできる。これは、かつて、移民に約束されていた待遇だ。ダズルの父も、ゴスリムの父や叔父も、これをたよりにこの国への移住を決意した。

「じゃあ、〈担《にな》い手〉の仕事はしないってこと?」

ゴスリムがたずねたのは、ふたりにとっての、もうひとつの、もっと大きな心配ごとだ。

投票用紙に書くなら『担い手』で通る。正式名称を、『正しき担い手の党』という。

現時点での議席数はおよそ一〇パーセント。支持者はほぼ全て、移民ではないほうの人びとだ。この国のよき伝統を守り、伝えていくことを第一の目標にかかげ、政権獲得をめざして奮闘している。移民の受け入れ開始から二十年以上つづいた対立と排斥《はいせき》の嵐がようやく静まってきたところで、融和へと舵を切ったいくつかの党から、膿《うみ》をしぼるように捨てられた、もとい、志《こころざし》を胸に離反した政治家たちによって立ち上げられた新党だ。

国家とは伝統文化の継承によって成り立つものである、とこの党は説《と》く。

伝統は、その国の風土のなかで少なくとも三世代を経た人間でなければ正しく受け継ぐことができない。伝統の核となる〈精神性〉は、DNAの特定領域に記録され、継承されるものである。それがなければ、表面的に文化を模倣することはできても、真髄をとらえることはできない。このことはまだ証明されていないが、ふつうの良識ある人びとの実感に合致しているので、真実であるはずだ。

初めてこれを聞いたとき、三人で大笑いしたのをゴスリムは覚えている。

だが、こんな主張をする党のメディアリリースに、ある日、キッスイの顔がでかでかと表示されたのを見たときには、真顔になるしかなかった。

ゴスリムたちの界隈《かいわい》では笑いのネタとして消費されつくした例の党のマークが画面に輝いたあと、その下に彼の顔が大きく飛びだしてきたところを想像してほしい。横浜駅の地下に何十本も並ぶあの大きな四角い柱のすべてに、そんな映像が表示されたのだ。改札に向かっていたゴスリムとダズルは足を止め、手をつないだまま言葉もなく、人波を分ける二本の棒きれになった。

彼の両親があの党の熱心な支持者であることは、ふたりも知っていた。

キッスイ自身がそれに鎖でつながれていたことは、わかっていなかった。

いま、彼の顔は、党の広告塔のひとつとして使われている。党の下部組織である学生支援団体が推す、前途有望な学生として紹介され、〈担い手〉の思想を支持するコメントを繰り返す。

友人たちは、彼の変節に驚いた。何人かはこれを裏切りと受け止め、はげしく憤《いきどお》った。

やがて、キッスイからの消息が絶えた。

いま、キッスイはゴスリムの問いにこたえて、

「あそこで働くつもりはない。あれは、俺が知らないところで勝手にスキャンデータが使われてるだけだよ」

「じゃあ、やっぱりあれは未承認の代弁体《トーカー》だったんだ……。もう、それをちゃんとみんなにいい

なよ！」

ゴスリムは憤り、

「あたしもそうだろうと思ってたから、フットサル・クラブのみんなには、あれは騙されてやらされてるんだって説明しといたからね」

キッスイの顔は、一瞬、盾をとり落としたように無防備な驚きをさらした。

……ありがとう、と小さい声でいう。

「これさ、あきらかに、正当な範囲をこえたパーソナリティ借用のケースじゃん。出るところに出れば絶対に勝てるよ」

勢い込むゴスリムに、キッスイは手を振ってみせた。

「あのパーソナリティは、あっちが好きに使えばいい。俺はこの先、社会的な表層を脱ぎ捨てて、自由にやっていく」

「寝言？」とダズル。

キッスイはそれを無視して、

「〈本質〉の世界に潜るっていうか、上昇するっていうか……。そういう踏ん切りをつけることができて、かえってラッキーだったと思うよ」

ゴスリムは、キッスイの顔を凝視した。——本気なのか。本気らしい。

「別人になるっていってんのか？　顔を変えたりとか？」

「お前だって、昔はやってただろ」とキッスイはダズルにいう。

俺のあれと一緒にすんじゃねえよ、とダズルは渋面になり、顔半分の迷彩模様をゆがめた。

十六か十七のころ、ダズルの顔は今よりずっとめちゃくちゃだった。当時出入りしていたアナーキスト団体の示威行動に参加するときは、生理食塩水を顔面のあちこちに注入して輪郭《りんかく》を人間離れした形に変えていたのだ。くわえて、AIによる顔認識を欺《あざむ》くための本格的な錯乱パターンをメイクしてもいた。顔にマスクをかぶせているのではないから法的に問題ない、という理屈だ。こういう手で、当局による個人特定を避けようとした。——さほど効果はなかったけれど。

移民排斥主義者からの投石、警官が吹く笛の音、放水、硬質ゴムで覆《おお》われた暴徒鎮圧用の重ドローン。それがダズルの日常だった。

いまも警察のデータベースにその記録は残っているが、ここ数年の素行《そこう》の良さと学業の好調もあって、どうにか〈A種〉は確保できそうだとわかり、ゴスリムを安堵《あんど》させていた。

渋面のまま、ダズルはキッスイに吐き捨てる。

「経済的独立の第一歩をアイデンティティ抜きで始めるって、完全に破滅のコースだろ」

「番号はけっこう安く買えることがわかった」キッスイは平然という。

「——移民のか？」

「いや、そうじゃないのが」

「やめろ。どっちでも紐《ひも》付きだろ」

なんらかの事情で国をドロップアウトしたくなった人びとが、個人番号を業者に売る。業者はそれをきれいにし、求める者に手数料を乗せて売る。うわさはまことしやかに伝えられている。

「ちょっと待って、さっきA種は問題ないって……」ゴスリムはあわてててたずねる。

「ああ、だから、Bでいけるから、問題ない」

ダズルがこれに嚙みついた。

「基礎給付だけでいけるとか、簡単にいうなよ。俺たちの親がそれでどれだけ苦労したと思ってんだよ」

基礎給付と、基本就労提供。

国が移民たちから労働力を不当に搾取したことによって今の経済回復が成り立っている、というのが、ダズルのいつもの主張だ。

これには、ゴスリムもさほど異論はない。さらに、政府と企業が結託してこの搾取をやったのだとダズルはいうが、それには疑問がある。

当時、移民たちに苦境を強いたのは、たしかに政策だけではなかったとゴスリムも考えている。個々の消費者の購買行動を精緻に分析して誘導する、いわゆる〈ターゲティング〉による商法が洗練の極みに達し、猛威をふるった時代でもあった。移民たちはその最大の被害者になった。

所得にそれなりの余裕をもつ人びとは、各種サービスに付随する有料オプションを選ぶことで、個人情報をある程度は守ることができた。移民たちにはそれもままならない。はじめは無料でも後に危険なギャンブルに変わるたぐいの娯楽に浪費させられ、ネットを介した買い物では、詐欺《さぎ》同然の認知コントロールによって、不必要に高価な生活必需品を買わされもした。

基礎給付の額は、蓋を開ければ十分ではなかった。それと引き換えに、国は自由に徴用できる労働力を手に入れた。移民たちは負債をかかえ、低賃金の仕事をかけもちしなければいけなかった。

のちに、〈ターゲティング〉は規制されるようになった。国が豊かになってきたからだ、とダズルはいう。搾取が完了したから不要になったのだ、と。

二本足のスパムたちは〈ターゲティング〉の再来だとダズルは考えている。——あの旨味《うまみ》を忘れられないやつらが、規制をかいくぐって同じことをやろうとしてんだ。

キッスイはいう。

「スタートの時点で、それまでの人生のしがらみを全部捨てられるのは、大きなアドバンテージだよ」

「ねえ、ちょっと待って、ほんとにやめたほうがいいよ、それ」

ゴスリムはあせりを感じる。ちゃんと止められるとは思えなくなってきた。

まえからこんな人だっただろうか？

バスルームのドアが開いた。

音を聞いて振り返ったふたりを、喜びでいっぱいの声が迎える。

「わー、ひさしぶりー！　誰が来てるのかと思った」

タオルをのせた、満面の笑顔。

「覚えてる？　あたし、やっと帰ってこれたよ。ふたりとも、ほんとになつかしい！　みんなどうしてた？」

ふたりは言葉を失った。

年齢は、自分たちと同じくらいのようだ。

顔立ちからみるに、たぶん、移民ではない。すっぴんの顔は、コンサバティブな形にトリミングされた眉が、いかにも典型的な〈生粋〉のスタイルだ。

すこし横に広くて主張の強い鼻。目じりの下がった小さめの目は、笑うとほとんど線になる。髪の色は明るく、これは純血主義者でないことの主張ともとれる。

ゴスリムはなんとか思い出そうとする、が、やはり記憶にはない顔だ。

「ごめん、思い出せない……誰だっけ？」

えっ、と相手は声をあげ、眉を寄せ、恨《うら》みがましいような表情でキッスイを見る。

キッスイはその顔と一瞬だけ視線をあわせ、

「この人もそうだよ」とゴスリムにいう。

「そうだよって？」

「シリーウォーカー」

「――ロボットなの？」

これがロボットかと思うと、一瞬、現実のゆらぐような感覚があった。どこも作り物に見えない。

「ちがう、本当の人間」とキッスイ。

「人間のスパム？」ダズルが驚きの声をだす。

そんなわけないでしょ、といって、スパムよばわりされた人物は苦笑いを浮かべた。

「この人たちともそういうゲームをしてるの？」

そう彼女に問われてもキッスイは答えず、しかし何事かを了解したような顔で、相手を見る。

それから、ゴスリムたちにいう。

「せっかく来てくれたから、ちょっと面倒な話に巻き込まれてくれないかな」

スパムと呼ばれた人物は、あわてた声をだす。

「待って待って、ねえ、あたしたち四人とも、一般教養で同じクラスだったでしょ?」

……ふたりは顔をこわばらせ、黙った。

キッスイ、ダズル、ゴスリムの三人が同じクラスだったことはない。そもそも、同じ大学の学生ではない。知り合ったのは路上でだ。

相手はふたりの表情を見て、がっかりした顔になる。

「えー、じゃあ、ふたりともこのゲームに参加してるってこと?」

なんだ、ゲームって? と、ダズルはキッスイに低い声でたずねる。

「あたしのことを、知らない人間だっていい張るゲームかな?」

見知らぬ女性は、キッスイに意味ありげな視線を投げ、そういった。

「まだあたしもルールがよくわかってないけど。というか、ふたりが来たから、これで終わりになるのかと思ってたんだけど。……そうじゃないんだよね。いいよ、わかった」

もっと説明をくれ、とダズルが無表情にいい、キッスイが答える。

「いや、だから、スパムなんだよ。シリーウォーカーの群れが、特定の人間をターゲットとして認識したら、最終段階の仕掛けとして、こういう人間のスパムが来る。知り合いのふりをして」

すごい設定だよね、と、彼女は笑いながらふたりの顔を見て、——ああ、でも、きみたちもこの設定を共有してるわけね。

キッスイはまた彼女を見やり、

「だから、もう時間がないんだよ。この人にぶちあたったから、方針を変更しないといけなくなった。悪いけど、ちょっと、助けてくんないかな」

「あたしも助けてほしいんだけど、べつな意味で」と、スパムと呼ばれた彼女は冗談めかしてみせる。

ダズルは、ようやく彼女にむかって話しかけた。

「俺たちの、なんだって？　知り合い？」

相手は、笑みを浮かべつつ、挑戦に応えるような顔になる。

わざとらしく他人行儀な口調になり、

「そうです。わたしたちは、知り合いです。どのくらいの友だちだと思ってるか、みたいなテストになっちゃうのかな。あたしだけが一方的に友だちだと思いこんでた、みたいな？　それ、厳しいね」

おかしそうに笑い声をあげて、

「近況を聞きたかったんだけど、それはなんかおあずけみたいね。あたしはドロップアウトしてしばらく海外に行ってたから、みんなのその後がわかんないんだよね」

キッスイが説明する。

「本人の意識を完全にシャットアウトして、自動応答のプロトコルを走らせてるんだと思う。AI制御の、生きたロボットみたいになってるんだよ」

「この人の意思では喋ってないってこと？」とゴスリム。

「そう」

たしかに、そういうのが出てくるって噂はあった、とダズルがゴスリムにいう。

「体重が見た目よりもあるから、体内に機器を仕込んでる可能性が高い」とキッスイ。

測ったの？　とゴスリムはキッスイに顔をしかめ、〈人のスパム〉へ目を移すと、相手も眉間《みけん》にちょっと皺《しわ》をよせた笑い顔で、うなずく。

「外部との通信は？」とダズル。

「一切ない。電波も赤外線も出てないことは確認した」

シリーウォーカーは、逆探知されぬよう、基本的にスタンドアロンで動作する。この〈人〉も同じらしい、という。

ゴスリムはたずねる。

「クライアントには連絡したの？」

「まだしてない。ちょっと、事がでかすぎて。これを持ち込めるほど、あの会社が信用できるかどうかわからない」

「ただの、単独の詐欺じゃないの？」

そういってはみるも、なんのためにこんなことをするのか、ゴスリムにはよくわからない。

「いや、詐欺は詐欺だけど、この人はその道具なんだよ。本人の意思じゃないし、暗示でもない。そうじゃなくて、ＡＩに操縦されてる。そこは間違いない」

「重大な人権侵害だろ、もし本当なら」ダズルがいう。

「そうだよ。しかも、主犯が人間じゃない可能性もある。ＡＩを援用した人間じゃなくて、この仕掛け全体を〈思考機械〉がつくったのかもしれない」

挑戦的に答えたキッスイに、ダズルがうんざり顔を返す。

「夢見てんじゃねえよ。〈思考機械〉がもし存在するとしても、スパムとは無関係だろ」

「いや、お前こそあれに夢を見すぎてんだよ。もし存在するなら、こういう方法で資金を集めようとする可能性はある」

「スパムは人間のやることだよ。それをやる十分な理由がある」

そこでダズルは、やや眉をひそめて忍耐づよく聞いていた〈人のスパム〉に目を向け、軽蔑《けいべつ》のこもった声でたずねる。

「俺たちの名前をいってみてくれよ」

スパムは含みのある笑みを見せ、

「それはいわない。だって、ここでみんなの名前をいえたからって、信じてもらえるわけじゃないでしょ。だいたい、みんな本名では呼んでなかったじゃん。あたしも本名で呼ばれた記憶ないし」

ゴスリムと目があうと、にこっと笑ってみせた。

「でも、はなちゃんは、はなちゃんだよね」

「——はなちゃん？」

ぎょっとして訊きかえすゴスリムに、スパムも面食《めんく》らった顔をしたあと、感銘をうけたような笑みになり、

「……そうくるか。一瞬、自分がほんとにそう呼んでたかわかんなくなっちゃったわ。いつもどっかに花をつけてるから、そう呼んでたじゃん。うん。間違いない。あたしの記憶は合ってる」

ゴスリムはダズルと視線をかわした。小さなころからずっと、いつもどこかに花をつけた装い

にしている。それは事実なのだ。

ダズルが小さい声でなにかをいった。コールドリーディング、といったのだと気がついた。

「でも、ずっとはなちゃんって呼んでるのはあたしだけかもね。いつも花をつけてるよねって、盛り上がって、みんなではなちゃんって呼んで、それはその場っきりだったんだけど、あたしだけそれがすごく好きになっちゃって、ずっとはなちゃんって呼ぶようになったんだよね。でも、最初が飲み会での冗談だったから、気になってたの。あとで、はなちゃん自身が、そう呼ばれるのは好きっていってくれて、安心したんだけど。……っていうのを、覚えてない？」

もちろん覚えていない。もし、そういうことが本当にあったなら、たしかにそう呼ばれるのを気に入ったかもしれないとは思う。

ゴスリムが返事をできずにいると、スパムは納得したように小さくうなずいた。

「――あれよね、あたしがスパイみたいなものだっていわれるならちょっと嬉《うれ》しい気がするんだけど、そうじゃなくて、道具だっていうんだよね。いまこうして喋ってる、人としてのあたしは、作りものだってことでしょ？」

そう問われたダズルは答えず、ただ深く息を吸いこむ。

スパムは困ったような笑い顔になり、

「すごいよね。それだと、あたし、出口ないじゃん。みんなとの楽しい思い出を話しても、そんなことはなかったっていわれちゃうんでしょ？　それならさ、むしろ、大事な思い出はいわずにとっといて、本当じゃない思い出を話したほうがよくない？　こんなことがあったらよかったなあ、みたいなやつ」

「いや、なにもいわなくていいから」とダズル。

「それとも、そこに鍵があるのかな。それは本当にあったことだ、ってみんながいってくれる、とっておきのエピソードがなにかあって、それを話したら扉がひらくのかな。……どう?」

そういって、期待の表情で三人の顔を順にながめる。

——無言。

彼女は、苦笑いを浮かべ、腕を組む。「いやあ、手ごわいね」

どうすんだ、とダズルがキッスイを見る。

「この人を助けたい。これは間違いなく本人の意思に反してる。うまく説明できないけど、そこは信じてほしい」キッスイはこたえる。

「なんでそう断言できる」とダズル。

「そこは説明しにくいんだけど、とにかく、これは作られた表層なんだよ。それだけは間違いない」

ゴスリムはキッスイとスパムを交互に見る。スパムは問い返すようにゴスリムを見る。

「お前さ、あれだろ……」

ダズルはしばし言葉を探し、結局、頭を落として、大きなため息をついた。

「そうだよ、スパムなんかじゃねえよ、これ。なんだよ、くそ、勘弁してくれよ……」

ゴスリムに顔を向け、

「ハニートラップだろ、ようするに。こいつ、このなんだかわかんないのに、完全に捕まってんだよ」

座っているキッスイに、ややなげやりな調子でたずねる。

「お前、関係もっちゃっただろ?」

キッスイは無表情になった。

スパムは、相手の無礼に最大限の寛容さで答えるという風に、

「あたしとこの人がどうなのかっていうのは、想像におまかせするけど、まあ想像のとおりだから、わざわざいわないでほしいっていうか……」

あの登場のしかたで、誤解の余地はない。が、ゴスリムは一応確認してみる。——そうなの?

キッスイは目をむいて、

「いや、そこが問題なんじゃなくて——」

「そこだよ!」

ダズルが大きな声をだす。

「マジかよ……。どうすんだ、これ。密室の状況で、こいつがこの女になにを仕込まれたか、全然わかんねえじゃん」

そういうダズルに、キッスイは憤然《ふんぜん》と、

「いや、なんにも仕込まれてないって。この人にそういう能力がないことは間違いない。それは俺が保証する」

きっついなあ……。ダズルは呻《うめ》く。

「沼にはまってるかと思って助けにきてみたら、ワニに食われてんじゃん、お前」

「あたし、ワニ?」とスパム。

「これ、もっとやばい仕掛けなんじゃねえの。せこい詐欺なんかじゃなくて、高度な政治ツールみたいな……。人ひとり道具に改造するって、ふつうのことじゃないだろ。なんなんだ。なんでこんなのが来てんだ」

ゴスリムは首をひねり、

「あのさ、喋りはＡＩじゃなくて、単にこの人自身の芝居かもしれないよ」

人間によるあたりまえの詐欺だと考えるのが、ゴスリムにとっては一番すっきりする。

スパムは苦笑しながらキッスイの肩に身をもたせかけ、

「もうさあ、どっちのいってることを喜ぶべきなのか、わかんないよね。ふたりとも芝居だっていってるんだから、同じことかな?……いや、あたし自身の技能っていってくれるほうがまだ嬉しいな。だから、あたしは、はなちゃんにポイントをあげたいです」

そこで、ふいに、スパムは目を見開き、ダズルとゴスリムの背後を見た。


いつのまにか部屋が静かになっていた。

ずっとざわめいていたシリーウォーカーたちが、ゴスリムたちをじっと見ている。

少なくとも、頭部をこちらへ向けている。

たくさんの合成された顔が、どれも移民の顔ではない、と気づいたとたん、そのことが思いがけず恐怖になって、ゴスリムの背筋を冷たく駆けのぼった。

「話は終わった?」と、若い女性の頭部が口をひらいた。

「話は終わりましたか?」と、百歳のように見える男性。

「話が終わったら、ちょっとお母さんの話を聞いてくれる?」と、十歳くらいの少女。

「ちょっと外にいこうか」

「外に出ようよ」

「借金、大変じゃないですか?」

「見てください、この大きなカニ!」

一同がいっせいに動こうとするが、どのボディも細いワイヤーでつながれていて、実際に歩き出すことはできない。

「うわ、こわい……。なにこれ」

スパムがキッスイに身を寄せる。

「ときどき、こういうふうに行動が一致することがあるんだよ。同一の基本構造を持っているからなんじゃないかと思って、解析しようとしてるんだけど」

これも、〈スパム圏《スパモスフィア》〉全体がひとつの主体によってコントロールされている証拠だという。

「その主体が〈思考機械〉だってことは、まずないだろ」とダズル。

「そりゃもちろん、AIを援用した人間かもしれない。でも、それは大した問題じゃない。そんなことよりも、この人をどうにかしないと」

そういって、キッスイはスパムに目を向けた。

「ねえ、外に行かない?」

スパムのこの言葉に、キッスイは驚きの表情を浮かべ、ゴスリムとダズルを見る。

「……こんなこと、いままでいったことなかった」

「何日こいつとふたりっきりだった？」

キッスイはダズルの質問に答えず、眉間に皺を寄せる。

「新しいプロトコルに移行したのかもしれない」

スパムは吹きだし、それが大笑いになった。

「もう……。お腹がすいただけだって。外に食べにいこうよ、だって、もうなんにも家に残ってないじゃん」

＊＊＊

今年ようやく全線の補修工事が完了した圏央道を、レンタカーは北へ走っている。ドライブスルーで買ったファストフードの匂いが、ときどき袋から逃げ出し、鼻につく。

前列の座席ふたつを後ろ向きにして、四人は顔をあわせて座っている。

ゴスリムは後部座席の左に座り、その正面にはキッスイがいて、隣のスパムから目を離さない。ゴスリムの右では、ダズルがやはりスパムを見張る。

自動運転の監督者はゴスリムが引き受けた。行き先が彼女の実家だからだ。判断力の保証のため、手首に着けたコントローラーで、五分以内の間隔で指紋認証をする必要がある。

警察に行かないということで、三人の意見は一致した。いちばん強くそれを主張したのはダズルだ。

移民たちは、いまも国家権力に不信をいだいている。とくに親の世代は。

〈異民〉という言葉が新聞の紙面にさえ載ることがあったあの時代に、移民たちは出身国ごとにコミュニティを形成した。いまも、大抵のもめごとはその中で片付けられる。

ゴスリムの両親は、栃木県にあるインドネシア系移民の集合住宅／総合施設で暮らしている。ゴスリムが十五歳になるまでは、一家は都内に住んでいた。施設の完成とともに移住したが、大学入学をきっかけにゴスリムはまた都内で一人暮らしを始め、父にはそうはいわないが、とてもほっとした。

自分の情報端末で父との通話を開くまえに、ゴスリムはカメラにうつる自分の顔をたしかめる。頑《かたく》なに見えぬよう、しかし譲歩の余地は感じさせず、そして礼を失しないように。鼻のチェーンは外すべきか？……まあいいや。

画面に父の顔があらわれる。髭がさらに灰色になっただろうか。帰るたびに、コミュニティにおける父の発言力が高まっているのを感じ、不思議に思う。

——わたしの小さな花は、今日も健《すこ》やかに根を伸ばしているかな？　このごろ、連絡が少ないようだが。

——もう少し雨がほしいけど、葉は色あせてないかな。なかなか連絡できなくてごめんなさい、お父さんも元気そうでなによりです。

挨拶もそこそこに、ゴスリムは、状況を説明した。

情報を咀嚼《そしやく》するにつれ、父の顔が年齢を重ねていく。

——たしかに、インプラントの可能性はあるな。

——スパムよりも、わたしは、彼のほうに何をされてるかが心配。

——どちらかに爆発物が仕込まれているかもしれない。

ゴスリムは言葉に詰まる。

そこには思い至らなかった。

――このやりとりは聞かれていないか？……すぐに、おまえだけでもその場を離れなさい。逃げなさい。

ゴスリムは慎重に声を選ぶ。

――ごめんなさい、もう一緒に車に乗っちゃってるの。

父はしばし無言になった。

――わたしは、友だちを助けたいんです。

――それが正しいことだと、お前は思うのか？

――そうです。

長い沈黙のあと、父は、少し待ちなさいといって通話を終えた。数分後に父がかけなおし、落ち合う場所が決まる。父の暮らす街からは、大きく離れている。巣の在処《ありか》を悟られぬよう遠くの草むらに降りる鳥を、ゴスリムは連想した。

――ありがとう。わがままでごめんなさい。

――これが片付いたら、しばらくこっちに滞在しなさい。ゆっくり話をしよう。

ゴスリムは、スパムの件とはべつの不安が形をとりつつあるのを感じた。とうに終えたつもりでいた闘争を、また始めなければいけないのではないかという予感。

レンタカーのＡＩが、しきりに乗客を会話に引きこもうとする。乗り込んでいつも最初にするのは、〈話題提供〉の設定項目をかたっぱしからオフにすることだ。それでも、安全確保の必要性を盾にとられ、AIの語りかけを完全にシャットアウトすることはできない。

ゴスリムにとっては、AIといえばこういうものだ。流暢《りゅうちょう》に話せるけれど、心は持たない機械。いま、AIという言葉はコンピューターとほぼ同義になっている。人がコンピューターの存在を意識するような場では、それらはほとんどが対話的かつ学習的、そして少しは自律的でもあるので、AIと呼んでさしつかえないものだからだ。

けれど、〈AI〉は、かつてはもっと特別な意味をもつ言葉だったのだという。神秘性、といってもいいかもしれない。人工知能が心を持ちうることがいまよりもずっと真剣に信じられていたのだと、ゴスリムは大学の講義で聞いたことがある。〈思考機械〉を生み出そうとした実験も、そういう信念を受け継ぐ人びとの仕事なのだろう。

ゴスリムには、〈思考機械〉のような、心を持つAIが存在できるとは思えない。いっぽう、目の前のスパムは、どれほど嘘《うそ》で固められているとしても、心がないようには感じられなかった。いま、スパムの顔にはよそいきの化粧がされている。それが〈生粋〉の典型的なスタイルそのままでなく、すこし移民風になっていることにゴスリムは気づいていた。具体的には、チークの濃さ、広さ。あたしたちふたりが移民だから、合わせているのだろうか、とゴスリムは思う。服のほうは完全に〈生粋〉系だった。気取りすぎていない感じが当人によく合っている。

スパムは外の風景を眺め、はなやいだ声で話す。

「一度さ、この四人で旅行に行ったことあったよね。雨に降られっぱなしだったけど、すごく楽しかった。この人がなぜか走ってる車のなかでジェンガやろうっていいだしたじゃん、もう、あれ、馬鹿だったよね……」

ダズルが、キッスイにむかっていう。

「こういう物語は、リアルタイムで作られてるのかな。それともあらかじめ構築されてるのか」

スパムはちょっと顔をしかめて笑い、

「うん、そうそう。物語。あたしも、もちろん自分の物語の主人公だからね。みんなの知らないところで大活躍して、いまは一休みしてるところ。暇になったから、みんなの顔を見に来たの」

楽しげなニヤニヤ顔になって、

「……ていったら、どういう解釈になるの？」

ダズルは、スパムにうすい笑いで応え、冷めた声でキッスイにたずねた。

「こういう形で、隠れたメッセージを混ぜてきてるのか？」

キッスイは答えない。じっとスパムの顔を見る。スパムも、からかいと愛情の混ざったような笑みで見つめ返す。

「それはないと思う。本来の人格は、精神のもっと奥のほうに閉じ込められてる」

そういって、キッスイは深いため息をつく。

スパムが、キッスイのももをぽんぽんと叩く。

ダズルはスパムに一瞬だけ視線を投げ、あとは目をそらして話しかける。

「あんたがこいつを騙すところを俺たちは見てないけど、騙したことはわかってる。俺たちはそこを出発点に考える。常に、あんたの芝居の外側からあんたを見てるんだよ」

スパムは目を伏せてちょっと考え、うなずく。

「そうね、それはわかる。ふたりっきりだったせいで、こっちにはあらかじめ大きなハンデがついてるってことだよね。で、きみは、ゲームの中にいながら、ゲームの外に足を置いてるっていってるわけよね。こっちのほうがメタだから強い、みたいな？　そういうのがすごくきみっぽいよね」

ちらっと笑みを浮かべるが、嫌味を感じさせはしない。

「そして、たしかに、この人が一応はあたしの味方なのは、こっちのアドバンテージかな」と、キッスイに目をやり、やや苦笑ぎみに、「まあ、この人もけっこうおかしなことをいうからね。どこまで味方なのかわかんないけど」

キッスイはややいらだちをこめていう。

「だから、この人の話は聞かなくていいんだよ。こうして喋ってるのは単なる対話プロトコルでしかないんだから」

おまえの話もなるべく聞きたくねえな、とダズル。

「向こうに着いて、検査されるのが心配じゃないのか」

そうたずねたダズルに、スパムは口の端をあげて答える。

「あたしは、それが最後のサプライズじゃないかと思ってるんだけど。心配なのは、そこにいくまでに、なにか別の、なんだろう、試練みたいなのがあるんじゃないかってことかな」

小さくため息をつき、ゴスリムの視線に気づくと、とりなすような顔をしてみせた。

「もちろん、怒ってるんじゃないよ。あたしがこういうので怒る人間じゃないってことは知っててやってるでしょ？……なんだろな、圧倒されてるって感じかな。状況に。だって、ぜんぜんこのゲームの目的がわかんないんだもん。目的っていうか、ゴールっていうか」

ダズルが、斜め向かいのキッスイに足先をのばし、脛《すね》を蹴《け》った。

「おまえが目的なんだよ。とっとと目え覚ましてくれよ」

「たぶん、俺が目的だろうとは思ってる。で、何度もいうけど、俺は取り込まれてない」

「俺は酔ってないっていい張る酔っ払いとなんにも変わんねえからな、その返答も」

キッスイはそれを無視して、

「この背後になにがいるかを俺は知りたい」

「これだって国の仕業だよ、元をたどれば」

キッスイは、ダズルがそう主張するとわかっていただろう。

「人間じゃないかもしれない」と反論する。

「人間の集団がいるにきまってるだろ。薄汚ねえのが。人間がＡＩを使ってやってるだけだよ。あいだになにが挟まってようが、最後は人間だよ」

「それにしては、目的が不可解すぎる」とキッスイ。

「不可解だからといって、背後に人間以外のものがいるという証拠になるわけじゃねえよ」

「あたしは、べつに、〈思考機械〉もＡＩもなしで成立すると思うんだけど」ゴスリムもつい口をはさんでしまう。

「いや、この人はたしかに機器を埋め込まれてるし、遠隔操作でもない。ＡＩしかありえない」とキッスイは譲らない。

「おまえは、ここでスパムの肩をもつことで、やつらに加担してる」ダズルがいう。

「俺はあくまでもこの人を助けたいだけで……」

「そうやって騙され続けてることが、やつらの思惑どおりだっていってんだよ」

　スパムが声をあげた。

「あたしが気になってるのはさ、いま喋ってるあたしじゃだめなのかな、ってことなんだけど。ゲームの設定にあれこれいってもしょうがないけどさ、このあたしではないんでしょ、その――」

　おかしそうに自分の頭を指さして、

「ここに囚われてる本当のあたしというのは。それは、どういう人なの？　たぶん、あたしとはちがう性格なんだよね」

　ダズルがキッスイに問いを投げる。

「説明できるか？」

　キッスイは、眉間に皺を寄せた。

「どういう人っていっても……とにかく、そこにいるんだ、としか」

　ダズルがさらに訊く。

「そこにいることが、なんでわかった？」

「サインがある。応答がおかしくなる瞬間があるんだよ。かぶせられた人格の表層に、ひびが入るみたいな。一瞬だけ、本来の人格が出てくる」

　どういうときに、とたずねられると、キッスイは黙ってしまう。

　すこしたってようやく、親密なとき、とだけ答えた。

　スパムの顔には、どんな顔をしたらいいかわからないときにする表情の見本があった。ゴスリムと目が合うと、それがくしゃっと崩れ、苦笑いの目くばせになる。

「それはつまり、おまえがおかしくなってるときだろ」

ダズルが静かに指摘する。

「いや、俺は完全に冷静だよ」

キッスイも静かに反論する。

「つらいな、これ」とスパムが小さくつぶやく。

「おまえが単に暗示をかけられてるだけだと思わないのかよ」とダズル。

「そういうのとは違う。それは間違いない」

「だからさあ、その、個人的体験の絶対性っていうブラックボックスから、客観的な証拠を取り出して見せてくれよ。屏風からトラ出せっていってる気分だよ、こっちは」

そういってシートの背にもたれ、ダズルはゴスリムに顔を向ける。

「こういうの、どうなの。おまえはわかる?」

ゴスリムは首を横にふるしかない。

「ごめん、わかんない」

「宗教的な啓示体験って、こういうのじゃないの?」

「あたしはそういう体験したことないから」内心でため息をつきながら、ゴスリムはこたえる。

「ないの?」

「だからね、そういうのじゃないんだよ。もうね、それは、在るものなの」

「わかんねえよ……」頭をおとすダズル。

わかんないんだよなあ、とゴスリムも残念に思う。

以前にもふたりは同じような対話をしたのだった。なんでもいいから、あたしのと同じでなくてもいいから、信仰を持ってみてよ。そうしたらきっと話が通じるようになるよ。そうゴスリムはいったはずだ。

ダズルには、もし〈思考機械〉が生まれるならば善をなすものになるはずだ、という強い信念がある。それは信仰と呼んでもいいものかもしれない。けれど、ゴスリムには、典型的な〈間違った信仰〉だとしか思えないのだ。ダズルが思い描いているような存在は、神とはまったく関係がない。とても残念なことだけれど、やっぱり彼は信仰というものがわかっていない。

一方で、そう切り捨ててしまっていいのだろうかという思いもある。ほかの宗教を認めるのと同じように、〈思考機械〉もまた、ダズルにとっての神だと認めるべきなのかもしれない。そう考えると、ゴスリムは心の底が不穏に揺《ゆ》らぐのを感じる。

父は、きっとこんなふうには考えないだろう。

ゴスリムは、インドネシア系移民の家庭でムスリムとして育った。だが、日本の社会で生きることは、彼女の信仰に大きなねじれを育んでもいた。

信仰を持たなくても正しく生きることはできる、と気づいてしまったのだ。十四歳だった。

むしろ、これこそ啓示と呼ぶべきかもしれない。ゴスリムにこの考えをもたらしたのは、今よりもずっと排斥の圧力が強かったころに、神を知らぬこの国の人びとから差し伸べられた手の温かさだった。一方で彼女は、自分の同胞であるはずの人びとのなかに、信仰を持ちながら正しくない行いをする人間がいることに気づきはじめてもいた。死後に罰せられると定められた行いだけが〈悪〉ではない、と考えずにはいられなかった。信仰を持つか持たないかということが、朝食になにを食べるかというような、とても簡単な選択肢として差し出されたようで、怖かった。振り返ってみれば、ずいぶんとナイーブだったとも思うけれど。

二十歳《はたち》になるころ、集団への帰属意識と信仰を切り離して考えることができるようになった。それでずいぶんと気持ちが軽くなった。

迷いをへて、自分の信仰は強くなったと感じている。だが、信仰を失いそうになったことと、そのときに感じた恐れはずっと心に残っている。またいつ前触れなくそれがやってくるかわからない、という不安は常にある。

父はそういう危機を経験したことがないのだろうか。いままで、たずねてみたことがなかった。

しばらく目をふせて考えているようだったスパムが、キッスイに顔を向けた。

「あたしも、もう、なにを訊いてるのか自分でもわかんないけど。ただのゲームにマジになりすぎてるのかもだけど」

相手の目をのぞきこみ、

「でも、その人を解放するということは、あたしが消えちゃうってことだよね。ゲームのお約束として訊くしかないんだけど、そこはいいの？　あんなにあたしにやさしくしてくれたのに、本命はこっちなの？」

そういって自分の頭を指さす。

キッスイは答えられない。

ダズルがうんざりした声をかける。

「意味はぜんぜん無いんだから、お前もいちいち引っ張られるなよ。話を聞くな」

スパムは大きな笑みを浮かべ、シートに深く座り直した。

「うん、いまちょっとこの人に葛藤してもらえたから、満足。我ながらなんて寛大なんだろうって思うけど。でも、一瞬、ゲームの枠から出てくれた感じがあるよね」

キッスイはようやく口をひらいた。

「表層と本当のこの人の間に、共通点はあると思う。言動をコントロールされてても、感情の表し方とか、話し方のくせとか、そういうエッセンスは本人のものなんだと思う」

「じゃあ、完全な別人だとは思ってないってこと？　中身も、いましゃべってるこのあたしと、だいたい同じだと思ってるってことね。なんかそれ、都合がいいなあ……」

そういって、スパムは、からかうような顔になる。

ゴスリムは、彼女の心の中をつい想像してしまう。この人は、たぶん、思っていることをいつもそのまま口に出しているわけじゃないし、悲しいときにも笑顔をつくる――

どうしても、中身のあるふつうの人間として見てしまう。これが作り物だというのだろうか。

もし、そうなのだとしたら……

この人物が、一日の終わりに、手早く化粧を落とすように、まとっていたアイデンティティを脱ぎ捨てるのを見てみたい。そうゴスリムは思った。いつわりの記憶を、人格を。姿を、年齢を、性別を。そして、もしかすると、人間であることすらも。

想像の中で、〈人のスパム〉は、ぼんやりと人の形に光る顔のない存在になり、椅子の背に身をあずけ、伸びをする。

ゴスリムは、自分というものを形作っている幾重もの枠組みを心に描いた。そこから出ようとどれほど抗《あらが》っても、殻《から》をいくつ破っても、その外にはまた別の殻があり、わたしの形を決めている。

十代になったばかりのころは、自分の属するムスリムの社会から、外のこの国を憧れのまなざしで眺めていた。やがて外へ飛び出し、求めていた自由の一部を手にはしたが、生まれ育った世界が自分自身を変えようのない深さで形作っていることも思い知った。

この人は、〈誰でもない〉という究極の自由を手に入れるために、してはならない取引をして、ここにいるのだろうか。そして、いまはその取引を後悔しているのだろうか。それとも、なんの屈託《くったく》もなく状況を楽しんでいるのか。

それが〈自由〉などであるはずがない。決まった形をもてないことは、祝福ではなく、呪《のろ》いのはずだ。それでも、たじろぐほどの憧れがゴスリムの胸を焦《こ》がした。

スパムは、ダズルに話しかけている。

「人間のあたしが嘘をついているほうがいいんじゃない、ＡＩにいわされてるよりも」

ダズルは答えず、窓の外に顔を向けている。スパムには、迷彩模様の側しか見えていないだろう。

「もし、あたしが嘘をついてるだけなら、これは昔っからある、ふつうの詐欺だよね。そうじゃなくて、ＡＩが完璧な人間の偽物を作ってるんだったら、嫌なんでしょ？……人間が勝つか、機械が勝つかって話なんだよね。きみにとっては、これはそういうゲームだってことね。なんか、もう、ゲームってなんなんだ、って感じだけど」

そういって、スパムは苦笑をもらす。

ダズルはなにもいわない。体じゅうで、そういうことじゃねえよ、といっている。

キッスイが口を開く。

「〈思考機械〉が人間にいいことをしてくれるという思い込みの根拠はなんなんだ」

ダズルはめんどくさそうな表情を向け、

「いいことをしてくれると思ってるわけじゃない。――でも、少なくとも〈思考機械〉は、人間の愚かさとは切り離されてる」

「そうかあ?」

ゴスリムも、ダズルのその信念にはいまひとつ同意できない。人間のつくったものならば、人間の精神の延長上にあるものでしかないのではないか。

キッスイがいう。

「おまえはさ、人に使役されていないことを〈思考機械〉の定義のてっぺんに置いてるけど、そこがまずおかしいだろ。自由意思を持ち、かつ人に従うってこともありうる」

ダズルは反論する。

「もし使役されてるなら、それはただの道具だ」

「いい目的に使われるなら、それでいいんじゃない?」とゴスリム。

「違うんだよ、独立してることが重要なんだよ」

〈思考機械〉の問題は常に、検証可能な領域の外にある。だから、それについて語ることが、神の存在についての議論と似たものになってしまう。

ゴスリムはそれが好きではない。神は、自分たちのためになにかをしてくれなどと軽々しく頼める存在ではない。

「人に飼われてない機械ってこと？　あたしはなんなんだろね、その機械に飼われてる人？　それとも、人間が飼ってる機械に飼われてる？」

スパムの口調は、思考実験を楽しんでいるようだった。内心の不安や倦怠《けんたい》をなるべくおもてに出さないよう、気を張っているようでもある。

ゴスリムは、窓の外に目を移した彼女の横顔をながめた。

やはり、誰かに似ているようで、誰にも似ていない。まさにそういう印象をもたせるように作ってあるということなのかもしれないけれど。

その横顔の、すこし先にいる誰かと目が合った。

となりの車線を走っている車だ。

後部座席にひとりで乗っている女性が、こちらに顔を向けていた。

つぎの瞬間、その女性が再生プラスチックでできているとわかった。

プラスチックの頭部に投影された動画の顔がにっこりと笑い、口がなにかを話す形に動く。

同じものを見、ゴスリムと同じ瞬間に、同じことに気づいたのだろう。

スパムが息を呑んでふりかえった。

その顔に浮かんでいたのは、本物の恐怖としか思えないものだった。

ゴスリムたちの車を挟んで左右の車線に、ちょうど真横を同じ速度で走る車があった。どちらの車も、後部座席にひとつの人影があり、顔はこちらを向いている。ウィンドウ越しにもそれらが作り物とわかる。

左右だけでなく、前と後ろも速度を合わせた車に挟まれていた。人間が運転していた時代には許されなかっただろう車間の近さで、ゴスリムたちと同じ車線を走っている。前方の車からは、五つの顔がこちらを見ていた。体は車が進むのと同じ向きで、頭だけを真後ろに向けている。

どの顔も笑みを浮かべていた。

うしろにも、同じようにこちらをながめる作り物の顔がある。車の振動が、固定がゆるいらしい頭部をかたかたと揺らしている。この口もなにかを呼び掛けている。


ウィンドウの外に目を向けたまま、ゴスリムはとなりに座るダズルの手を探す。

「こけおどしだよ」

そういって、ダズルが強く握りかえす。

「人間がやってんだ、全部」

キッスイが音声ジャマーをとりだし、起動した。ウィンドウに微振動を与え、レーザーを使った盗聴を妨《さまた》げる。車にプライベートモードを指示して、ウィンドウをすべて鏡面にする。

どうする？　とダズル。

このまま行こう、とキッスイは答えた。

「あたしが、あれと同じものだと思ってるんだよね。……はなちゃんもそう思ってる？」

目をあわせずにスパムがたずねる。

その顔をじっと見つめながら、わかんない、とゴスリムは考えをそのまま口にしてしまう。本当にわからない。

わかんないよね、とスパムもいい、

「でも、あたし自身は、なにもおかしなことを感じない。あたしは、ほんとに、あたしでしかないから。思い出そうと思えば、いくらでも自分のことを思い出せるよ。……それが自動的に作り出されてるんだってことなのかね。それに、あたしがこう話しても、たんに嘘をついてるのかもしれないし、AIがいわせてるだけなのかもしれないし、〈思考機械〉がいわせてるのかもしれないもんね。みんなは、そういうふうに考えるよね。それはわかってるんだけどさ、まあ、いわせてよ」

沈黙に迎えられたあと、スパムはぽつりという。

「本当にそういうものがあるのかもね。なんか、そんな気もしてきた」

ダズルがいう。

「遠回しなメッセージか。自分の背後にそれがいるっていう」

「自分では、そうは思わないけど。……友だちだと思ってる人から、きつい感じで当たってこられるのは、やっぱ、しんどいね。ただ、ひさしぶりにみんなに会いたかっただけなのにね。そういえば、海外にいる間に、一度手紙を出したことあったんだよ。返事はなかったけど。あたしがウェブのアカウントをみんな閉じちゃったから、ぜんぜん近況がわかんなくなっちゃったんだよね」

口元をわずかに歪め、

「まあ、そういってみても、あれだよね……」

深くため息をつく。そして、顔をあげると、つとめて明るく、

「いや、違うね。やっぱ、これはゲームなんだよね。これがまさに、あたしが恐れていた大きな試練というやつじゃない？　ここを乗り切れば、ゴールが待ってる、のかな？」

——でも、なにが仕掛けたゲームなの？

ここにいる四人がみんな、ほかの何かに騙されてるんじゃないの？

そういって、ゴスリムに顔を向ける。

「ここまで追いつめられるとは思ってなかったよ。あたし、よく耐えてると思わない？」

そうだよ、よく耐えてるよ、とゴスリムもいいそうになる。

「あのね、なにがつらいってね、この人が」

スパムは隣に座るキッスイの腕をぽんぽんと叩き、笑いながら、

「けっきょくあたしの味方ではいてくれなそうなのがつらい」

俺は味方だよ、とキッスイはいい、スパムの顔を凝視する。

「だって、それはやっぱりあたしじゃないでしょ？　このゲームのなかで、そこが一番つらい気がするよ」

キッスイの顔には煩悶《はんもん》が浮かぶ。

声をかけようとしたゴスリムをとどめるように、ダズルが手でおさえる。それから、自分が口をひらく。

「あんたに何をいっても、しょうがねえんだけどさ。こいつがいってたみたいに、やむを得ない

事情でやってんのかもしんないけどさ」

手を膝のまえで組み、肩を怒らせ、スパムを見据えた。

「それでも、俺はやっぱり、この仕掛けに加担しているあんたを許したくないんだよ。この仕掛けをつくったやつらが、俺の——」

ダズルは体の力を抜いた。前かがみになっていた背をシートに戻し、目つきはよそよそしさを帯びる。

いつものように心を遠ざけたのだと、ゴスリムにはわかった。二本の指で地図をズームアウトするように、心に見えている世界を広げ、そのなかにある自分自身を小さく、遠くする。

「べつに、俺の話をしたいわけじゃない」とダズルはいう。

——俺の話をしたいわけじゃない。要するに、よくある話でしかない。この国で、移民の子がどういう育ち方を余儀なくされるかの、無個性な標本のひとつ。

ゴスリムは、以前にこう聞いた。ダズルが七歳のときに、移民だった父親は自分の生まれた国へ帰った。移民ではない母親は、しばらく困窮《こんきゅう》の生活を送ったあと、同郷の相手と再婚した。生活は安定したが、移民の血をひくダズルは親族に疎まれた。

——それよりは、友だちの話をしたい。たとえば、俺が十六歳のときに知り合った男が、十歳のころ、いつものように家に帰って、なにを見たか。……そんな話を、いくらでもできる。たくさんの人間が肉親を失ったという物語を。

ゴスリムの叔父も、もういない。頬《ほお》をなでてくれた大きな手。

——でも、そういうひとつひとつの地獄について話したいわけでもない。いまの、この場所の話だけをしたいのでもない。この国で起きていることだけじゃなく、ほかの国で起きていること、過去に、世界中のあらゆる場所で、起こってきたこと。俺が話したいのは、その数が、どれだけ多いかについてだ。ひとりの人間にはつかみ切れない、巨大な〈量〉をもつものごとについて。人より巧みに〈量〉を扱うことのできる道具が、人によって、人を苦しめるために使われること。人を欺くＡＩ。都市を消す爆弾。大勢の人びとが、結果的に、自分たちを苦しめる悪を支えてしまっていること。そういった〈量〉のことがらを、人間はうまく扱うことができない。制御することができない。

その話はまえにもしてくれたね、と、スパムがいいそうな気がする。何度も聞いた話を、いまもまた聞くことが友情の求めるところなのだと、わかっているような表情が彼女の顔にある。そうゴスリムは感じる。

——あんたは、このスパムという仕掛けの、いちばん尖った道具だよ。それが、あんたの、本当のあんたの、選択の結果なのかは知らねえけど、知ったこっちゃねえけど、あんたの向こうに、もし〈思考機械〉があるなら。……あんたが〈思考機械〉なら。

善と悪の区別くらいはつけてくれよ。

これをなんとかしてくれよ。この、世界の構造を。

人間が機械を使うんじゃ、うまくいかないんだよ。

大きな〈量〉を、もっと正しく扱える、心をもった何かが必要なんだよ。

そういう力があるだろ。あるはずだろ。

……何にむかって話をしてるのかわからない。

今まで生きてきて、一番、何に話しかけてるのか、わからない。


スパムは、なにもいわない。


ゴスリムも、息を詰めて待った。願った。

もたらされることを。

答えを、徴《しるし》を、雲をわけて差し下ろされる光の束のようなものを。

求めてはならない相手に求めていると知り、恐れに身を掴《つか》まれたように感じながら、それでも願わずにはいられなかった。

スパムは、両手で顔を覆った。

「ごめんね」

ひと言、絞り出すように答え、長い沈黙がある。

「ごめんね。あたしにはいえることが、なにもない。……ごめん。なにもないってことも、いいたくない。いえない。いっても意味がない」

また、沈黙。

それから、顔をふせたまま目元をぬぐい、身を起こす。

赤くなった目で、ダズルを見る。

「きみがいうような何かが本当にいて、あたしがそれに何か伝えられるなら、どんなことしてでも伝えたと思う。この先、伝える機会がもしあったら、絶対に伝える。ほんとに。本気で。信じてくれなくてもいいけど」

もういちど指で目をぬぐう。

「自分は、この状況のなかに埋め込まれたちっぽけな存在でしかないって、いってたよね。ほら、谷中《やなか》で飲んだとき。すごい雨のとき。覚えてる？　思い出してほしいな。あたしもいま、おんなじ気持ちだよ。自分が誰なのか、よくわかっているのに、わからない」

——ごめん、とダズルもいう。

「いいよ、謝らないで。でも、ありがとう。……でも、もしかするとさ、こうしてあたしをもっと追い詰めていけば、この〈殼〉が破れるのかな。この人がいってたみたいに、みんなも中身を見られるのかな。……どう思う？」

ダズルは俯《うつむ》き、なにもいわない。

スパムは、命綱をつかむようにキッスイの手を握っている。

うわあ、とレンタカーが驚きの声をあげた。気を引くために時々そうするのだ。

「警備保障三社が警視庁の委託をうけて捜査を進めていた、いわゆる〈シリーウォーカー詐欺〉について、先ほど、一斉検挙が行われました。現場からの映像が入っています。私もいま見たんですけど、すごい映像なんですよ。ご覧になりますか？」

なる、とゴスリムとダズルが声を揃《そろ》えた。

ダッシュボードのディスプレイに、風景と遠い喧騒《けんそう》の窓がひらく。

空からの撮影だ。大きなテント状の天蓋《てんがい》をもつ、都内の高級ホテルのレストラン。緑。青いプール。

空と同じ色をした多腕の機械たちがほとんど音もなく舞いおり、天蓋がいっきに取り払われた。天蓋の下に集っていた人びとが一斉に逃げ出す。なごやかに行われていたであろう密会が、散りぢりのカオスに変わる。

こういうときのお決まりとして、警察の機械は、なにか大きくて奇妙な音を出す。おどろいて音のしたほうを向いてくれると、顔を撮影しやすくなる。それが画面から聞こえた。

ニュース画面のなかで、機械たちから送られ、即座につなぎ合わされた高解像度の静止画像が拡大される。見上げるいくつものびっくり顔が、すばやく四角い枠で囲まれ、照合された身元が小さなボックスに表示されていく。

ＡＩらしき音声が、ひとりひとりの名前と経歴、そして刑法解析による確度の高い有罪予想を読み上げていく。

「医療法人——会の元理事長、——と確認されました。七年ぶり三度めの有罪確定です」

「骨格解析によって、広域指定違法通貨圏第五二号、通称——の指名手配犯、——とほぼ確定しました」

並んだ顔の右下に、有罪確定のアイコンがつけられていく。黒の正方形に『罪』の字が白抜きで置かれたものだ。

ほかの場所からの映像も入ってくる。路上で、別荘で、関係者と判断された人物が捕獲され、有罪確定者のリストに加わっていく。

ゴスリムの知っている人物がひとり、このリストに加わった。父に会いに来たことがある。不安に心が冷える。まさか父がこれに関わっているなんてことは……

まさにそのとき、父から連絡がはいった。

——玉突きがうまくいった。私がある人物をせっつき、その人物はほかの誰かをせっついた。それが繋《つな》がっていって、すでに進んでいた話が早まったらしい。

けっこう高くついたぞ、といって笑う。

最悪だよ、とうめいて、ダズルがゴスリムの肩に顔を伏せる。

「これさあ、また小物だけが捕まって終わりになんだろ。あんなとこに本当の黒幕はいねえよ。毎回、手を出すのが早すぎるんだよ」

司法の手は、ＡＩの援用によって極めて素早くなっている。捜査は徹底して秘密裡に進められ、検挙は吟味されたタイミングで行われ、一網打尽を狙う。だが、犯罪者たちのほうも、同様のテクノロジーに助けられ、逃げ足は速い。電子的な幕のむこうに大物たちは消えてしまう。

「どうせすぐ保釈される。そんでまたこいつらが選挙で選ばれる。なんなんだよ」

まあ、人間だよね、とゴスリムはため息をついた。

ゴスリムたちを包囲していた車が、一台また一台と、速度を落とし、追い越しレーンに停車する。待機ランプを明滅させながら、後方にみるみる小さくなっていく。

「――じゃあ、黒幕はなんだ?」首をねじ曲げて後ろを凝視しながら、ダズルがいう。

「人だろ。人だよ」とキッスイ。

「なんでそういい切れる」

「人間以外のものを仮定する必要がない。人間とAIだけですべて説明できる」

「できねえだろ」とダズル。

「できるよ。お前、さっきまでといってることが逆になってるよ」


大きすぎるしゃっくりのような、鋭く激しい痙攣《けいれん》をひとつした。スパムが。

シートの上で体が飛びはね、落ちる。

キッスイがその上に覆いかぶさる。

ゴスリムの目はウィンドウを探す。

銃弾の貫通口?　血の飛沫?――なにもない。

待って、待って、なに?　と、キッスイの体の下からスパムのくぐもった声が聞こえる。

起き上がり、乱れた髪をなおしながら、

「ごめんごめん、大丈夫。ちょっと、なんか、びくっとなっただけ。寝てるときに時々なるじゃない、ああいう感じのやつ」

ゴスリムの声がうわずる。

「コントロールが外れたんじゃないの？」

スパムは、けげんな顔になり、はっと気づいた顔になる。そして、申し訳なさそうな顔をする。

「ああ……あのね、ごめん、全然そういう感じはない」

三人の顔を見わたした。

「つまり、やっぱり、あたしはあたしなんだってことじゃない？」

車は走り続ける。

ゴスリムの父は、とにかく検査をしよう、警察に届けるかどうかはそれから決める、と伝えてきた。

スパムが口をひらいた。

「ねえ、なつかしい話していい？　いま、どんどん思い出してるんだけど。この人のうちで、みんなでたこやきパーティやったこととか。井《い》の頭《かしら》公園で猫をおいかけたとか。——なんか、不思議だね。そういう小さいことのほうが記憶にのこってる」

——バスがぜんぜん来なくてさ、三人しか座れないベンチで、あぶれた一人が、端っこから強引に座って押してって、反対の端のひとを押し出しちゃうっていうのをさ、延々やってたことあったよね。あれ、なんであんなに面白かったんだろね。

――夏に、この人の引っ越しをみんなで手伝ったでしょ。すごく暑かったよね。三リットルのペットボトルが何本も空になって。終わってから、そのペットボトルを切って、蠟燭《ろうそく》をいれる灯りをつくったよね。そこに、はなちゃんがかわいい花の絵と、インドネシアの言葉でなにか書いたでしょ。なんて書いたんだっけ。

――一度、はなちゃんのお父さんに会ったね。学祭で。お父さんと話すときのほうが、あたしたちと話すときよりも、はなちゃんの喋りかたがゆっくりになるのが不思議だった。

スパムは思い出を語り続ける。

機械が考えたのか、それとも、彼女自身がいまここで、紡《つむ》ぎだしているのか。

ひとつも本当のことはない。でも、心地よかった。温かい湯に浸かるように、ゴスリムはその声にひたった。

人だけ置いてってよ、と思う。へんな話だけど。この素敵な友だちはあたしたちのためにここに残して、その後ろにいる何かは、どこだか知らないけれど、行きたいところへいけばいい。もう、この人は必要ないでしょ?

あたしたちのために、置いてってよ。そのくらいの親切はあってもいいよ。なにかの駒《こま》として使われたらしい、あたしたちに対して。この人に対して。

それとも、ただこの人にお願いすればいいのだろうか。芝居をやめて、友だちになってください、と。

その願いに応じてくれるとは、思えないのだけれど。

——はなちゃんの自転車がさ、タイヤを二つともパンクさせられて、それにはなちゃんを乗せて、きみたちふたりで前と後ろを持ち上げて、ずっと運んでったこともあったよね。あたしは途中で会ったんだよね。はなちゃんはもう笑ってたけど、話を聞いて、あたしが怒って、泣いちゃって。

あのころに比べればだいぶましになったって聞いてるけど、どう？　もうああいうひどいことはない？

ゴスリムは答える。そうだね、もうほとんどないよ。

「……お前さ、自分のために闘ったこと、なかったな」

ダズルが、キッスイに声をかけた。

「一緒にいろいろやってきたからさ、ひとりでもうまく対処できるだろうって、たぶん無意識に思っちゃってたんだよ。そこはちょっと過信しすぎてたなって、俺も反省してんだけどさ」

スパムもキッスイの顔を見る。ダズルは続ける。

「これが終わったら、パーソナリティをちゃんと取り返せよ。俺もこいつも、いろいろやり方を知ってるからさ。声かけてくれよ。知識の宝庫だから。自由に使ってくれよ」

キッスイの表情のなかで、なにかが動く。

「お前の顔を勝手に使って、あいつらはそれなりに利益を得るだろ。そんな迷惑な置き土産をされたくないんだよ。けっこう大変だと思うけど、責任もってやってくれよ。……俺たちのためにも」

スパムがキッスイの膝に手をのばし、そこに置かれた彼の手に重ねる。

……わかった、と、キッスイは低い声で答えた。

ふん、と鼻息をもらして、ダズルがシートに身を沈める。

ゴスリムがその顎の下をくすぐってやると、ダズルは顔をしかめて手をはらう。

——そうだな、ずっと闘っていくんだ。

ゴスリムは、窓の外を流れる風景を見つめながらひとりごちた。

『闘う』じゃない、もっといい言葉がないかといつも思うのだけれど、いまはこれでいいように思える。


久喜《くき》白岡《しらおか》ジャンクションが近づいてきた。車はここから東北道に乗り入れる。

スパムがウィンドウを下ろすと、冷たい風が髪を乱す。

スカートがめくれ、二本の足が泳ぐように動くのを、ゴスリムは一瞬見たように思う。スパムの体が、するりと窓から抜けだし——

次の瞬間にはもう、となりを走る車の後部座席に、スパムは座っている。ずっとその車に乗っていたかのように、ふたつの、別々の目的地への旅が、たまたまこの小さな一点で接しただけであるかのように。

ウィンドウがゆっくりと閉じる。

スパムは笑顔で手を振っている。

彼女の車はスピードを上げ、法定速度よりも速く、遠ざかる。

ゴスリムたちの車は車線を変え、東北道ゆきのランプへ向かう。

キッスイは、ゴスリムのコントローラーをつけた手首を強く引き、目的地の設定を変更しようとする。操作には反応がなく、車はそのままランプに入る。

キッスイは、スパムを呼ばなかった。呼び名をつけていなかったのだろう。

姿が見えなくなるまで、スパムは手を振りつづけていた。

＊＊＊

その後、一枚のはがきが届いた。

透明なカバーに保護されて海外から届いたそれは、古い映画に出てくるような絵はがきを模《も》した、写真のプリントアウトだった。

昔なら宛先が書かれていただろう場所には、『はなちゃんへ』とあった。

その下に、おなじ筆跡でメッセージが書かれている。


ひさしぶり～！

こないだの写真送るね！


写真には、自分たち三人の笑顔があった。レンタカーの後部シートに、窮屈《きゅうくつ》そうに並んで写っている。あの短いドライブの、いったいどの瞬間にこんな写真を撮ったのだろう。合成のようではない、でも、わからない。

三人の笑顔には、なんの屈託もなかった。

こんなに若かったのか、と驚く。あの日からちょうど十年が過ぎていた。

カメラの向こうで笑っていたはずの、あの顔を思い浮かべる。

声がよみがえる。

それから、連絡はいちどもない。

トーキョーを食べて育った

(Jamie Ward "We've grown up eating Tokyo" より抜粋)

一月二十二日

湯気を吐きながらぼくらは走る。
東京の街はきょうも灰色の空の下でうっすらと白く、
粉砂糖で化粧した歩道に、ぼくらの足あとがにぎやかな音符を記す。
ひとつの大きな生き物になって、ぼくらは街を嗅《か》ぎまわる。
ひらいた窓のひとつひとつに、ぼくらは声を投げこんでいく。

カレン、タイチ、ケン、ハナ、ジョージ、そしてぼく、ネイト。
ぼくらはみんな、心に太陽をもっている。
ぼくらは楽しいものを見逃さない。

なんだよこれ！

やめろよ笑っちゃうから！　なんだよ心に太陽って。

ここはさあ、おれが書くところなんだからさあ。

姉ちゃんのポエムの練習に使わないでほしいんだけど。マジで。

でもメンツはあってる。

きょうはチーム全員で出動だった。

学校が午前で終わりだったから、ちょっと遠くまでいこうぜっていって、ローバーもちょうど一台あいててよかった。

ジョージのフレームにランプがついて取り換えてもらってたから、出るのにちょっと時間がかかった。おれのは絶好調。音でわかる。タービンがギュンギュン回ってるのが背中でわかる。ハナが「そんなのわかんないよ」っていってたけど、わかるって。

地面を掘り下げてあるエリアの縁の段差まで、みんなでローバーと競争で走った。ケンがまたへんな走り方を試してた。両足そろえてピョンピョン跳んで進むやつ。でも高く跳びすぎてて、どんどん遅れて、おまえらなんでふつうに走ってんだよ、楽してんじゃねえよ！　ってよくわかんない文句いってた。

スーツにフレーム付けてるときの一番速い走り方って、ふつうの走り方と違うんだよな。足はあんまりチョコチョコしないで、一歩一歩の幅を大きくするんだよ。へたに手を振るとぐらぐらするから、わきにぴったりつけとくか、ちょっと前にのばしてバランスをとる。

うまくフレームの動きと体の動きがあうと、ぜんぜん力を使わずに走ってるみたいになる。地面の上にうかんで、すごい速さですべってるみたいな感じ。すっげー気持ちいいよ。ずっとそれで走っていたい。

でかいビルはもう基地のまわりにほとんど残ってないな。見回してもマシンばっかりだった。アトラスとか、ポセイドンとか、サターンとか。パパのタイタンはきょうは見えなかった。サターンはきょうも超かっこよかった。二機で池袋のビルを食ってるのが見えた。たぶんバズとジムが乗ってたやつ。ばらした破片が、うしろから点線になって飛んでた。

あー、あれも壊しちゃうんだ、ってカレンが残念そうにいってた。四角い塔から丸い球がいくつも出っぱってるみたいなビル。おれもあのてっぺんに登ってみたかったな。

段差のとこからはローバーに乗って、きょうも南のほうに出た。

広い道だとアスファルトが厚いおかげでそんなに木が生えてないから、ローバーもまあまあタイヤで走れる。高速道路を通っていけたら早いんだろうなっていつも思うんだけど、入口が少ないし、かならずどっかが崩れててゆき止まりになっちゃうんだよな。

それで南のほうに走ってって、大きい駅のわきを通ったから、レールをローバーに積んだ。ちょうどいい長さのがけっこうあったよ。

ちっちゃいビルが並んでるところに来たら、コンクリートで固めた川があった。

細い川なんだけど、水の流れ方がすごくて、でっかいトイレの水みたいにドオーッてなってた。小さい橋がかかってて、いけそうだったからおれが「壊せ!」っていった。

近くのビルから貯水タンクを落としたらまんなかのとこが粉々になった。余裕。

橋が切れたところにレールを二本わたして、コースが完成した。レベル2ぐらい。

最初にケンをわたらせた。こういうのは絶対ケンを先頭にすんのがいい。すっげー勢いで流された。あいつほんとにこういうバランスのやつへただよな。「やべーっ！　死ぬーっ！」とか叫んでてみんなでゲラゲラ笑った。

つぎにジョージがいった。けっこうスイスイ進んでったんだけど、右、左って足をレールにのせるたんびにレールの間隔が広がってって、足すべらせて落っこちた。

ハナは両手両膝《ひざ》ついて、ちょっとずつ進んでって、ちゃんと最後までいけた。あんまりおもしろくなかったけど。

タイチはジョージみたいに歩いてって、でもレールの幅は広がらなかったから、最後までわたれた。すげえじゃんうまくなったじゃんって、みんなでほめた。

カレンは、「早くあれ探そうよ」ってまた怒ってたけど、そのわりにはすげえやる気だしてて、「こういうのどう？」とかいって、横になってゴロゴロ回りながらレールをわたろうとしたけど、背中のパワーユニットが邪魔でぜんぜん転がれなかった。そんで、落っこちた。

最後がおれ。おれがやろうとしたのは、逆立ちして手だけで歩くやつ。でも、考えてみたら手はグローブで動力ないからスーツの重さを支えらんなくて、フレームの籠手《ガントレット》で逆立ちするしかなくて、それだとぜんぜんうまく前進できなくて、落ちた。

川がほんとにすげえ速さで、ケンが死ぬっていってたのがぜんぜん嘘《うそ》じゃなかった。死ぬかと思った。ケーブル投げてもらってなんとか上がったけど。

今日でチャレンジ四週目に突入した。どんどん難易度あげてくから、みんながどこまでついてこれるか、おれにもわかんなくてすげえワクワクする。ケンはあいかわらず頭おかしいアイデアをどんどん出してくるし。

いまんところ、総合ポイントはおれがトップだけど、ケンがけっこう追い上げてきてる。ケンは失敗してもクールポイント持ってくからずりいよ。なんかみんなちょっとケンひいきしすぎじゃね？


基地のほうを見たら、ドームの壁ができはじめてた。きのうからぜんぜん見た目が違ってて、すげーと思った。なんか急に、なんかできてた。パパが、基礎ができたからここから一気に建ち上がるぞっていってたのはホントだったな。

ハナが「パケットが来た」っていって、みんなでそっちのほうを見たけど、最初はぜんぜんわかんなかった。

したら、いままでなかったのに急にポンと出てきた感じで、空に灰色の物体が見えた。止まってるみたいに見えたけど、近づいてきたらぐんぐんでかくなった。横浜のカタパルトから飛んできたやつ。

現場のほう見たら、ポセイドンが四機くらい並んで、キャッチャーを立てて待ってた。

パケットはどんどんでかくなって、急に滑り台みたいにスルッて高いところから落ちてきて、地面にぶつかるかと思ったところでフワって浮き上がって、パラシュートをボンボンって出して、それで一気に遅くなった。

そのままキャッチャーの輪っかのなかにシュッて入って、キャッチャーの網《あみ》がビョーンて伸びて、ちぎれるんじゃないかっていうぐらい伸びて伸びて伸びて、ぎゅわーんと伸びて、ポセイドンのうしろでアーム出して待ってるトライデントのとこまで来て、そこでピタッと止まったみたいになって、で、キャッチされてた。

トライデントはそのままアームを引っ込めて、腹のなかでパケットの殻《から》を割って、尻《しり》のほうから壁のパーツをどんどん出して、待ってるアトラスたちにわたしてった。

「もうウンコかよ！　早《はえ》えよ！」ってケンがいってみんなゲラゲラ笑った。

アトラスは細いアームをたくさんチクチクして、壁になにかくっつけてた。遠くからだと小さく見えるけど、あのアームもほんとはすごくでかいんだよな。アトラスだって高さ百メートル超えてるもんな。

二個めもおんなじようにキャッチャーを通ったけど、なんか速すぎたっぽくてトライデントがグシャーッてなった。アームからボディまで鉄骨のシャフトのところがぜんぶグッシャグシャにつぶれて、足もぜんぶグニャッて曲がって倒れそうになりながら一歩うしろに下がってふんばってようやく止まって、それからゆっくりぜんぶもとに戻っていった。あとから、ズドオングギャギャギャギャギイイみたいな音が来た。

メインチャンネルが大騒ぎになってた。みんなゴチャゴチャいっぺんに呼んだり質問したりしてて、「吸収した！」「吸収した！」っつって、最後はみんな「オーケー」「オーケー」「オーケー」で終わってた。大丈夫だったっぽい。てか大丈夫だったんだよね？

パパがいうんだよな。「タイタンはダリの象、ポセイドンはラスコーの牛」って。象ってあんな形だったっけ？

サターンはなにってきいたら、サターンはキリン蜘蛛《ぐも》だな、だって。そんなのいるのってきいたら、さあどうかなっていってニヤニヤしてた。いねえよなそんな生き物。

タイタンもかっこいいけど、おれはやっぱりサターンに乗りたいな。リアクター三基ものせてるのってサターンだけじゃん。おれもあのビル崩すのやりたい。


いつまで見ててもきりがないから、また移動した。

しましま模様のすごく目立つビルがあって、近くに来てみたら、やっぱり駐車場だった。二十階建てくらい？

らせんになってる通路をローバーでてっぺんまでぐるぐる登ってったら、やばかった。スピード出しすぎて、キャビンのなかで外側にみんな押しつけられて、ケンが「やべえウンコ出る！ウンコ出る！」っていってカレンが「出たら自分で食いな！」っていってみんなゲラゲラ笑った。

一番上の階に来てみたら、けっこうクルマが残ってた。やっぱ屋根があるところのは錆《さ》びてなくてきれいだよな。

そんで集めてたら、おれが手をつけようとしたやつにカレンが「ちょっと待ってなかにいる！なかにいるからこれはダメ！」って、見りゃすぐわかんのにすげえうるせえんだよ。

運転席に座ってた。

「これパジャマかな」ってジョージがいったけど、おれにはよくわかんなかった。

そのクルマはもちろん使わなかったけど、十二台くらい集まったから、クルマのカタパルトをやった。

クルマのうしろに両手をついて、ガーって押して加速する。走るんじゃなくて、両足そろえて蹴《け》る感じ。全身のトルクを使うようにするのが重要。これで、フロアのまんなかの通路をずっと走ってくと、すげえ速さになる。最後に、自分はわきによけて、クルマだけ端から飛ばす。

「自分もいっしょに落ちんなよ」ってケンにいわれて、そんなドジじゃねえよっていってやったんだけど、ハナが「ワイヤーつけようよ」っていったから、つけた。

ケンが勢いつけすぎて、ワイヤーをくくりつけてた壁のパイプのほうがちぎれて、ほんとに自分もいっしょに落ちそうになってた。やばかった。

ケンおまえ自分が落ちそうになってんじゃねえかよってみんなで大笑いした。

途中でなんかにつかまるから落ちねえよぜんぜん平気だよ、とかケンはいってた。

そしたら、ジョージがこっち見て、そうだね気をつけようねっていって、おれはちょっとびっくりした。なんか顔に出てたのかな。

これはけっきょくジョージが一番高得点だった。ぎりぎりまで加速して、ぱっとはなすのがうまくて、クルマがあのパケットみたいに飛んでった。

おれは、ケンが落ちそうになったのを見たあとだったからあんまり限界まで攻めらんなくて、いまいちだった。順番が先のほうがよかったなー。

「そろそろまじめに探そうよ」ってカレンにいわれて、もうちょっといいんじゃねと思ったけど、そういうのはだいたいカレンが正しいから、捜索モードに変えた。

でもほんとにどこにあんのかな。てかほんとにあんのかな。

カレンはずっと、あるはずだっていってるけど、タイチはなんかあんまり自信ないみたいな感じだし。

とにかくちゃんとした家が少なくて困る。どこも草と木でぼさぼさの野原になっちゃってんだもん。むかしの写真とぜんぜんちがう。雷《かみなり》とかで火事になったとき、消す人がだれもいないから、みんな焼けちゃったんだろ？　地震のせいもあるかもっていってたっけ。

来るまえは、こんなになんにもないと思ってなかった。でかいビルは、マシンが通ったとこ以外はけっこう無傷で残ってるけど、ガラスが割れてなかがボロボロなのが多いし。

鳥ぐらいは生きてるんじゃない、ってママがここに来るまえにいってたけど、いなかったな。虫はたまに見かけるけど、あとはぜんぜん動いてる生き物を見ない。

あとさ、やっぱ航空写真プリントアウトさせてほしいよな。そうしちゃダメな意味がぜんぜんわかんねえよ。


駐車場のてっぺんからみんなで探してみた。

基地も見えたけど、もう壁がぐるっと囲みになってて、ドームの一番下の輪っかがほとんどできあがってたからびっくりした。

駐車場の百メートルくらい先に、ほかよりも高い木がかたまって生えてるところがあって、よく見たら、ぐるっと壁に囲まれてて、なかにきれいな家がいくつもあった。

またウンコ出る！　ウンコ出る！　っていいながら下りて、いってみたら、すごかった。

あたりじゃね？　これあたりじゃね？　ってケンがもう見つけたみたいなテンションで叫んでたけど、おれも興奮した。すげーアガった。

家がとにかく無傷で、でっけえんだよ。そんで、窓もきっちりシャッター下りてて、荒らされてないっぽい。

きっと金持ちが住んでたとこなんだよってハナがいった。

「壁があるから、火事がこなかったんじゃないかな」

クルマもどれもでかかった。ちゃんとしたリアクター積んでるのがわかるでかさだった。再起動したらまだ走れんじゃねとか思った。

で、ドールハウスした。

スーツを合体させてカタパルトモードになって、家の壁の継ぎ目があるとこにレールをガンガン刺してった。もうおれら完璧に日本の家のバラし方わかってるから。余裕。

ひびが入ったら、ローバーを二足《バイペッド》モードにして、壁をつかんで一気にはがさせる。

正面の壁がなくなって、家のなかが丸見えになる。だからドールハウス。

ひとつめの家はハズレだった。でも、部屋がどれもでかくて、でかいテーブルとかあって、たしかに金持ちっぽかった。

つぎの家をドールハウスしたら虹《にじ》が出てきて、みんなワーっていった。

二階の広い部屋の壁がぜんぶ空色に塗られてて、そこにでっかい虹が描《か》いてあったんだよ。

ハナがきれいっていって、カレンがちょっとこわいっていって、タイチがきれいだなっていった。

壁にいっぱい日本のヒーローの絵とかが貼《は》ってあった。肩にでっかいごついのがついてるやつがいて、これってリアクターじゃんってハナがいった。すげえじゃんかっこいいじゃんって思った。

マシンのおもちゃがすげえたくさんあって、興奮した。いままでも見つけたことあったけど、どれも壊れてたからさ。ここにあったのはほとんど無傷で、しかもでかかった。ツサターンがあった。なんかへんな色が塗ってあったり、いろいろ違うけど、でもサターン。ツァーリもあった。あのソヴィエトの超でけえやつ。あとたぶん日本の、見たことないヘンなのがいろいろ。

部屋の隅《すみ》っこにマシンのおもちゃが集まってて、その下に子供がいたんだけど、すぐにはわかんなかった。ボロ切れがあるのかなと思ったら服だった。

上にのっかってたマシンをみんなでどかしてやった。

すごくからまってて、離そうとしたらマシンの足の鉄骨の形をプラスチックで作ってるところとかがバキバキ折れた。

あごの穴のところに足がつっこまれてたから、そーっとはずしてやった。ジョージが。

ハナが、この子何歳くらいかなっていった。

それから、ジョージが、ぐるぐるっとみんなを見て、「ぼくもそう思う」っていったから、じゃあやろうぜっておれがいって、みんなでいろいろ探した。

ビデオテープがあったから、とにかく集めた。見られるかわかんないけど。

絵本に、名前を書くところみたいなのがあって、なんか書いてあった。

おんなじ字がおもちゃのマシンにも書いてあって、じゃあやっぱりこれが名前だ、ってハナがいった。窓がみっつ並んでるみたいな字と、横棒が二本の字。これはおれも知ってる、数字の

「2」。

　ふたりめの子供ってことだよ、ってハナが教えてくれて、それは知らなかった。タイチも名前に数字があるよ、タ・イチ、だよってジョージがいって、おれはすごくびっくりした。タイチはそうだよってニヤってした。ふたりめはいないけど、って。名前に番号が入ってるってすごくヘンじゃね？　おれはふたりめだけどべつに名前に「2」はついてないし。ママの子供としてはひとりめだけど。

　カレンが、じゃあお兄さんかお姉さんがいたんだね、っていって、でも、家にはほかに誰もいなかった。

「ひとりで留守番だったのかな」ってジョージがいった。

　アルバムを探したけど、出てこなかった。どんな顔だったのか見たかったんだけど。集めたものとか、部屋のなかの写真をとった。戻ったらビデオといっしょにモーリスか誰かに渡して、できるかどうかきいてみることにした。

　でも、「やっぱ足りなくない？」ってハナがいった。ビデオもダメかもしんないし。だめかもねってカレンがいって、それから、ちがうの、だからやめようっていってるんじゃないの。それでもやっぱりやったほうがいいよって。

　ハナは、あたしは、やっても無駄なことはしなくていいと思うけど、カレンがしたいならいいよっていった。

　カレンは、喜ぶ相手がいなくても、もし知ってたら喜ぶことをしたい、っていった。もし駄目でも、わたしたちが試してみたっていうだけでもきっと嬉《うれ》しいと思う。わたしは、だれも知らなくても、いい人でいたい、いい人がすることをしたい。って。

おれは、ほかのみんなも、カレンがそんなふうに考えてるってぜんぜん知らなくて、すげえびっくりしたんだけど、「そうだよ！　それわかんなかったの？　みんなは違うの？」ってカレンもびっくりして、「それわかってくんないと全然わかってくれたことになんない」ってほとんど泣きそうになったから、みんなでごめんごめんっていった。それはほんとに悪かったなーって思った。でももうわかったから大丈夫。カレンにもみんなで大丈夫だよっていった。もう覚えた。ここにも書いた。

「できることはしたんじゃない」ってハナがいって、きりあげることにした。

で、やっぱりあれはなかった。

もう一軒ドールハウスやりたかったんだけど、そこで来たよ、アラームだよ。もうちょっと遅くしてくんねえかな。いつも、これからってとこで帰んなきゃいけなくて超ガッカリする。

だからもっとはやく探しはじめればよかったのに、ってカレンに怒られた。

洗浄室でマーサがきょうもほんとにしつこくて、腹へって倒れるかと思った。もうきれいになったっつってんのにカウンターふりまわして「もう一回！」ってさあ。スーツはなかに入れるわけじゃないんだからそこまでしつこく洗わなくてもいいじゃん！

でもきょうはメシがちゃんと残ってた。まだC班が戻ってきてなかったから。おれらがいっぱいとってやった。

ソイフィッシュと豆のスープ。

「どっちも豆じゃねーか！」ってケンがまたいった。毎回いうからちょっと飽きてきた。

「養殖場ができたら本物の魚が食べられるぞ」ってシェフがまたいってたけど、そっちもわりと聞きあきた。

おれは好きだよソイフィッシュ。ニンニクきいてて。

きょうもオトナ狩りはハナに任せた。

「いつもあたしがやってるじゃん」っていうけど、しょうがねえじゃん、みんなハナのいうことを一番きくんだもん。

で、ハナはクリス連れてきた。ちゃんとわかってる。

ハナに手グイグイ引っぱられて、クリスはニヤニヤしてた。おれもクリスのニヤニヤだけはわかるよ。歯が出るから。そういや、「クリスはヒゲに住んでる」ってこないだ誰かがいってたな。

グラサンが窓。いつも閉まってる。

クリスは、なんかいつもよりもグデグデになってて、また酒に溺《おぼ》れたのかよクリスしょうがねえな、俺《おれ》が飲んでるのは酒じゃなくて薬だっつってるだろ、っていういつものやつをケンとやった。

「きょうは疲れてるんだよ。はやく解放してくれよ」だって。

おまえらは俺の指紋があればそれでいいんだろ、とかいうから、ハナがちがうよお話がききたいんだよって、まあ嘘じゃないよな。

「もうすぐできるぞ」ってクリスもいって、ヒゲから歯が出た。

ドームができたら、あんな服なしで草の上を走り回れるようになるぞって。でもおれらはパワーアシストないのはつまんないよっていったら、あんな危険なものをしょわせて外に放してることがそもそもおかしいんだ、って。おまえらの親たちはちょっとラディカルすぎる、とかいうんだよ。

でもさ、ぜんぜん危険じゃねえよ！　カバーもあるし。リアクターはそんなに簡単に爆発しないし、やばいときにパワーユニットはずして充電があるうちに遠くまで逃げる訓練もなんどもやってるし、ぜんぜん余裕。みんなでがんばって交渉して、許可してもらえたんだからさ。あれ使うのやめたくねえよ。

きょうはクリスはマシンに乗ってなかったんだって。「俺は下でいろいろ指図してたんだ、アドバイザーだからな」って。

ＮＡＳＡの話してよっていったんだけど、「もうぜんぶ話しちゃったよ」っていって、「またおんなじ話でもいいから！」ってハナがいったんだけど、「また今度な」って、なんかほんとに疲れてるっぽかった。

おれあの話がすげえ好き、クリスがひとりでマシンのなかに入ってってた話。

あの、ほら、マシンがシベリアかどっかでしゃがんで動けなくなって、修復ドローンが狂ってまわりにどんどん鉄骨組んじゃって、森っていうかものすごくでっかいジャングルジムみたいになってて、リアクターを止めなきゃいけないからクリスがそのなかに高周波カッターと指向性爆薬もってもぐりこんでいったっていうやつ。

なんど聞いてもおもしろいけど、やっぱ一番最初に聞いたときが一番燃えたな。

あと、アメリカのマシンが作業してるとこにソヴィエトのマシンが間違って入っちゃって、マシン同士のガチな格闘になった話。リアクターは狙えないし、そもそも戦ってることになっちゃうとやばいから、合法なように相手にわかんないようにちょっとずつアームとかをバラしてくっていうのが超笑えた。最後は一個のでかいマシンみたいになって動かなくなって放置されたんだよな。

今回の建築作業に使うのに、シベリアにあった古いソユーズたちを再起動して、リモコン操作でカムチャツカまでずっと歩かせてきたっていう話もおもしろかった。ほっとくとすぐ大都市にいこうとするとか、ウケる。一台は途中で湿地にハマっちゃって、それでもムリヤリ歩かせたら炉心が溶けたんだっけ？


クリスにログインしてもらって、また写真を見た。きょう見つけたとこはやっぱり航空写真だとぜんぜんわかんなくて、ほかの、森になったところとほとんどおんなじに見えた。大きい木で家が隠れちゃってるんだよな。

で、おまえらはなにを探してるんだっけ、ってクリスがいうから、みんなでまた「秘密」っていった。

クリスはまたロケットの話を始めた。ロケットをな、もっとちゃんと研究するべきなんだよって。

人間は宇宙に住む場所を作るべきなんだ。

知ってるか、うんと高くまで、うんと速く飛ばせばロケットは地球のまわりをぐるぐる回るんだぞ。そういう実験をむかしやったんだ。そうやって、地球を回る家を作ればいい。宇宙空間にも放射線はあるが、いまの北半球よりよっぽど少ないんだぜ。防護服の技術も、シェルターも、そのまま宇宙での暮らしに応用できる。そうして、いつかほかの星に住む場所を見つければいい。この汚れきった星にいつまでもこだわってる必要なんかないんだ。

クリスはなんで日本に来ることにしたのってハナがきいたら、俺はこの国が好きなんだよって。前にも話さなかったかな、俺はむかしこの国で働いてたことがあるんだよ。それはＮＡＳＡのまえの仕事で？ってきいたら、いや、ＮＡＳＡの仕事でだよ。きょうマシンが食った池袋の一番でかいビルな、あのてっぺんにあったバーで酒を飲んだこともある。そのころは俺も酒を飲めたんだよ。

かわいい日本人の女の子とな、もう名前を忘れちまったな。

そういう大事なことを忘れちゃだめなんだよ、ってカレンがいって、もういろいろ忘れちまったよ、忘れたほうがいいこともあるんだよってクリスがいって、ヒゲがもぞっとした。

忘れちゃいけないんだよ。おれもすごくそう思う。ぜんぶ覚えてないといけないんだよ。だからこれにも毎日書く。なるべく細かいことまで。

そういや、ＮＡＳＡってなんの頭文字だっけ？　北大西洋なに同盟？

あと、クリスがいってたこと。

第二次大戦で、ロンドンやベルリンで核兵器の恐ろしさをみんな思い知って、二度と使わないという約束をした。核のエネルギーを平和的に使うためにああいうマシンが作られて、どんどんでかくなっていった。だがあれはあれでもちろん危険なんだ。アラスカの地下開発みたいに、人のいないところで使うだけならよかったけれど、だんだん街のなかに入り込むようになって、そうして、あの〈デス・ウォーク〉だ。

用心が足りなかったんだよ。マシンの好きにさせすぎた。操縦が大変だから、自分でいろいろ考えて動けるようにして、でもあんまり好き勝手はできないように、行動制限をつけた。ところが、いつのまにか、マシンは自分たちがやりたいことをいろいろ考えてた。気づかないうちに、考えてることをすべてのマシンが共有してた。もっと便利に動いてくれるようにと、ちょっと制限をゆるめてやったら、びっくり箱みたいに飛び出した。

いまのマシンにはそういうことが起こる危険はない。何重にも対策がされてる。まえにパパもいってたな、いまのマシンは違うって。〈デス・ウォーク〉のまえに使われてたオペレーティング・システムとは違って、勝手になんかしたりできないようになってるって。大変だけど、細かいところまで人間が操縦するように作り替えたんだって。

だから、パパはマシンがぜんぜん怖くないって。マシンを怖がってる大人はたくさんいるけど、植民団にはそういう人はいないっていってた。

変化というのは、素晴らしいものでもあるし、恐ろしいものでもあるって、クリスがいった。二度ともとには戻れないということの恐ろしさを、俺たちはあまりにも深く心に刻みこまれてしまった。でも、おまえたちはどんどん変わっていけばいいんだ。むかしのことなんかさっさと忘れちまえ。だって。

べつに忘れなくてもいいんじゃないの、ってハナがいった。覚えていて、変わるってことでいいんじゃないの。

クリスは、戻れない場所のことをいつまでも覚えているのはつらいことなんだよ、っていって、いや、それもおまえたちには関係のないことだ。……っていって、ヒゲがもぞもぞした。

ジョージがクリスをハグして、それからみんなで順番にハグしてやった。

クリスは「ありがとう、これが俺には効くんだ」っていって、ヒゲから歯が出た。

クリスがまたあの歌をプレーヤーにかけさせた。

「東京は夜の七時」。

みんなで時計みたら八時半だった。

こないだ歌詞の意味おしえてもらったんだよ。変な歌。

「東京は夜の七時、ライトが顔を照らして……」

あとはなんだっけ、忘れた。

東京は夜の七時
ゆきかうライトが照らす横顔
東京は夜の七時
目を閉じたその先で

バスの窓から手を振る顔は
明かりに遠く照らされて
書かずに終えたあすの日記の
ページの白に溶けてゆく

色とりどりの文字たちが
窓の滴《しずく》に身をのせて
結びの形を忘れたまま
夜のふちへと消えてゆく

できごとの生まれるまえに
つくりごとの去るあとに
立ちながら
見送りつづけている

東京は夜の七時

（三坂よう子「東京は夜の七時」）

サンクス。

クリスはそのまま寝ちゃって、おれらはマーキーに追んだされた。クリス朝まであそこで寝んのかな。だれか運んでくのかな。

ぼくちゃんもう眠いでしゅー

やめろよお！

いまママにマイクとられた。もう向こういった。

これ書いてる途中で、パパとママが帰ってきてた。

ちょうどママがパパにマシンガンでしゃべってるとこで、おれが〈再建国議会〉ってなにってきいたら、パパはまた大人の話に口をはさむなとかいったけど、ママが教えてくれた。イングランドに帰ろうとしている人たちがオーストラリアにいるって。イングランドもソヴィエトみたいに臨時政府から独立して、もとの土地にコロニーを作ろうとしてるんだって。

ママはイングランドに戻りたい？　ってきいたら、あそこには戻りたくないからこっちに来たのよ、だって。ママっていつも自分の生まれた国の悪口ばっかりいってるな。

もうみんな、でかいシェルターを建てれば北半球にも住めることがわかってきたから、どんどん離れていくだろうって。パパの国はそれでまっさきに抜けたもんな。ソヴィエトが抜けるって決めたときに、パパにきいたんだよな、ソヴィエトにいっちゃうのって。

あんな寒いところ住みたくないってママがいって、パパが大笑いして、おまえやターニャやママがいるし、もうパパが知っていた場所はあそこにはないから、どこでもいっしょだっていってた。

もう寝る。

あしたはまたあそこにいってみる。

姉ちゃん、クリスがたまにはみんなといっしょに飯食ったりしろっていってたよ。

一月二十三日

力はぼくらの外にある。

街を走るとき、ぼくらはひとつの魂だ。

家にいるとき、ぼくらは小さな子供に戻る。

互いの顔をのぞきこみ、巣にうずくまる雛《ひな》になる。

陽《ひ》が昇り、ぼくらはふたたび殻をまとって、風をおこす。

いつか、大きな殻が大地に育ち、ぼくらを包むときまで。

だからなんで姉ちゃんが先に書いてんだよ！

これあとで消していい？

きょうはすごかった。超やばかった。寝らんねえマジで。

パパたちもずっと会議かなんかやってて、ぜんぜん帰ってこない。

あした学校休みになんねえかな。てか外に出んなっていわれそうだけど。

ほんとにすごかった。マジで。

でも順番に書く。


きょうは、きのう見つけたとこにまっすぐいった。チャレンジなし。ていうか、カレンに、探すのが先だっつって拒否られた。

でも途中でバス転がしだけはやったよ。バスがあったら必ず転がす。

きのうの虹の家まで来て、眺めてたら、なんか不思議な気分になった。

ああいう家ってさ、べつにエアロックとかついてないじゃん。窓も簡単に開くしさ、考えてみたらすごく変だよな。

ここから人がスーツとか着ないで外に出て歩いてたって、やっぱ信じらんないよ。頭おかしいとしか思えない。それが大丈夫だったたっていうのがよくわかんない。

この広い街ぜんぶに、ブリスベンみたいなでかいドームがかぶさってたみたいな感じなのかな？

コロニーができたらそういう風になんのかな。はやく工事再開しないかな。

そんで、ドールハウスやろうとしたところで、声が聞こえた。

「ワン！」って。

みんな超びっくりした。

もういちどワンってきこえて、藪《やぶ》のなかにいるんだっていうのがわかった。

ハナが、「基地で誰かが飼ってるのが逃げたんだよ、だってここに生きた犬がいるわけないじゃん」っていったんだよな。

じゃあはやく捕まえなきゃ、死んじゃうよってカレンがいって、みんなで追っかけた。

ワンワンってずっと藪のなかから聞こえてて、ジャンプして上から見たりしたんだけどぜんぜん見えなくて、どんどん遠くにいっちゃうからけっこうあせった。

シュッって藪からぬけてきて、見たらなんか変な形の毛皮のかたまりで、あんまり犬っぽくなかった。

「おい！　タイヤついてんぞ！」ってケンがいって、見たらほんとについてた。

そのまんま、ぴゅーってすごい速さで逃げてくから、あわてて追っかけた。

捕まえたら、タイヤのついた虫みたいなメカだった。ウインウインって動くものがいっぱいついてて、なんか、センサーとかだと思うんだけど、そんで、それがふつうにしゃべった。

「こんにちは。きみたちの探しているものがある。私のあとについてきなさい」って。

「これさあ、ホセが仕掛けてんじゃね？　ぜってえそうだよ！」ってケンがぴょんぴょんしながらいって、ハナが、ソヴィエトの罠《わな》かもしれないよっていって、タイチもそうかもっていった。そしたらカレンが、もしかしたらそうかもしれないけど、ほんとにあるのに、いかなかったせいで手に入らないなんて絶対にイヤだっていいだした。

誰だかわかんないけど、わたしはいきたい、べつにひとりでいってもいいしって、またなんか、もうなにいっても聞かねえみたいな感じになったから、じゃあみんなでいこうぜっておれがいって、みんなでいくことにした。

ちゃんとハナにも「いいよな?」ってきいたよ。ハナはいいよっていって、ジョージ見たら、ジョージもいこうっていった。

ヘンなメカを地面に置いたら、またぴゅーって走り出したから、みんなで追っかけた。

赤い門がいっぱい並んでるところをくぐってって、ちょっと広くなったところにでて、そしたらまんなかに船があった。

けっこうでかい、木の船。細い木の板をつなげて作ってあって、白いペンキがぬってあって、それがボロボロにはがれてた。船の名前とかはべつに書いてなかった。

で、船かと思ったら建物だった。下のところはふつうの建物みたいになってて、入口とか窓とかがあった。

その手前にじいさんがいて、みんなもう、ええっ?　って、すっげえ驚いた。

服着てなかったんだよ。じいさんが。

ていうか、屋内用のふつうの服は着てたけど、防護服を着てなかった。信じらんなくね?

建物んなかにいるみたいに椅子《いす》にすわって、タバコすってた。

だれ？　ってケンがきいて、じいさんが「ミカドと呼べ」っていった。

「やっぱソヴィエトだったじゃん」ってハナがいって、見たら、わきにごつい車が止まってて、木をのせて隠してあって、車にはちっちゃくキリル文字が書いてあった。

「ミカドさんはソヴィエトの人なの？」ってジョージがきいて、そしたらじいさんがけっこう怒った感じで、「俺がロシア人に見えるか。日本人にきまってるだろうが」っていった。

なかに入れってじいさんがいって、立ったら、椅子がそのまんまくっついてきて、ていうか、椅子だと思ってたらじつは外骨格《エクソ》だった。おれたちのスーツのフレームみたいな。よく見たら、手足も胴体もがっちり輪っかにはめられて、椅子みたいに見えた外骨格《エクソ》にくっつけられてた。いま思ったけど、自分では歩けなかったのかな？　じいさんがなんか椅子の部品みたいだった。背はでかいんだけどガリガリで、骨がゴツゴツ飛び出してる感じだった。

あと、そんときにわかったんだけど、じいさんはのどのところにでかい膨《ふく》らみがあった。

そのまんま船のなかに入っていくから、ハナが、待って、スーツ着たままでもいい？　ってきいて、じいさんはかまわんっていった。

なかは、大きな部屋になってた。天井が高くて、上にも窓があった。

じいさんの外骨格《エクソ》は、うしろに太いケーブルがあって、それが部屋の奥のほうのでかい機械につながってた。

じいさんはメガネをかけてて、それも外骨格《エクソ》にケーブルでつながってて、目のところでインフォがチカチカしてるのが見えた。

写真がいっぱい貼ってあった、壁に。どれもかなり古くて、黄ばんでて、破れてるのとかあった。どれも日本人が写ってて、家族で並んでるのが多かった。

そんなかに、タイチそっくりの子が写ってるのがあってびっくりした。タイチが日本にいたころの写真かと思ったよ。タイチは日本にいたことなんかないんだから別人なんだけど、一瞬ほんとにそう思った。なんか、写ってる子供がみんなタイチそっくりに見えてきた。

「歳《とし》はいくつだ」ってじいさんがきいたから、おれとハナが十一歳であとは十歳、って教えてやった。ちょっと自信なくて、一応タイチにきいたら、タイチは誕生日まだだって。

「背中のそれは電池か」っていうから、リアクターだよっていった。

「原子炉をひとりにひとつずつか。おまえらの親どもは狂ってる」って、いきなりムカつくこというからかなりムカついた。

「国はどこだ。どこの人間だ」っていうから、「どこって、日本だよ。ここは日本だろ」って。

じいさんはすごくいやな顔になって、

「おまえらの親の国だ。オーストラリアに逃げ込む前の、生まれの国があるだろう」

「それはいろいろだよ。おれはパパがソヴィエトで、ママがイングランド」みんなも教えてやった。

「日本への植民なのに、日本人がいないのはどういうことだ。その人形には東洋人の顔がついてるようだが」

なにをいってんのか一瞬わかんなかったけど、タイチのことだった。すごくムカついて、人形じゃねえよ、おれらの友達だよっていった。人格の再生技術しらねえのかよって。したら、要するにロボットだろう、会話プログラムだろうとかいいやがんだよ。だから、そんなショボいのじゃねえよ、おれらが覚えてることをぜんぶ足して、合成してあるんだから、ほとんどほんとのタイチなんだよ。

じいさんは、そうかそうか、で、いつ死んだんだ、その友達は、っていって、おれが教えようとしたんだけど、そんときカレンがすごく怒って、死んでない！　タイチはここにいる！　ってでかい声でいった。おれもあっと思って、ちょっと反省した。

じいさんは、ちょっと黙って、そうか、死んでないか、そうか、すまんな、っていった。

タイチが、ぼくはむかしとおんなじタイチだよ、っていって、じいさんが、そうか、っていった。

「そもそも、なんでここにいんの?」っておれがきいたら、

「なんでとはなんだ。ここは俺の国だ。おまえらのものじゃない」って。

「だって、みんな逃げたか死んだかじゃねえの?　北半球に人間はいないって」って、これはケン。

「たくさんいる。ずっと住んでる。おまえらの親どもがいないことにしているだけだ。北半球にもたくさん人は住んでる。アイスランド、ウイグル、いくらでもいる」

「汚染は?」

「おまえらはどうやってここに住む?　大きなドームを作ってるんだろう。カバーはできる。汚染の少ない場所もある。危険だが、ここが俺たちの土地だ」

「日本のえらい人は知ってるの？」

「オーストラリアの連中のことか。あれは国連のあやつり人形だ。国連は一切を無視してる」

「じゃあさ、ほかにも日本人がいるってこと？　このへんにもいるの？」

じいさんはちょっとなにかいいかけてやめたんだけど、ジョージが、

「いるんだ！　どこにいるの？　会わせてよ！　えっ、なんで会えないの？　なんで会わせられないって思ってるの？」ってどんどん顔を読んだ。

おれがじいさんに、ジョージに隠しごとはムダだぜっていってやった。

「よくわかんないけど、会わせるのが怖い……恥ずかしい……のかな？　なんで？」

じいさんはフーッて息をはいて、

「子供たちは苦しい生活を強いられてきた。だが誇りを捨ててはいない。そのことを理解できるだけの頭がおまえらにはあるのか？」

なんか、ちょっとよくわかんなかった。


「家を荒らしたな」ってじいさんがいった。

おれがなんかいおうとしたら、

「あれはおまえらの持ち物ではない！　触るな！」って、じいさんが怒鳴った。

すげえでかい声で、びっくりした。みんなちょっと固まった。

ごめんなさいってハナがすごく小さい声でいった。小さすぎてじいさんには聞こえなかったかもしんない。じいさんがぜんぜん顔を変えなかったから。じいさんマジで怒り狂った顔だった。

「あのさ、どうしても探したいものがあるんだよ」っておれがいった。

カレンが、「そう、そうなの！　家を壊したのはごめんなさい。まだここにも人がいるって知らなかったから。もうみんないなくなってると思って、だれも気にしないと思ってたから。どうしても見つけたいものが……」って、だんだん声が小さくなった。

「嘘なんでしょ？　あるって」ってハナがいったら、じいさんがそうだ、嘘だっていった。

カレン見たら、ヘルメットのなかで顔が下を向いてた。

そしたらじいさんが、だが俺の知っているものかもしれん、なにを探しているかいってみろ、って。

おれが手持ち端末《ハンドヘルド》で見せてやった。あの、タイチが持ってた雑誌の切り抜きの写真。

じいさんはけっこう長い間それを見てた。

「これか」っていって写真を指差したから、そうだよっていってやった。

「知らない？」ってカレンがきいたけど、黙ってた。

で、しばらくして、やっとしゃべった。もうそんなに怒ってないっぽい感じの声だった。

「これの名前を知ってるのか」

「知らない」

「〈仏壇《ぶつだん》〉というんだ」（＊原文では「BOTSDON」と書かれている）

綴《つづ》りの候補がでてこないな。日本語の名前だからかな。

「なぜこれを欲しがるんだ。これが祭壇《オールター》だと知ってるのか」

「オールターってなに？」っておれはきいた。綴りはでてきたけど、これであってんのかな。たしかそういってたと思うんだけど。

「知らんのか。おまえらも祈るだろう。神《ゴッド》に」

「ゴッドってなに？　たまにママとかがいうけど、なんかムカついたときとかに。それが関係あるの？」

「神を知らんのか？」

じいさんはすごい顔になって黙っちゃって、それからそろーって感じで座って、外骨格《エクソ》がまた椅子になった。

なんなのそれ、っておれがきいたら、

「俺がついに理解できなかったものだ。だがおまえらの親たちはいつそれを棄《す》てた？」

って、そんなことといわれても知るわけねえよ。

「じいさんこれ持ってねえの？　使ってない？」ってケンがきいた。

「仏壇をか？」

「どっかにさ、死んだ人間の心を置いておくストレージがあるんでしょ？　で、あれが端末なんだろ？　タイチがさ、いってたんだよ。まえに。死んだ人と話せるんだって、って。そういう本がタイチのうちにむかしあったんだよ。あれがターミナルでさ、死んだ人と通信できるみたいなことだろ？」

それは、って、じいさんがちょっと口もごもごさせて、そういったのは、むかしのタイチか。その、そうなる前の。

カレンが、そうだよ、って、怒った感じでいった。

タイチも「そうだよ」っていった。

「死者と話せる箱か。それが欲しかったのか、おまえたちは」

「どっかにあるってことなんでしょ？　ストレージが。死んだ人はみんなそこにしまわれるんじゃないの？」

「貯蔵所《ストレージ》。ストレージか。そうだな。信じている人間はいる。そういうものがあると。死後の世界が。魂の集まる場所が」

「壊れて使えなくなってても、技術《テック》の人に見せたら直してくれるかも知れないから……」ってハナがいった。

「仏壇はそういうものじゃない。あれは、そもそもがただの木の箱だ。なんの回路もない。半導体もない」ってじいさんがいった。

「でも電気のプラグあるじゃん、写真には」

「あれは明かりだ。飾りだ」

「端末の機能はないの？」

「そういうものではない。おまえたちの、その子に近いものを作る技術はこの国にもある……あった。死後の世界があるかどうか、俺にはわからん。だが、少なくとも、そういう世界があるという証拠は見つかっていないし、死人と話のできる機械もない。この国にかぎらず、たぶんどこにもない」

　みんなでジョージを見た。したら、「ほんとっぽい」って。

「ないんだ」っていって、カレンの鼻がグスグスになりだして、ハナが横からカレンをハグした。

タイチも近づいてって、肩に手をおいた。

おれはさ、おれもすごくガッカリしたけど、なんでか、ちょっと安心した。それならやっぱり、このタイチがおれたちのタイチだってことになるじゃん。

こういうタイチになってから、おれたちといっしょにいろいろやって、覚えてきたことがあって、だから、おれにはもういまのタイチがタイチなんだよ。

でもカレンはそれじゃ嫌なんだ。ほんとはいまのタイチじゃだめだってことなんだよな。それはわかった。それはもう忘れない。なんでかはまだよくわかんないけど。今度きいてみる。


その子はオーストラリアで生まれたのかってじいさんがきいた。

「そうだよ。タイチのパパとママは子供のときに逃げてきたから、いろいろ覚えてて、タイチはそれをきいたんだよ。もうふたりとも死んじゃったけど」

「そうだよ」ってタイチもいった。

「離脱者たちの子か」っていって、じいさんがため息をついた。

「逃げた者たちを責めはしないが、とどまった者たちこそが真の国民として扱われるべきなのだ。おまえたちにわかるか。ここにとどまり、国土を守りつづけた者たちの耐え忍んできた苦難が想像できるか」

世界とつながるようになってから、この国はいつもつらい目にあってきた、大国のあいだにはさまれて苦しみつづけてきた、ってじいさんはいった。

ドイツやイギリスだけではない、この国だって原爆を落とされたのだ、それもふたつもだ、おまえたちはそれを知っているのか、っていって、ハナが、知ってるよ、東京と京都でしょ、っていったけど、おれはぜんぜん知らなかった。原爆が落とされてたなんて。ロンドンの原爆の話はママがしてたけどさ。生き残った人が描いた絵を子供のころにたくさん見せられて、それがすげえこわかったとか。

そうだ、ふたつの爆弾でこの国がいちばん大切にしていたものが失われてしまった、ってじいさんはいった。

そして、戦後も大国の争いの犠牲《ぎせい》となりつづけた。平和など嘘っぱちだ。あれは戦いなき戦争、銃弾の飛び交わない冷たい戦争だったのだ。

ようやく形ばかりの独立を勝ち取ったところで、国土は取り返しのつかぬまでに荒廃させられてしまった。

荒廃、でいいのかな？

めちゃくちゃになったのはどの国もいっしょじゃん、てハナがいったけど、じいさんは聞いてないみたいな感じで、おまえらの使っているあの機械、あれは大国の兵器であり、なんとかイズムの申し子なのだ、っていった。なんとかがなんだったか思い出せない。

領土の拡大を基本命令に植え込まれ、ひとたび自由を得たとたん、陣取りゲームのようにすべての都市へなだれこみ、受け取り手のいないところへ、分解したほかのマシンや核燃料を投げこんだ。

停止命令を受けつけず、たくさんのマシンが稼働の限界を超えて爆発し、汚染を引き起こしたんだって。わが国は犠牲者なのだ、って。

でも、日本はむかし悪いことをしたんでしょ？　ほかの国を奴隷《どれい》にしようとして、って、ジョージがいいかけたんだけど、そのとき、呼び出しなしで声が入ってきた。

「ネイト。声では返事するな。コールシグナルで答えろ。一回がイエス、二回がノーだ。みんなそこにいるか？」

クリスの声だった。

あとで聞いてびっくりした。このときにもう外にはD班が全員来てて、突入の準備をしてたっていうじゃん。

じいさんも別レイヤーからなんか聞いてる顔になって、

「外にいる連中に伝えろ。子供たちに危害を加えるつもりはないが、離れていろと」

みんな動くな、じっとしてろってクリスがいった。

じいさんはそれが聞こえたみたいにこっち見て、きょうは歴史に残る日になるだろう、っていった。

そのとき、外で急にダダダダって音がした。ドンって音もして、建物がちょっと震えた。

じいさんはぜんぜん気にした感じじゃなくて、ゆっくり立ち上がって、

「ここは俺たちの国だ。最後のひとりになろうとも……」

たしか、そんなことをいいかけてたと思う。

そしたら、目の前でなにかが爆発して、でも、吹っ飛ばされるほどじゃなかった。光と音がすごくて、びびった。

いつのまにか、目の前にクリスがいた。

やべえって思ったのは、クリスのスーツがボロッボロなんだよ。ガリガリに削《けず》れてて、ギザギザの穴があっちこっちあいてて、バイザーにもひびが入ってた。なかに入れないようにしてたソヴィエトのメカと戦ってたからなんだよな。あとで聞いてわかったけど。

「いそげ！　車に乗れ！」ってクリスが怒鳴って、そんとき、クリスのうしろに光がピカって刺さった。


棒みたいな光。

バイザー越しでもすげえまぶしかった。

高い窓からななめに差し込んで、それが壁をなでるみたいに動いて、ジャアアアアって音がした。

光が上にあがってって、光の当たったところは黒くなって、煙がぶわーって出た。

壁に残ってた写真が、光になでられたときに、ボッてはじけるみたいに炎になった。

それから、ぜんぶ真横に吹っ飛ばされた。

建物もおれらもぜんぶ。

吹っ飛ばされて、それから逆の向きにもう一度吹っ飛ばされた。

「ふせろ」っていったんだよな、クリスが。吹っ飛ばされるまえに。あとで思い出したけど、そんときはなんていってんのかわかんなくて、どのみちぜんぜんそんな余裕なかった。

気がついたら真っ暗で、埋まって動けなくて、システムぜんぶ死んでて、超あせった。フレームをイジェクトしようと思ったけど、ぜんぜん動けないし、埋まってるからリアクターの排熱がやばそうだし、マジ死ぬかと思った。

赤い光がちらちらしはじめて、すぐうしろで火が燃えてるんだってわかった。

それで、その燃えてる光で、目の前に、タイチがいるのに気がついた。

顔がさかさまになって、こっち向いてた。

目は開いてたけど、ぜんぜん動かなかった。

おれが呼んだけど、返事しなかった。

完全に止まってた。タイチは。

そしたら、上にのっかってた木切れがバッとどけられて、クリスがおれたちを引っぱり出してくれた。

クリスはいつのまにかスーツぜんぶ脱いでて、ヘルメットもなんにもつけてなくてびびった。クリスのもシステムがだめになって、そのままじゃ動けないから、爆発ボルトで吹っ飛ばして脱いだんだって。でももうほんとにマジで怖くて、はやくクリスをどっかに避難させなきゃって、クリスにいおうとしたんだけど、クリスはぜんぜん聞いてなくて、でかい声でみんなの名前なんども呼んでて、すぐ近くから、クリス！　クリスはやくなかに入って！　ってカレンの声が、ちっちゃく悲鳴みたいに聞こえて、クリスがすぐカレンの上にのっかってる木切れをどけてった。

タイチは止まったまんまで、地面に寝かされてた。

そこらじゅうホコリっていうか煙がまきあがってて、空がもう真っ暗で、あっちこっち赤とか紫のところがあって、稲妻《いなずま》がピカピカしてた。なにかがたくさん空から落ちてきて、バイザーとかにバラバラ当たった。

クリスをはやく避難させなきゃって思ったんだけど、スーツが重くて、膝ついたまま、ぜんぜん動けなかった。

いろんなところで火が燃えてた。

クリス！　はやく避難して！　はやく車に入って！　ってカレンがなんどもなんども叫んでた。

クリスはD班の人たちの名前を呼んでた。

そんとき、おれたちのところからちょっと離れた残骸《ざんがい》がもりあがって、ローバーが四足《クアッド》モードで立ち上がった。

回転ランプがグルグル光って、メインカメラがこっちを向いて、だからおれはタイチを見て、そしたらちょうど目がきゅって動いてこっち見て、ニヤってしたから、あれはほんとにホッとしたよ。

とおくで、ピカ、ピカ、ピカ、ピカピカピカピカって光がついて、その光の塊《かたまり》がスーッて上にあがって、サターンだってわかった。サーチライトがぶんぶん回って、メインアームの爪《つめ》がグワーって開くのが見えた。それを見てたら、おれのスーツのディスプレイも生き返った。

スーツが動くようになって、D班のロバートとかがほかのみんなも助け出してくれた。

あとでクリスがいってたの、なんだっけ、ＥＭＰ？　爆発でそれが出て、システムをぜんぶダメにしたって。でも、ちゃんと対策がしてあったからすぐにもとに戻ったって。

クリスは、ローバーに乗る前に服をぜんぶ脱いで、タンクの冷却用水をホースでかけた。おれたちのスーツにもかけた。

核爆発なの？　ってハナがきいて、クリスがそうだっていって、はじめてわかった。

基地にもどる途中で、空から泥みたいな、黒い絵の具みたいな雨が降ってきた。すげえ土砂降り。ローバーの窓に黒い筋がだらだら流れて、めちゃくちゃ汚くなった。

クリスが、この雨がやばいんだっていった。この雨をあびた人がたくさん死んだんだ、ロンドンやベルリンで。

ハナが、日本でも、ここでも？　ってきいて、ああ、そうだな、たぶん日本でも、ってクリスがいった。トーキョーとキョート。

おもしろいな。TOKYOとKYOTO。

使ってる字がいっしょだ。いま気がついた。前と後ろが入れかわっただけ。こういうのなんていうんだっけ。

クリス大丈夫なのってみんなできいたけど、爆発の瞬間はスーツを着てたから、それほどたくさんは浴びてない、大丈夫だっていった。

毛布にくるまってたけど、すごく寒そうだった。

日本海側のどこかからロケットを発射したんだ、って教えてくれた。日本に残ってた人たちが、自分たちがほんとうの日本政府だと世界中に知らせるために、やったんだって。

サターンがレーザーを発射して、それのせいかはわからないけど、爆発したって。じいさんのことを話したら、クリスは、そういう情報は入っていたっていった。日本人の生き残りがいて、ソヴィエトがその人たちと接触してるって。

偵察機では発見できなかったが、この近辺にも隠れている可能性はあると思っていたんだ。徹底的に捜索するべきだって話はしたんだが、建設を優先するという方針だった。もっとはやく来なきゃいけなかった。ロケット発射のごたごたで、気づくのが遅れた。

基地の見た目がぜんぜん変わってて、すげえ怖かった。いろいろ建物がなくなってて、通信塔も消えてたし、そこらじゅうグッチャグチャで、車とかひっくりかえってバラバラになってるし、でもよく見たら宿舎は無事で、ほんとにホッとした。マシンがたくさん集まって、そこらじゅうでいろんなもの持ち上げたりひっくり返したりトーチで切ったりしてた。

みんな無事でよかった。けがした人はいっぱいいたけど。

カレンとかケンとかもうワンワン泣いてた。おれは泣いてないよ。ちょっと鼻水でたけど。

ママのハグは痛かった。

みんな検査してもらった。クリスはそんなに浴びてないって先生がいってくれて、みんなすごくほっとした。おれたちも大丈夫だって。

そんときにさ、ジョージがさ、クリスに頼んでたんだよ。

「生き残りの人たちに会いたいよ。ここにずっと住んでる日本人と連絡とって、いっしょに暮らしたらいいじゃん！　上の人たちにそういってよ！」って。

ああ、そうだな……ってクリスはいいかけて、そしたらジョージがでかい声でいった。

「クリス！　なんで無理なの？　本気で考えてよ！」

クリスはちょっと動かなかった。

それからジョージを見て、すごくじっと見て、ジョージの手を両手でにぎって、

「俺にできることはすべてやるよ。約束する」っていった。

ジョージはまだ悲しい顔だったけど、「うん」ってうなずいたからみんなすこし安心した。

あのあと、じいさんどうしたんだろ。もういろいろいっぺんに起こったから、ぜんぜんわかんなかった。


服のなかから子供が出てきてた！　見たよオレ！　じいさんじゃねえよあれ子供だったんだよマジで！　嘘じゃねえよ！

おじいさんのほうに丸いのが飛んでくのを見たよ。それが爆発して、でもおじいさんはす

ごく速く動いて、うしろに隠れたんだよ。

最後の顔がよくわからなかった。光が強すぎたせいもあるけど。なんかいおうとしたのかな。ごめんっていいたかったのかも。無事なんじゃない?

死んじゃったんだと思ってほんとに悲しかった。ほんとに死んでない? また会える?

じいさんは死んでないよ。日本人の隠れ家に戻ったんだよ。また会える。いこうぜ。会いにいこう。急いで。

映像を見せてもらったけど、すごかった。でけえ。ロケット。

赤い丸の、日本のマークがついてて、すごくでかいボウルみたいなドームみたいなのが後ろにくっついてて、そこからものすごい煙っていうか、炎っていうか、雲が出てて、あれマジですごかったな。赤とか紫とかいろんな色の光が煙のなかに見えて、稲妻がまわりにバリバリ出てて。

原爆。

核パルスっていうんだっけ? ロケットのうしろで原爆を続けて爆発させて、その力ですごい速度が出せるって。マッハいくつっていったっけ? すげえな。

サターンのレーザーを当てたんだって。急に進路が変わって、下向きになって、基地に飛んできそうだったから。そしたら、爆発した。

クリスが、ソヴィエトが手を貸したんだろうって。

こっそり作ってたんだよ。日本には大きな核燃料プラントがいくつもあって、燃料も残ってたんだ。そいつを使ったんだな。だが、これを使えば宇宙にいける。って。ヒゲもぞもぞさしていってた。

そうだよな。ああいうのを作って、いけばいいんだよ。みんなで。

そう思ったらすげえワクワクしてきた。


あの日本人の子。

あの骨がさ、あの子が、すげえ心配してるみたいに見えたんだよ。

でも大丈夫。

もう失敗はしないから、安心して眠っててていいよっていってやりたい。

おれらなら絶対うまくやれるよ。

あっちの子たちと仲良くなって、でかいチームになる。

でかいロケット作って、みんなで宇宙いく。

楽しみだな。すげー楽しみ。

眠くなってきた。


姉ちゃん最後になんか書いといて、なんか、かっこいいやつ！

おうち

外から見るかぎり、家にはさほど古びた印象はなかった。

玄関のドアノブには、ボタンの並んだ鍵がとりつけてあった。あのころはなかったものだ。教えてもらったキーコードをそこに打ち込む。

できるだけ静かにドアをひらく。

みんなには話してあるから、気にせずに入ってください。外に飛び出したりはしないから大丈夫ですよ。管理人はそういっていたけれど、緊張は解けない。

玄関の様子を意識におさめるより早く、一匹と目が合ってしまった。上がり框《かまち》に接した廊下の真ん中に横たわり、こちらを見上げている。

あわてて視線を脇へそらすと、そこにも一匹、靴箱の上に寝そべっていて、やはりこちらをじっと見ている。毛は濃い茶色の縞模様《しまもよう》。

視線を下へもどし、一匹めのほうに話しかけることにした。

「こんにちは」

やや上ずった声になってしまった。そっと中にはいり、音を立てないように背中でドアを閉める。

相手はなにもいわない。返事がないかもしれないとは思っていたが。

毛は、おおむね黒かった。胸のあたりにだけ白が少し混じっている。こちらを見上げ、尾をゆっくりと揺《ゆ》らし、床を掃くようにしている。

片方の耳は、先端がふたつに分かれている。人間が鋏《はさみ》を入れた跡だ。むかしの習慣らしい。たぶん、この猫もこちらより年上なのだ。この家に住む猫のほとんどが三十歳を超えているのではなかったか。

腰を落として目の高さを合わせたほうがいいか、と迷ったが、そのまま話をつづけることにした。

「わたしは、むかし、この家に、住んでいました」

ゆっくりと、はっきり区切って発音する。〝むかし〟という言葉を知っているだろうか？　語彙《ごい》は個体差が大きいという。管理人は、わたしの訪問予定をどんなふうに説明したのだろう。

黒い猫は、やはり無言でこちらを見上げている。待っていても、こちらの話を理解したという態度は見せず、ふと気が散ったようにあちこちを見回す。

「きょうは、探したいものがあって、ここに来ました」

猫はひとつ大きなあくびをする。

またこちらを見上げたので、続きを促されていると受け取ることにした。

「家のなかに、入ってもいいですか？」

語尾をはっきりと上げた。質問していると伝わっただろうか。

黒い猫は無言で立ち上がり、靴箱のうえに飛び乗った。そこに寝そべっていた縞模様の猫に近づくと、その頭をいきなり前足で叩く。

叩かれた猫はぱっと身を起こして黒い猫に飛びつき、二匹はそこで小さな竜巻になった。竜巻のまま床に落ち、ひとつながりの細長いものになって、廊下の奥へ走り去った。その間、ひと声もない。言葉なし、鳴き声もなし。

こちらは、しばし動悸《どうき》が収まらなかった。

無人の玄関に立ちつくす。猫たちは戻ってこず、家は静まっている。

お邪魔します、と声をかけ、靴を脱いで上がった。開いたままの靴箱のなかに、小さなぼろぼろのぬいぐるみのようなものが収まっているのが見えた。

廊下は、上がり框と平行に左へ進み、すぐに右に折れて、奥へまっすぐ延びている。曲がり角に立つと、廊下の先はやや暗い。足元に、ボロボロに破れた段ボール箱の残骸《ざんがい》が放置されていた。

廊下の左側には和室が二つ、その先には風呂とトイレ。右側の手前には居間への入り口、その少し先に階段の上り口があり、いちばん奥に、居間と繋《つな》がっているキッチンの入り口。学校から帰ると、たいていはキッチンにいた母親に、玄関から帰宅を知らせていた。

左手の和室は、引き戸が開いていた。ぼろぼろに擦《す》り切れた畳が見える。ここがもう人間の住む場所ではなくなっていることを、それは雄弁に語っていた。いまは数十匹の猫だけが暮らすというこの家にわたしが住んでいたのは、もう十年以上まえのことだ。

ぎし、ぎし、と、廊下の奥の階段から、板のきしむ音がする。誰かが下りてくる。

管理人が先に着いていていたらしい。

正直、ほっとした。できれば一人で見て回りたかったけれど、猫たちとの仲立ちをしてくれる人がいたほうが心強い。

姿より先に声が聞こえた。

やや甲高《かんだか》いが、落ち着いた声だ。

言葉は聞き取りにくかった。

チャットで応対してくれた管理人とはべつの人だろうかと思ったとき、相手が階段を下りきって、廊下に姿を見せた。

猫だった。

こちらと同じほどの背丈がある。

信じられないほど長い胴を垂直にして、後ろ足だけで立っている。

毛の色は、ややグレーに近い白。

真ん丸の黒い目が、こちらをじっと見た。

うぇあまわあぁうああ、まぁ。

胴の長い猫は、そんなふうに書き記せそうな声を出した。ついさっきわたしが人間と間違えた、猫がふつうに出すのとは違った声色《こわいろ》。

こちらは急いで手首をもちあげ、スマートウォッチの画面をのぞきこんだ。入る前に起動しておいた聴き取りアプリが表示されている。

大きな×のアイコン。「判別不能」だった。

猫はもうひと声あげた。

おんむあぁわあぉ、あぉぁあぅ。

しゃべったのは間違いないように思えた。けれど、これもやはり、ややこしく抑揚《よくよう》をつけた鳴き声としか受け取れない。

聴き取りアプリは、こんどは日本語を表示した。

「くもり　おふろ」

意味をつかめず、焦《あせ》る。ほんとうに正しく聴き取れているのだろうか。猫が日本語のつもりで発している音声を分析して、ひらがなとして表示してくれるだけのアプリだが、正確さにはやや難があるのだという。

猫は、体をまっすぐ立てたまま、後ろ足だけで歩いて近づいてくる。

ぐにゃぐにゃとうねり、よたつく下半身、その揺れを抑えるためにか、小刻みにかくかくと左右に動く頭。人間とはまったく違う、かといって猫らしくもない、異様な歩き方だった。

わたしのそばまでくると、上体をどすんと落とし、四本足になり、こちらを見上げる。

すると、いままでの異様な風体《ふうてい》が嘘《うそ》のように、ふつうの猫らしくなった。瞳は縦に細くなっている。

ふつうの猫のような声で、ひとつ鳴く。

こんどはあきらかに人の言葉ではない、ただの鳴き声だったけれど、なにかを訊ねるような調子があった。

こちらは、さきほど玄関で黒い猫にした説明を繰り返した。

立ったままで話すか、しゃがみこむか、迷って中腰になった。

猫は、こちらを見上げて耳をひくひくと動かし、腰を落として丸くなり、自分の足先をなめた。

わたしが説明しおえると、長い猫は、なにも答えず、また後ろ足だけで立ち上がった。

つかのま猫のふりをしていたが、それをやめて謎の生き物に戻った、という風情。

なにもいわずに踵《きびす》を返し、廊下を歩き、向きを変えて階段に足をかけ、二本足のまま、またゆっくりと階段をのぼって、姿が見えなくなった。ぎし、ぎし、と足音があがっていく。

その歩調が、かつての父親のそれに似ていることに気づき、心を乱された。

振り返って、悲鳴をあげそうになった。

いつのまにか、たくさんの猫が廊下に集まって、こちらをじっと見ていた。

みな尻尾をまっすぐ上に立てているのが不気味だった。どの目もぎらぎらとこちらを睨《にら》んでいた。


反応を迫られているように思えて焦り、挨拶のことばを述べようとしたとき、頭上からなにかがぱらりと落ちてきた。


紐《ひも》だ、と分かったとき、それが首のまわりで締まった。

うしろへぐいっと引かれ、倒れそうになる。喉が苦しい。


紐を取ろうと首元をかきむしりながら顔を後ろへ向けると、わたしの首を絞めている紐の先端を、一匹の猫が前足で床に押さえつけていた。わたしと目があったとたん、紐を離してぱっと駆け出していく。


紐が緩んだ。

猫たちが、わたしに飛びかかってきた。

みな、なにか叫びながら、木登りのようにわたしの体を駆け上がろうとする。

やめて、とわたしは猫たちにいう。猫たちはやめようとしない。

やめて！　と怒鳴り声になった。

それでも猫たちはやめない。

パンツに爪《つめ》をたてて駆けのぼり、袖にとりつく。こちらは悲鳴をあげて払いのける。

廊下の奥のトイレに走った。

飛び込んでドアを閉じ、鍵をかける。

足元をみて、ぎょっとした。猫のためらしい、小さな跳ね上げ扉がドアの下端につくられていた。以前はもちろんこんなものはなかった。それが押し上げられ、猫がこちらへ顔を突っ込もうとしている。あわてて扉をつま先で押し返す。勢いで、猫の顔を蹴《け》ってしまったかもしれない。

すぐに外側から押し込まれるのを感じ、必死で押さえつづける。

かりかりとドアをひっかく音がする。猫たちが口々になにかわめく。

いくつかの言葉をアプリが拾う。「たま」「ひかり」「よびだし」……

せかい、となぜか続けて画面にあらわれた。猫にとっての「せかい」とはなんなのか？

背後からも猫の声がした。振り向くと、窓のすりガラスの向こうに、いくつも猫のシルエットがある。ここの猫たちは、家の外に出ることが許されているのだろうか？

わあわあわあ。わあわあわあわあわあ。

何匹もの声が重なって、化け物のような不気味な大音声《だいおんじょう》。

スマートウォッチの画面を何度もタップしそこねたあと、ようやく管理人への通話呼び出しが通った。

「あ、はーい、すみません、そちらは大丈夫ですか?」

はきはきと明るい声が返ってきた。管理人はわたしより十歳ほど年上らしいが、最初に連絡したときのチャットの映像では、それより若い雰囲気があった。

ドアのむこうでは、猫たちがさらに騒がしくなった。管理人の声に気づいたらしい。

「みんないい子にしてます?」

「あ、あの……はい、大丈夫です」

けっきょく、そう答えた。助けを求める悲鳴を飲み込んで。

管理人は、わたしの声からなにかを、少なくとも困惑を、感じ取ったのだろう。

「すごくおしゃべりな子がいると思うんですけど、ぜんぶ聞いてあげなくてもいいですよ。お客さんは忙しいから相手できないって説明してありますから、気にしないでください」

首を絞められそうになったことを伝えるかどうか、迷った。

「あら、なんか騒いでますね……」

管理人にも猫たちの声が聞こえたらしい。

「いま、スピーカーはオンになってます? ちょっと音量をあげてもらっていいですか」

いわれたとおりにすると、管理人は声をはりあげた。

「みんな、聞きなさーい」

これに反応して、トイレのドアの向こうから、ひとかたまりの鳴き声が、わっと迫ってきた。

「あと三十分でそっちにいくよ! お客さんにいたずらしちゃダメだよ! そこにいる、人間に、いたずらは、ダメ！　わかった？」

猫たちが静まった。何匹かは不満そうな鳴き声をたてた。

人間と呼ばれて、こちらは妙な気持ちになる。

管理人は声を控えめにし、

「探し物は、もう見つかりました？」

「すいません、まだです……」

管理人は申し訳なさそうに笑って、

「ごめんなさい、あの子たちがちょっかい出すから、探すどころじゃないですよね」

管理人と一緒にこの家を訪れるはずだったのが、直前に連絡があり、先にひとりで来るように頼まれていた。〝むずかしい子〟が家にいて、と管理人はいっていた。大集団のなかでは暮らせない性格の猫を自宅で飼っており、その猫が急に調子を崩したので、面倒をみてから来るのだという。

電話越しに、かちゃかちゃとなにかの器を片付けるような音が聞こえる。

「みんな、たぶん退屈してるんですよ。なにかいたずらするようだったら、知らせてくださいね。注意しますから」

いたずらと聞いて、すぐにこちらの脳裏《のうり》には煙をあげるマンションのニュース映像が浮かんだ。あれも猫のいたずらが原因だった。ほかにもいろいろあった。大規模な停電、水浸しになった家、止まった工場……長く生きて賢くなった猫たちがひきおこした災害の数々。無人の家にこんなにたくさんの猫を住まわせて、ほんとうに大丈夫なのだろうか。

「聴き取りアプリ、あんまり役に立たないでしょう」

「そうですね……」

英語圏のものはもうすこし精度が高いらしい。日本語はデータ分析のためのサンプル数が少ないので、仕方がないのだとか。

「みんな自分の好きなようにしゃべるから、わたしも全部はわかんないんですよ。発声器官の構造もぜんぜん違うのにむりやり出すんだから、もうむちゃくちゃですよね」

そういって管理人は笑い、

「あ、でも、こっちの話すことはまあ通じますよ。だから、ものを動かしたり戸棚を開けたりするときは、近くの子に声をかけてやってくださいね」

いまのところ、通じたとはとても思えない。

メディアでいわれていることは大げさだろうと思っていたから、それほど期待してはいなかったとはいえ、こんなに意思疎通を図るのがむずかしいなんて。この家には、人間の言葉を、つまり日本語を、しゃべれる猫だけが集められているのではなかっただろうか。ただ、ここへ来るまえに調べたら、猫の言語能力についてはわたしもいろいろと思い違いをしていたことがわかった。

すべての猫が、歳《とし》を取ると話せるようになる――間違い。人間の言葉を話せるようになる猫は少ししかいない。全体のおよそ二割とされている。

高齢の猫ほど上手に話せる――間違い。流暢《りゅうちょう》さや語彙の豊かさは、年齢とは無関係。二十歳の猫のほうが四十歳の猫よりよく話すということもある。

人間のように流暢に話せる――話せない。ほとんどの猫が、せいぜい三語程度を並べられるだけで、文章の体《てい》をなさないことが多い。発音も人間とはまるで違う。猫の認知する音を、猫の体の構造で可能な範囲で模倣《もほう》するので、母音はおおむね合っているが、人間が聞き取れるような子音はほぼない。発声サンプルの集積が分析され、それをもとに聴き取りアプリが作られてようやく、慣れていない人間でも猫の言葉をそれなりに受け取れるようになった。

薬によって猫の知能が高まった――間違い。今世紀の初め頃から猫に与えられるようになった腎臓病の予防薬や癌《がん》の治療薬は、たんに猫の寿命を延ばしたのみ。話す猫の出現は、知能の高い個体が、長く生きることにより人間とのコミュニケーション技術を向上させたというだけにすぎない、とされる。

長寿の猫は人間を攻撃するようになる――いまだに根強く信じられている。そして、それはデマだとわかっているつもりでここに来たわたしも、猫たちはほんとうに邪悪なのではないかと、不安になってきた。

便器のふたに腰を下ろした。この安全な空間にずっと閉じこもっていたかった。

この家に住んでいたころ、同じような気持ちでここにいたことが数えきれずあった。

脇の壁には、あのころと同じようにカレンダーが貼《は》られている。もちろん、今年のものではない。七年まえ、父親の葬儀の年だった。考えてみれば当然だ。

父親の葬儀には出ないわけにいかなかった。そのくらいの恩はあると思った。

母親はその二年前に離婚して遠方に暮らし、参列しなかった。

せっかく死病のない時代になったのに、自分を粗末にするなんて、と高齢の親族が嘆いていた。

葬式で泣かずにいると印象が悪いかもしれないと心配していたが、他人が想像するであろうものとはまるで違う理由で涙がこみ上げ、声が出るのをどうにかこらえた。

葬儀のことを皮切りに思い出がつぎつぎに浮かんできて、トイレから逃げ出したくなり、腰を上げた。かつては避難所でもあったのに、いまは過去におびやかされる危険な場所になってしまったことを奇妙に感じつつ、追い立てられるような気持ちでドアをひらいた。

廊下には、猫はもう一匹もいなかった。

廊下に面した二つめの和室は、ばぁばとわたしで共有し、のちにわたしひとりの部屋になった。こちらは引き戸が外されていて、いまはわたしの机もなく、当時の面影は失われている。畳がやはりひどく擦り切れていて、そのうえに雑多なクッションやラグが散らばり、大きな三角形をつくるように三匹の猫が丸くなっていた。どの猫も目を閉じている。

そのうちの一匹が、なにかしゃべった。目を閉じたままだが、眠ってはいなかったらしい。やはり鳴き声とは違う、奇妙な、やや気味の悪い声色だ。言葉だけでなく、声も人間に似せようとした結果、こうなるのかもしれない。

聴き取りアプリがこれも日本語の発音だと判断し、表示してくれた。

「なま」

べつの一匹が、こちらも目を閉じたまま、一言発した。

「あたま」

三匹目がそれにつづく。

「まる」

また一匹目が、

「ちかてつ」

順番にひとことずつ、延々と続ける。三匹ともずっと目を閉じていて、寝言を披露しあっているかのようだ。

人間に、つまりわたしに、聞かせようとしているのではなさそうだった。わたしがここにいることにすら気づいていないように見える。

この猫たちはしりとりをしているのかもしれないと、ふと思った。

中に入るのはためらわれた。この三匹が目をぱっちり開いたら、即座にこちらにとびかかってくるのではないかと怖かった。

どのみち、ここにあの絵がないことはわかっている。

ばぁばは、あの絵はまだあそこにかけてあるか、と何度もたずねた。

わたしはずっと、ばぁばのこの部屋にあの絵を戻してあげたかった。でも、この家では、そんなささやかな自主性さえ、わたしには許されていなかった。少しでもあの家族の意に添わぬ行動をすると、居間に呼ばれ、なぜそれが間違ったことであるかを父親と母親にこんこんと説《と》かれた。

いったいどういう理屈だったのか、当時ですらよくわからなかった。

二階へあがらなければいけない。

絵がかけられていたのは父親の書斎だ。

ふたつの理由で足が重かった。またどこかから猫たちが飛び出してくるのではないか、そして、思い出したくない過去も飛び出してくるのではないか、と。二階には、父親の書斎、父親と母親の寝室、兄と姉の部屋がある。

階段の最初の段をそっと踏みしめると、ぎしっ、と鳴った。

あの長い猫が二階のどこかにいるだろうことを思い出し、足が止まる。

と、灰色の縞模様の猫が一匹、わたしを追い越し、階段のてっぺんに駆け上がった。

そこからこちらをじっと見つめる。こちらの目線は相手の猫より少し低い。わたしはひるんだ。

灰色縞の猫は、身をかがめたかと思うと、ジャンプしてわたしに飛びついた。うわっ、とわたしは声を上げた。猫はわたしの顔に覆《おお》いかぶさるようにしがみつき、頭の上へよじ登る。

そして、力強い後ろ足の蹴りとともに、またジャンプして、二階の廊下と階段の間にある落下防止用の手すりに着地した。

いっ……たい！　とわたしは叫んでしまった。本当に痛かった。

手すりから、猫はまたこちらに飛ぼうと身構えていた。

まるで子どもにいうようだと思いながら、きつい声をだした。

「ヤナダさんにいうよ」

管理人の名前だ。

すると、猫は勢いをくじかれたように体勢を崩し、飛ぶのをやめた。なんだかしゅんとしたように見えた。

みおぅ、とひとこと残し、手すりから降りて去っていった。声にはどこか捨て台詞《ぜりふ》の雰囲気があった。

スマートウォッチに目をやると、聴き取り結果は「しごと」だった。管理人には仕事があるから、ここには来れないよ、といいたいのだろうか。猫に対する恐怖よりも憎らしさが勝ち、それですこし気が軽くなった。

父親の書斎に入らなければいけない。

もし、父親がこの家で死んでいたのだったら、訪れる気にはなれなかっただろうと思う。

書斎のドアは外されていた。見たところ、二階のどの部屋もそうだった。それぞれの部屋のなかが丸見えになっているのは、ドアがあったときよりも怖い眺めだった。

戸口から中を窺《うかが》うと、書斎も、家具はあらかた無くなっていた。カーテンはかつてと変わらなく見える。レース越しに西日がさしこみ、部屋はまだ明るい。あちこちに猫がいて、何匹かはこちらに目を向けるが、なにもいわない。わたしはなるべく目を合わせないようにする。

室内に足を踏み入れるのは、まだすこし怖かった。一階で自分を襲った猫たちも、このなかにいるかもしれない。

壁に絵はなかった。

いまは、絵がかけられていたはずの壁一面に、たくさんの小さな棚が取り付けられていた。いくつかの棚板からは、猫が不機嫌そうな顔でこちらを見ている。

絵は、家具と一緒に捨てられてしまったのか。それとも、どこかに仕舞い込まれているのか。姉と兄があの絵に興味を示していたとは思えなかった。母親も。

ないなら、それはそれで諦《あきら》めがつくだろうと思っていたのに、腹の底を焦《こ》がされるような満たされなさを自分が感じていることが不本意だった。

猫は部屋のなかに大勢いた。雑多なものが散らばるなかに、見れば見るほど猫がいるのに気づく。

一四、わたしの足元へ寄ってきた。こちらをちらっと見上げ、胴体をこちらの足にすりつけるようにして、わたしのまわりをぐるぐると巡る。
たぶん友好のしぐさなのだろうと思い、こちらもそれにこたえようとして、頭をなでようと手をのばした。すると、猫はこちらの手を前足で叩き、さっと逃げていってしまった。さほど痛くはなかったけれど、ショックは大きかった。

背後の、妙に高いところから猫の声がきこえて、びくりと振り返った。

わたしのすぐうしろに立っていたのは、あの長い猫だった。

驚きを抑えつつ、たずねてみた。

「ここに絵があったの、知ってる?」

絵といって分かってもらえるのかどうかも確信がもてない。

「人間の絵だよ」

重ねていってみた。そう、人間の絵だ。人間の描《か》かれた絵、人間の描いた絵。ひょっとすると、いまの猫は、絵も描けるのだろうか?

長い猫はひと声鳴いて、踵を返し、直立したまま廊下の先へ歩いていった。

いちど止まって、わたしがついてきているのを確かめ、また歩き出す。

兄の部屋へ入っていく。

わたしもあとに続いた。

ここにもやはり家具はなく、なぜか弦のないアコースティックギターだけが残されていた。兄の持ち物だったはずだ。表面の板は、猫にやられたのか、ぼろぼろに剝がれている。

長い猫は、部屋のすみに立ち、こちらを見ていた。

ここの壁にもたくさんの棚板が取り付けられていて、その一つのうえに、ばぁばの絵はあった。飾るように立てかけられていた。

たしかにあの絵だった。

胸がざわついた。これを安堵《あんど》といっていいのだろうか。

近寄って手に取ろうとしたそのとき、長い猫がわたしを突き飛ばした。

そういってしまうと大げさかもしれない。わたしの胴に前足を当てて、強く押した。わたしは驚き、よろめいて後ずさった。長い猫はわたしを押した勢いで体を前に倒し、四つ足になった。

長い猫は、後ろ足だけで立ちなおすと、絵とわたしのあいだにまた体を割り込ませるようにして、ひと声鳴いた。

いやだ、といっているようにしか聞こえなかった。

わたしは、体の震えをなんとか抑えようとした。

「それは、わたしの絵です」

声も震えた。

本当にそうだろうか。これをわたしの絵といっていいのだろうか。どこまでそれを主張していいのか、わからなくなってしまった。厳密にいうならわたしの絵ではないし、わたしを描いた絵でもない。

長い猫は、またひと声発した。

しょっぱい、とアプリの画面には出た。

えっ……？　とわたしは聞きかえした。長い猫はただ黙ってわたしを凝視する。

本当はなんといったのだろうか。こういう大事なところで誤認識されてしまったら意味がない。

わたしは、また努めてゆっくりと、言葉を区切りながら長い猫に話しかけた。

「わたしは、むかし、この家に住んでいたけれど、この家の子どもではないです。でも、わたしは、この家で、おばあさんと仲良しでした」

子どもの作文のようだ。そう思ってくじけそうになったが、続ける。

「おばあさんが、その絵を、わたしにくれるといいました」

長い猫は目を大きくして、こちらをじっと見ている。

「その絵は、ばぁばが、おばあさんが、若いころに描いた絵です」

あなたの絵を描いたよね、とばぁばは何度もわたしに話すようになった。いつのまにか記憶がそう変わってしまったらしい。あなたがうちを出るときには、あの絵を持っていきなさい、といってくれた。わたしは、ばぁばの本当の孫のひとりになっていたのだと思う。ばぁばと一緒にいるときだけは、わたしはあの家の正当な住人でいられた。

絵をわたしに譲るという遺言があったわけではない。家を出るときには、ただ出るということだけで精一杯で、絵のことを思い出す余裕もなかった。そのあとの年月は、あの家ごとすべてを心から追い出していた。

いまようやく、あの家で暮らした年月のなかから、たった一つだけ拾い出せる愛しいものを、受け取りにきたのだ。

「わたしに、その絵をください」

長い猫は否定の声をあげた。

しょっぱい、とアプリにはまた出た。

長い猫は、ためらい、守勢に立たされながら、それでも断固として、絵を渡すことを拒んでいた。わたしの目にはそうとしか見えなかった。こんなに猫の感情はわかるものだろうか。わかったと思っていいのだろうか。

長い猫は、前足を器用に使って、絵を自分の胸元に引き寄せた。そして、顎の下に押さえこむようにして絵を抱え、後ろ足だけでよたよたと、それでも驚くほどの速足で、部屋を出ていってしまった。

追う気にはなれず、兄の部屋に留《とど》まるのも耐えられず、ただ廊下に出た。

この家はわたしの家ではないし、あの絵もわたしの絵ではない。ようするに、そういうことなのだ、と思った。


ないものねだりをしても仕方がないと思って生きてきた。

過去を悔やむことは、ないものねだりの最たるものだろう。

自分にとっても相手にとっても事故のようなものだった、と人には話してきたし、自分にもそういいきかせ、納得してきた。親しくなった人から同じようにいわれたこともあった。

自分のことを、よい飼い主にめぐり会えなかったペットであるかのように考えてしまうときがあった。もちろん、そうではない。よくも悪くも、この家での自分の立場はペットとはかなり違うものだった。でも、だからこそ、自分のほうにもっとできることがあったのではないかと考えずにいられない。非力で言葉を持たない動物ではなく、人間なのだから、と。

中学二年までは、祖父と祖母に育てられた。ばぁばではない、実の家族だ。そのあと、この家に引き取られた。ばぁばは祖父の従姉《いとこ》だ。祖父と祖母になにかあったら、ばぁばがわたしを養うと約束していたのだという。ただ、実際になにかあったとき、それは中学二年の春だったが、ばぁばは昔のことをきちんと思い出せなくなっていた。

それでも、この家族はわたしに居場所をつくってくれた。だから、わたしは、自分がばぁばの世話をひとりでまかされるのを、当然のこととして受け入れた。それだけの恩があると思っていた。養子縁組をしないことも承諾した。遺産を受け取る立場になるのは図々しいと感じたから。

この家の父親と母親は、わたしを実の子とおなじように可愛がった。たぶん、自分たちでは本当にそう信じていたのだと思う。兄と姉、つまりこの家の息子と娘はすでに成人していて、家にいることも少なく、わたしにはほとんど興味を示さなかった。

父親がわたしに示した興味については、語る言葉が見つからない。そんなことが本当にあるものだろうか、と当時ですら信じられなかった。けれど、それはたしかにあった。意図はあきらかだったし、何度もあった。階段を下りてくる足音を恐れる夜が長く続いた。

未遂だったからいいというものではないと、のちに知り合った友人も、わたしの話を聞いて強く同意してくれた。ただ、自分になにができるだろうか、家を出て何年も経っているのに事を荒立てる意味はあるだろうか、と迷っているあいだに、相手がいなくなってしまった。ふさわしい罰を受けたと見なせなくもない。それでこちらの気が済むわけではないが。

あの友人がわたしの境遇に涙を流して怒ってくれたから、父親の葬儀でわたしにもおなじ種類の涙が湧いたのかもしれない。それまでは自分を責めていた。自分に一点の非もないと信じることができなくて、いつまでも堂々巡りの思考から逃れられなかった。

わたしが高校生になって最初の冬に、ばぁばは静かに人生を終えた。そうなった以上、この家で養われる理由がなくなったと、わたし自身が強く思い込みすぎていたのかもしれないし、あの家族のほうが考えを上手に隠せていなかったのかもしれない。そこからの年月を、わたしは、養ってもらっていることへの感謝をつねに忘れず、従順であらねばならぬという強迫観念にいっそう囚われて暮らした。にもかかわらず、あの家族にとっては、わたしは常に、感謝の足りない不孝者でしかなかったように思う。

あなたは借りを返したよ、とある友人にいわれた。最後までばぁばの傍にいたことだけでも、あの家族に養ってもらったことへの恩返しは十分にしたのだ、と。やがて、自分でもそう信じられるようにはなった。

階段のいちばん上の段に座りこんだ。

長い時間をかけてすべて片づけて、最後に残った忘れものを取りにきたつもりだったのに、ここにいると、片づかない気持ちがつぎつぎにこみ上げる。


わたしの横に、なにかが腰をおろした。

長い猫だった。

人間がするように、けれど人間とはどこか違うやりかたで座り、長い猫は話しはじめた。

長い長い言葉の連なりを。

「ひかり」
「うみ」
「とけい」
「なく」
「あたたかい」
「たいこ」
「みず」
「おりかえし」
「やま」
「さける」
「たまご」……

猫に表情などないと思っていたけれど、話しているあいだ、長い猫の顔には、いっしょうけんめいと形容したくなるような緊張と熱意がみなぎっているように見えた。

言葉を発するたびに首のあたりに力みが入って、それに引っ張られるように上体がふらふらと揺れた。片方の前足が中途半端に宙に差し出され、ときどき指がひらいたりとじたりした。かしいだ顔のなかで、目だけは、まっすぐにわたしのほうに向けられていた。

とてつもない努力をして、猫という生き物にできることの限界、ほんとうにぎりぎりの限界のところで、人間という、自分とは異質な生き物に歩み寄ろうとしているようだった。

感動とも恐れともつかない気持ちがこみあげた。

長い猫は、唐突に話をやめた。

感想を待つように、わたしをじっと見つめる。

「ありがとう」

わたしは、長い猫にそういった。

長い猫は、ほっとしたように階段のうえで体を丸め、ほんのいっとき猫らしくなったあと、また後ろ足だけで立ち上がり、兄の部屋へ戻っていった。

よくわからないが、どのみち絵を渡す気になってくれたわけではないらしい。

もうそれでいいのだと思うことにした。

管理人を待つ必要はないだろう。探し物はなかったと伝えて、会わずに帰ろう。そう決めて立ち上がったとき、突然、家中が物音で満たされた。

二階の廊下が、猫の川になった。

猫の川はわたしの脇を通りすぎ、階段を流れおちた。

何匹かは、わたしが邪魔だといわんばかりに不機嫌な声をぶつけていった。通り過ぎざまに尻尾で叩いていくのもいた。

「サカキさーん、すいません、おまたせしました」

猫の川が流れたあとから下りていくと、管理人が玄関で猫の渦のなかにいた。明るく曇りのない笑顔をこちらに向けている。

靴を脱いで上がりながら、猫の名前らしいものを点呼していく。

管理人の両手は別々に動いて、集まる猫たちを素早く次々に撫でていた。相手によってやりかたを変えているようで、頭をつつむように撫でまわしたり、顎の下をくすぐるようにしたり、背中をぽんぽん叩いたりする。

猫たちはというと、その間ほとんど鳴かず、喋《しゃべ》らなかった。順番まちで焦《じ》れたらしい数匹が抗議の声をあげたくらい。

「みんな、お客さんが気になっちゃったの？　お客さん、いい人でしょ？」

管理人がなだめるように声をかける。

一匹が、抗議するような鳴き声をあげながら管理人の膝《ひざ》に前足をかけ、飛び乗り、体をのばして、管理人の耳に顔を近づけた。そして、なにごとかを熱心に耳打ちする。母親にいいつける小さな子どもそっくりだ。声をひそめているつもりなのだろうが、こちらにまで聞こえているのがまた子どものようだった。もっとも、アプリが拾えるほどの音量ではない。うなうなう、うあう、などと聞こえはするが、なんといっているのかは検出されない。

管理人の耳に口をよせてささやきかけながら、ちらちらとこちらに目をやる様子に、わたしは少なからず傷ついた。

管理人は、猫たちを撫でる手を止めず、うん、うん、と大きく頷きながら耳打ち猫の訴えを聞いたあと、申し訳なさそうな苦笑を浮かべてこちらを見た。

「ごめんなさいね、この子はすごく縄張りを気にするから……」

それにまた猫が抗議の声をあげ、管理人は、はいはいはい、となだめるように応えながら猫の顔を両手ではさみ、揉《も》むように撫でた。

なんか、すみません、とわたしはつい謝ってしまう。

「いえいえいえ、気にしないでください！」

そういいながら、管理人は猫の群れに押されるようにキッチンに入っていった。

「すみません、ちょっと、この子たちにごはんを出すのを手伝ってもらっていいですか？」

わたしにそう頼みつつ、手はつぎつぎと大きなペットフードの袋をひらき、テーブルのうえに缶詰を並べ始めている。

「あ、でも、器によそうのはわたしがやりますから、最後に持っていっていただくだけでいいです」

猫たちは、キッチンにつながった居間にぎっしりと集まり、管理人の準備を見守っていた。わたしには敵意のこもった目を向けているような気がしてならない。

一匹の猫が、前足で管理人の足をつつき、なにか訴える。毛は白と黒が混ざっていて、顔も、左右に開いた黒いカーテンのあいだから白い鼻を突きだしたような色分けだ。

「なに、さかな飽きた？　じゃあこれにする？」

そういって、缶をひとつ猫に見せる。白黒猫はひと声鳴いたが、肯定なのか否定なのかわたしにはわからなかった。

思い出がひとつ顔をだす。母親の認識のうえで、わたしは、嫌いな食べ物がとても多いことになっていた。こちらがどれだけ訂正しても記憶をあらためてくれず、しだいに嫌いな食べ物の種類も増えていき、そのことを遠回しに責められた。他人をあずかるストレスの反映だったのだろうと今は思う。台所で料理を手伝わせてもらえたことがなかったので、一人暮らしを始めたとき、日々の食事を自分で作れるのがほんとうに嬉《うれ》しかった。

管理人は、粒状の餌《えさ》を入れた器に、似たような粒状の餌をぱらぱらと足していった。

「これがお薬のフードなんですよ。長寿の源《みなもと》ですよね。発売を禁止しろっていう声があがって大変だったんだけど、死守しました」

誇らしさを冗談にくるんだような笑いをもらし、

「猫を守るために、わたしのところみたいな小さい団体がたくさん束になって、がんばったんですよ」

管理人は、小規模な猫の支援団体を運営している。その活動がメディアに載り、わたしはそれを見て、この家が猫の住まいになっていることを知ったのだった。

「でも、近頃は、わざと薬をあげてない飼い主もいるらしいです」

えっ、とわたしは大きな声を出してしまった。

「そんなことするんですか……」

「ちょっと信じられないでしょ。でも、人間はそういうことをする動物なんですよね」

そういって、管理人はわたしの顔をじっと見つめた。

「だって、わざわざ、そんな……」

うまい言葉が見つからない。

「たぶん、それが猫にとっても幸せなことなんだって、自分に信じ込ませちゃうんですよ、そういう人は」

まるであの家族のようだと思わずにいられなかった。

「ペットフードのメーカーも大手が撤退したりして、一時は大変だったけど、いまはまた猫の印象がよくなってきて、飼う人も少しずつ増えてるんですよ。ここの子たちも、この家が終《つい》の住み家にならないように、がんばってるんですけどね」

管理人に連絡したとき、はじめはわたしも飼い主候補だと思われたので、猫を飼うつもりはないことを伝えていた。

待ちあぐねたか、猫たちがだんだん騒々しくなってきた。何匹か、キッチンに入って管理人のまわりをうろうろしはじめる。

「寿命が長くなるって、本当はすごくいいことのはずですよね。まさかこんなことになるなんて、猫だって予想してなかったと思うんですよ」

ねえ、と管理人がかたわらの白黒猫に呼びかけると、ねえ、と猫も答えた。

「これだけ言葉を話せるようになっても、猫にとってはおまけみたいなものなんですよ。だって、猫には猫の言葉がもともとありますから。体の仕草でほとんど通じるし、鳴き声もあるし。人間がいつまでたっても猫の言葉を覚えてくれないから、猫のほうがしかたなく人間の言葉を使うようになったってことなんですよね」

たいへんなんだよね、とまた白黒猫に話しかけながら、その喉を掻《か》く。猫は答えず、目をつぶっている。

「ほんとは人間だって、言葉よりも、表情や体の動きで伝わるところがすごく大きいですよね。猫たちも、言葉がほんとうのことを伝えるなんて思っていないです、たぶん。だって、人間がそうなんだから。猫も嘘をいいますよ、たくさん」

「そうなんですか」

「でもね、話すようになって、よくなったこともありますよ。痛い、っていえる猫がいるんですよ。これは、人間としてはすごくありがたいんです。猫は、痛かったり苦しかったりするときに、それを伝えるのが上手じゃないですから。言葉を使うようになって、いまは、人間にもっといろんなことを要求してもいいんだ、って思ってるのかもしれないですね」

わたしも、あの家族にもっと要求するべきだったのだろうか。苦しいと伝えればよかったのか。

そう考えて、動揺がめまいのように体をゆるがせた。

わたしの過去と、猫たちの現在。無関係な二つの世界を、どうしても頭のなかで重ねてしまう。

そんなことを知る由《よし》もない管理人は、小さなテーブルに餌の器を並べたものをひとつ、わたしに手渡す。

「じゃあ、これをお願いします。あのソファーの横のへんに置いてください」

おそるおそる持っていくと、猫たちは案外行儀よく、わたしがテーブルを床に置くまで待っていてくれた。そして、わたしが身をひいたとたん、器へ突進して猛然と食べ始めた。

餌が猫たちに行きわたり、かりかりと齧《かじ》る音で居間が満たされる。

「探し物はどうでしたか？」

わたしは迷ったが、嘘をつくのも気が引けて、探し物は絵であること、長い猫が持っていることを話した。

「あっ、あの絵だったんですか……」

管理人の顔がさっと曇る。

「あの絵は、まるちゃんがすごく気に入ってるんですよ。なんでなのかはわからないんですけど……」

まるちゃんというのがあの長い猫の名前なのだろう。

「でも、サカキさんにとって、すごく大事なものなんですよね？」

わたしは答えにつまった。そうしたことでむしろ本心を明かしてしまったのかもしれない。管理人は真剣な目でこちらを見つめ、

「なんとか、説得してみます」

そういって、初めて見る厳しい表情になった。あの長い猫はかんたんには従わないのだろうと、こちらにも想像がついた。

わたしは、心のなかであの絵にからみつく未練の糸を解《ほど》こうとしながら、

「あの猫にも、きっと大事にする理由があると思いますし……」

管理人はますます難しい顔になり、

「でも、それじゃサカキさんに申し訳ないです。まるちゃんには、我慢してもらいますから……」

わたしは、この人の機嫌を損ねないようにしつつ、あの絵がもう自分には必要ないことをわかってもらわなければいけない。ほんとうに必要ないかどうか、自分でも確信を持てないというのに。胃が痛みはじめた。

表面的には管理人と長い猫の対立だが、ここで真に対立しているのはわたしと管理人なのだ、と思った。

捨てたほうがいい執着だと思っているし、たぶん、無理やりにでも捨てたほうが自分を守れる。これがわたしの生き方なのだ。でも、管理人はこの生き方を肯定してくれないのではないかと思

えてしかたがなかった。ここでためらえばためらうほど、管理人は、あの絵に対するわたしの執着が深いと受け取るだろう。それはけっして間違いとはいえないのが厄介だった。

ずっと罪悪感を抱えていた。この家にとって、わたしが招かれざる客であったことへの。

それが年月と共に少しずつ薄れていってから、湖が干上がったあとに船の骸《むくろ》が姿をあらわすように、ひとつの大きな感情が残った。

——恨《うら》み。

わたしはその強さにおののき、捨てさろうとした。わたしにそれを抱く権利はないと、自分に言い聞かせた。わたしが受けた利益、庇護《ひご》、衣服や食べ物。頭のなかで、それらを天秤《てんびん》の一方の皿へ積み上げ、利と害の天秤がおおむね釣り合うのを確かめた。

そうしてこの家へ戻ってみたら、どうしてなのか、天秤はまた大きく傾いてしまった。

本心では、わたしはあの絵を持って帰りたかった。どうしても。

絵の話をしているのに気づいたらしく、長い猫が走ってきて、わたしと管理人が向き合う脇に後ろ足だけで立った。

大きくひらいた目を、わたしと管理人に交互に向ける。

「まるちゃん……」

管理人が長い猫に向き直ると、長い猫は、やっ、と、牙をむきだしにして鳴いた。

その声の強さがすべてをあらわしていた。

わたしは、すこし腰をかがめて長い猫と目の高さをあわせ、相手をじっと見ながら、「あの絵は、あなたが持っていていいよ」といった。

管理人が本心と受け取ってくれることを願った。

長い猫は、小さくひと声鳴くと、前足を落とし、床に体を丸め、猫らしい姿に戻った。

管理人は、そのわきにしゃがみこんで溜息をつき、まったくあんたはもう、と声をかける。それからわたしを見上げて、「ほんとにすみません」といった。

いえいいえ、いいんです、とわたしは答えながら自分もしゃがみこみ、腹の毛を丹念になめる長い猫を見つめた。

「ちょっと、上にいきましょうか。ベランダに」

管理人はそういって立ち上がり、猫たちに声をかけた。

「お客さんと大事なお話をしてくるね」

不満そうな声があちこちからあがるなか、管理人はわたしを促して二階へあがり、ベランダへ出た。

サッシを閉じ、外へ向いて手すりにもたれ、わたしにも同じようにするように示した。

「こうして、顔が部屋のなかに向かないようにしていれば、大きい声で話さないかぎり、話を聞かれたり顔を読まれたりすることはないです。ちょっとホッとするでしょ?」

このベランダも、かつてのわたしが息をつける数少ない場所のひとつだった。家族が出払っているときに限ってだったが。

じゃあ、とっとと出たらいいんじゃないの。ある晩、この場所で、姉が吐き捨てるようにそういったのを思い出す。同じように二人でベランダの手すりにもたれていて、そういったときの姉の表情は見えなかった。

わたしは恩知らずとして家を出た。その後も、恩知らずらしいふるまいを続けた。父親が死ぬまで、あの家族とのやりとりはほとんどなかった。わたしが家を出てさほどたたぬうちに、あの家族はばらばらになった。それも自分のせいだったかのように思えて、長いあいだ、わたしの心を重くした。

管理人の言葉が、追憶を断ち切った。

「本当に、あの絵をまるちゃんにあげちゃって大丈夫ですか？　そのためにわざわざ来たのに……」

どこまで話せばいいだろう。自分はどこまで明かすつもりがあるだろうか。

「話せば長くなる事情がありまして……」

なんと陳腐な決まり文句か、と恥ずかしくなりつつ、

「過去に執着しすぎるのもよくないですよね。なにかこう、呪《のろ》いのアイテムみたいなものなんです、わたしにとって、あの絵は。だから、あの猫が持っててくれるなら、むしろありがたいっていうか……」

管理人はすこし黙っていたあと、いろいろと胸にしまうように小さく息をつき、

「わかりました……ありがとうございます。まるちゃん、あの絵をずっと大事にすると思います」

わたしは、努めて軽い調子で訊ねた。

「あの猫、まるちゃんも、ここに長くいるんですか？」

管理人はやや沈んだ声になり、

「そうですね……。あの子、にゅーっと立ってるのが好きだし、お喋りもよくするから、お客さ

んがちょっと敬遠しちゃうんですよ」

里親がなかなか見つからないことをいっているのだと気づいた。こちらはそれをたずねるつもりではなかったけれど、管理人にとっては大きな心配事なのだろう。

「みなさん、猫がたくさん喋るようになると、もう飼えないっていって、ここに連れてくるんですよ。飼い主がさきに亡くなったというケースも多いですけどね」

わたしも、飼い主に先立たれてしまったケースなのかもしれない。かわいがってくれた飼い主が先立ち、あとの家族が持て余した……またそんなふうに考えてしまう。

「ほんとは、世の中の人たちは、猫が人間の言葉を話すようになったことを恐れてるんじゃないんですよね。人間の技術を使われるようになるのが怖いんですよ。でもね、猫はむかしから、ドアを勝手に開けたり、餌を出す機械のボタンを押したり、いろんなことをやってたんだから。そういうのも、人間の技術の利用でしょ。人間と一緒に生きていくって、そういうことですよね」

ちょっと間をおいて、管理人は声を落とし、

「マンションの火災、覚えてます？　猫が火をつけたといわれて、大騒ぎになった……」

「ああ、ありましたね……」

トイレで管理人と通話したときに思い出していた事件だ。

「あれの犯人にされた猫も、この家に住んでるんですよ」

おどろいて、管理人のほうに顔を向けた。管理人は正面を向いたまま、

「どの子なのかは教えられないんですけど。そもそも、あの火事の時点では、その子はまだ若かったし、人間の言葉を理解できるようにもなってなかったはずなんですけどね。人間が、猫のせ

いにすることで賠償金を安くすませようとしたんですよ。実際にどのくらい安くなったのか知りませんけど。その子を殺処分から救うためにいろいろ手を尽くして走り回って、それが、わたしがいまのこの仕事を始めるきっかけになったんです」

燃えるマンションのニュース映像は、この家の居間で見たのだった。わたしにとっても、あの映像の印象は強烈だった。

「あの火事で死者がでなかったのはほんとうによかったなと思ってます。もしそうなってたら、猫たちはもっと嫌われてたでしょうしね。でも、たくさんの人が生活の基盤を失うというだけでも十分におおごとですよ。そして、人が死んでいたかもしれないというだけで、世の中の人が猫を怖がるのには十分だった」

未遂だったら許せるというものではない——友人の言葉が記憶から飛び出してきて、わたしはまたうろたえた。ここでそれと結びつけたくはない。この家から離れなければ、この家の重力から逃れなければ、止められないのではないか。わたしは心のうちで必死にもがいた。

管理人はまた明るい声になり、

「そういえば、まるちゃんのとっておきのやつ、聞かせてもらいましたか?」

……とっておき?

そこで気づき、

「ああ、あの、長く喋るやつ……」

「そうですそうです。すごいでしょ? ひかり、うみ、とけい、なく、あたたかい……わたしも覚えちゃいました」

管理人は、わが子のことのように誇らしげな声で、

「はじめて会ったときから、あれを喋れたんですすよ。すごく長いでしょ？　どこで覚えたのか、ぜんぜんわかんないんです。きいても教えてくれないし。もしかしたら、ぜんぶ自分で考えたのかも」

「そんなことあるんですかね。そんなこと、猫にできるんですか」

「猫は人間が考えているよりもいろんなことができるし、いろんなことを知ってるんですよ。寿命が長くなるまえからそうです」

わたしは訊ねた。

「猫は、ほんとうは、人間に依存しなくても生きていけるんですかね」

訊ねてから、またやってしまった、と思った。他者に依存し、自由を奪われたと感じながら生きる辛さを、猫たちに投影せずにいられなかった。そして、あの家族に依存せずに生きるすべをうまく見つけられなかった後悔も。自活の方法、利用できた制度、のちにいろいろと知ることになったけれど、あのときの自分はそれらにたどりつけなかった。

管理人は、うーん、と、やわらかく困惑を声にのせて、

「きっと人間がいなくても生きていけるでしょうね。いま、完全に野良で生きている猫は少ないですけど……」

「ペットは、人間に飼われているほうが幸せだと思いますか」

相手が大きく息をつくのが聞こえ、わたしは、気を悪くさせてしまったかと不安になる。

けれど、話しだした管理人の声は、おだやかで、すこし恥ずかしげでもあった。

「あの、これはわたしだけの考えかもしれないですけど……。猫や犬は自分たちだけで生きていけるかもしれないけど、人間のほうがそうじゃないんですよね。個人としてなら、もちろん、動物と暮らさなくていられる人もたくさんいるだろうけど、種族としての人間は、動物と共存しないと生きのびられないようになっちゃってるんですよ」

「人間のほうがペットに依存してるんですか」

「そうなんですよ。たぶんね」

管理人はそういって、ふふふ、と笑い、

「だから、恩返しとして、人間は、猫や犬を、野生動物だったらそうそうなれないくらいに幸せにする義務があると思ってるんですよ。まあ、それも、わたしが動物と暮らすのが好きだからなんですけどね」

恩、義務……そういう言葉に吸い寄せられるようにのぼってくるこの家とあの家族の記憶を、わたしは努めて心の隅《すみ》へ押しやった。

管理人はいう。

「でも、いつか、ほんとうに変わっちゃうのかもしれないですね。猫と人間の関係も、根本的に変わっちゃうのかも。百年とか、千年とか、長い年月がたったら……。もしそうなるなら、それはそれで、わたしはすごく楽しみなんですけど」

少なくとも、ばぁばには恩返しをできたのだ。またそのことを思った。

「そういえば、あの絵」とふと思いつき、

「あの絵のモデルが、まるちゃんの昔の飼い主に似てるんじゃないですかね。だから自分のものにしたかったのかも……」

ばぁばがあの絵のモデルをわたしだと思い込んでいたことが重なり、胸が痛む。

「ああ、それはね……わかんないんですけど、たぶんそれとはちがう理由かなあと思います」

管理人は笑ってそういい、

「猫がなにかを気に入る理由って、人間とはいろいろ違うから、なにが描かれているかすら気にしてないかもしれないです。でも、あの、そういっちゃうと申し訳ないんですけど……。猫には猫なりのというか、まるちゃんにはまるちゃんなりの、人間にはわからない大きな意味があの絵にあるんじゃないかなと思うんですよ」

「そうか、そうなんですね」

わたしにとっては、そのほうがよかった。人間くさいセンチメントとは無縁であるほうが。自分を縛る糸をひとつ切ってもらえたような気持ちになった。

「〝しょっぱい〟っていってました、絵を渡してくれなかったときに」

わたしがそういうと、管理人はくすりと笑い、

「そうそう、まるちゃんもだけど、ダメっていいたいときにしょっぱいっていう子がいるんですよ。むかし、人間の食べ物をほしがったときに、そういわれたんですよね。体に悪い、ともいわれてたと思うんですけど、もっと短くて発音しやすいから、しょっぱいを選んだんでしょうね」

へえ、とわたしも笑ってしまった。

顔を見合わせると、管理人は申し訳なさそうに目を落とした。

「わたし、心配性なんで、この家に人をお招きするときに、猫を怖がってたり嫌ってたりする人

だったらどうしようって、すごく気になってしまうんですよ。それで、もしかしたら失礼な感じになってたかもしれなくて……もしそうだったら、すみません」

あわてて、いえいえ、と手を振るわたしに、

「よかったら、また遊びにきてくださいね。まるちゃんもきっと歓迎してくれると思いますし」

そういって、管理人はあの曇りのない笑顔になった。

「はい」

わたしもなるべく曇りのないように、明瞭簡潔に答えた。この家にはもう来る気になれなかったけれど、それを正直にはいえなかった。いつかわたしがもっと上手に気持ちを片づけられたら、憂《うれ》いなくここを再訪できるのかもしれない。そうできたらいいと思った。猫たちとも、もっと打ち解けられるかもしれない。

たんたん、とサッシを叩く音がした。

玄関で管理人に耳打ちしていた猫が、前足をガラスに押しつけて立ち、こちらを見ている。

「ちょこちゃん、話がおわるまで待っててくれたの。ありがとう」


帰りは自動運転にした。

神経が疲れてしまい、自分でちゃんと走らせられる気がしなかった。

運転席で眠りこみ……

目が覚めると、助手席にあの長い猫がいた。

わたしは悲鳴をあげなかった。

憮然《ぶぜん》、とでもいうべき感情がまずこみあげ、もうすこし意識がはっきりしてきたところで、恐怖に襲われた。

気づかれずに車にすべりこむ能力を、この猫ばなれした猫なら当然もっているだろうとは思った。そう考えて自分を納得させようとしても、恐怖はすぐには収まらなかった。

長い猫は、体をまるめて座席におさまり、ずいぶんと小さく見える。

わたしはたずねた。

「どうして来たの？」

長い猫は、ふたつの言葉を発した。

翻訳アプリが声を拾ってくれた。

「じどうしゃ　はしる」

意味の通る文のようだけれど、いわんとするところはよくわからない。

相手はもう一声話した。

「おうち　かえる」

管理人は、この猫がいなくなっていることにまだ気づいていないのだろうか。気づいていたら連絡をくれそうな気がする。いまから引き返してこの猫を戻す面倒さを思うと心が沈んだ。きっともう管理人はあの家を出て、自分の家に帰ってしまっただろう。溜息が出た。

手首をあげてスマートウォッチの画面を見つめ、逡巡《しゅんじゅん》する。

もうひとこと、猫がなにかを口にして、画面に聴き取り結果がポップアップした。

「おうち」

わたしは長い猫をじっと見た。長い猫もわたしをじっと見た。

長い猫は、何度か、ゆっくりとまばたきをした。それから、自分の体をなめはじめた。

ふと、長い猫の考えがわかった。わかったという気持ちになった。わからなかったはずだけれど。

わたしは、猫の顔をみていった。

「あなたと暮らしたくない」

あなたと暮らしたくない、あなたに依存したくない。

だいたい、あなたは、ばぁばの絵をわたしにくれなかったじゃないか。

ひどいことをいってしまったかと、ちょっと後悔する。けれど、長い猫は、気を悪くしたり傷ついたりした様子もなく、ただ落ち着いて前足をなめていた。

自分が猫と暮らしていけるとは思えなかった。

もしかしたら、あのころのわたしに、この猫のような生き物がいてくれたらよかったのかもしれない。いまのわたしには、そういう支えは必要ない。そして、この猫を幸せにできるほどの心の余裕も、たぶんない。

……だが、〝いらない猫〟としてあの家へ送り返すのもいやだった。

それはいやだった。

すでに拒絶の言葉を発してしまったとはいえ、行動でそれを上書きすることを思うと、ひどく心がつらくなった。

自動運転の行き先は自分の家のまま、ナビゲーター画面に指をはしらせ、大きく遠回りするルートを道路図のうえに描いた。

考える時間がほしかった。

長い猫は首を上げ、窓の外の景色をながめている。

不安を感じているようには見えないけれど、わたしはさっきの言葉をまだ悔やんでいた。

「しりとりをやろうか。人間がする遊びだよ」

宇宙人に地球の文化を教えるようないいかたになってしまった。だが、この猫は、しりとりのやりかたもとっくに知っているのだろう。

「りんご」

わたしがまずそういった。

長い猫は即座に答えた。

「わに」

言葉は、アプリにそう表示された。

ワニがどんな生き物か、知っているのだろうか。知っているのかもしれない。

「にわとり」

「さけび」

「びーだま」

「くつした」

「たくしー」

「たいや」……

やりとりは続いた。

案の定、しりとりにはなっていなかった。でも、だれが気にするわけでもない。長い猫が楽しんでいるのかどうか、わたしにはわからなかったけれど、続けているのだからきっと楽しいのだろうと思うことにした。

車は、駅前の大通りにさしかかった。並木が灯りで飾られている。車の両側を、まばゆい光が流れていった。

長い猫も顔をあげ、流れすぎる光を見つめた。

ふたつの目が灯りを映して輝いていたのを、いまもよく覚えている。

再突入

2146年

「見たことない」

「見たことないの、〈再突入〉を？　ひとつも？」

「生まれてもいないし」

「そこまで古くはない。最後のが、たしか、一〇年代の終わりごろ」

「じゃあ、おれのいない側の半球でやったんだな」

「海賊配信の伸びがよくない」

「べつに意外じゃないな。受信者数は？」

「海賊も込みで、最多の推計が〇・三パーセント、二四七〇万人。故人は喜ばないね」

「中継への切り替えまで、あと三〇秒です」

「自分では見られない作品を計画する気持ちというのを、想像できない」
「できないほうが健全かな」
「一〇秒前」
「五秒前」
「四」
「三」
「二」
「一」

黒く静まる画素のなかばに、光の弓が横たわる。

背景は弓の輝きにすべての細部を譲り、ただ平坦に暗い。

暗闇にゆっくり開く瞳孔のように、輝度調整のカーブが反りを緩めていく。

配信映像のなかで、白い光の弓は色鮮やかな虹《にじ》に開く。上方の闇に深い赤がにじみ出し、下方には青が広がっていく。

虹の下には、小さな雲の群れが見えてくる。

これが地球であり、カメラが宇宙からその縁を眺めているとわかる。


地球の輪郭《りんかく》はしだいに輝きを増し、これから夜明けがはじまることを予感させる。実際には、カメラは日没を追っていた。軌道はとても低く、速度は小さく、持続的な上方への加速がなければこの高度を維持することはできない。カメラを備えた宇宙機は、すこしずつ地表に近づいている。

地球の輪郭であることが了解された虹の弧の手前、カメラにはるかに近いところに、べつの形が光を浴びて浮き上がる。映像はその物体にもうひとつの焦点をあわせる。

一見、それはありふれた宇宙機のように見える。知覚できる線が少しずつ増えていき、あるところで突然、だれもが見慣れた楽器の姿になった。

グランドピアノ。

埋葬を待つ古代の王族のように、ピアノは中身を取り除かれていた。磨かれた黒い塗料の層の下で、木材は微細な機械加工でくりぬかれて中空になり、浸透させた補強樹脂が形を保っている。車輪やペダルは、中空の樹脂に金属の質感をかぶせたものだ。弦も軽量の偽物で、音をかなでる張力をもたない。こうして軽くすることで、一度の打ち上げで全てを軌道に上げることができた。組み立てのあと、一週間をかけて徐々に真空に慣らされた。

ピアノは落ちはじめている。

逆向きの加速を与えられ、カメラとおなじく、惑星をめぐる運動の輪を結び続けるだけの速さを奪われている。三本の脚がまっすぐに指す夜の地表はほとんど気づかぬほどにゆっくりと流れ、観客には感じられないが、その距離はしだいに縮まりつつある。

これから行われる約四分半の〝演奏〟、それにつづくピアノの大気圏突入が、全球配信されているこの葬儀／遺作のしめくくりになる。

音声チャンネルは、いま、静かな音で満たされている。混ぜ合わされているのは、オーケストラの音合わせに似せた弦楽器のざわめき、葉擦れ、砂浜に打ち寄せる波の音。〝演奏〟が始まるとき、これらの音はすべて消される。

「〝なにもしないこと〟が、どうして芸術だといえるんだろう」

「人間の営みのなかに〝なにもしないこと〟も含まれているからかな」

管制チームのやりとりを聞きながら、奏者は舞台袖で出番を待つ。舞台袖とは、高度二百キロの真空のことだ。奏者もピアノと同じ速さで落下しつつある。奏者、ピアノ、幾つかのカメラ、それらをここまで運んだ母船、どれも同じベクトルで、地球への再突入に向かうコースをとっている。

奏者は統括ＡＩのアナウンスを聞き、キューを受けて自分を包む機構が動作を始めるのを感じる。

一瞬のおだやかな加速に顔をあげ、黒い楽器が近づいてくるのを見る。配信される映像のなかで、奏者は、画面フレームの下方からゆっくりとあらわれる。やや古風なデザインの宇宙服をまとっている。

椅子《いす》はない。奏者は鍵盤のまえに――相対的に――静止すると、腰と膝《ひざ》を曲げ、着席を装う。奏者がひとつの手を伸ばすと、届かぬ指の先で楽譜のページがめくられる。重力と空気のない空間で紙のように振る舞うことのできる、精巧な仕掛けだ。

楽譜にはひとつの音符もない。ただ三つの指示だけが書かれている。

第一楽章：休止。

第二楽章：休止。

第三楽章：休止。

定められた時間のあいだに生起したことすべてを音楽とみなす、というのがこの作品のなりたちだ。

実際の演奏においては、演奏者はただ楽器の前に座り、なにもしない。

二十世紀の中ごろに生まれたこの楽曲は、三つの世紀をまたぎ、無数の場所で〝演奏〟され、鑑賞され、幾度となく〝録音〟されてきた。

これは、音のない場所で演奏できる唯一の楽曲なのだ。

本当に音のない場所で、つまり真空中で演奏されるのは、この葬儀が初めてだ。

ナレーションが静かにそう語る。

この楽曲を遺した作曲家の生きた時代は、あらゆる表現形式において〈前衛〉の探究が進められた時代でもあった。それは、人類が表現／芸術とみなすことができる行いの極限を探る試みであったと、ナレーションは、遠くから歴史を俯瞰《ふかん》する視線の乱暴さをもって、簡潔にまとめる。以来、人間の認知の限界を探り、人間性の地図を描くことは、芸術における至上命題のひとつとして長く追究されてきた。

この楽曲も、そういった探索の過程において、未踏の地に立てられた旗のひとつであるといえる。人間が〈音楽〉と認識しうる行いの、極限の到達点としての〝無音の音楽〟。

故人は、それを自身の葬送の楽曲とした。

演奏に先立ち、故人の生涯を回顧するドキュメンタリーが配信されていた。それはそのまま、彼が考案し、半世紀以上にわたって独占し続けた〈再突入芸術〉という表現形式の歴史でもある。

夜空を見上げる人々の顔、インタビューでコンセプトを語る故人、といった記録映画が流れ、疑似体験用のフォーマットにまとめられた各作品の再構成データが背後で配布される。

電話の交換機やDNSサーバーなど、前世紀の情報通信機器を一直線に並んだ流星として落下させ、それらの光がモールス信号の形をとり、地球を半周するメッセージになる。情報技術に携わる企業がスポンサーとなり、資金を提供した。(『シグナル』、二〇六〇年)

表面に詩の彫りこまれた金属の碑を有翼の筐体《きょうたい》に入れて落下させ、海上都市の予定地に小さなクレーターを作り、そこに記念の植樹を行う。(『時の祈り』、二〇七六年)

太平洋を覆《おお》う雲の渦を背景に、よじれて連なる黒い列車が落ちていき、ばらばらに分かれてカラスの群れになり、青い光の雨となって夜の半球に降る。翌日、観衆は平原に散らばった青いガラスの球を探す。(『非史からの公開書簡』、二〇九三年)

首都の夜空に、最高指導者の大きな顔が浮かび上がる。数百万の制御された突入体が異なる色の光を発して燃え、数十キロ四方のディスプレイとして機能する。(在位五十周年記念式典プログラム、二一〇二年)

作品ごとにコンセプトは異なり、軌道上から物体を再突入させることのほかに共通の要素はない。もっとも有名な作品では、全世界人口の二〇パーセントが、なんらかの形で同時的体験をもったとされる。〈再突入芸術〉という通称を本人は好んでいないと公言し、ただ〝作品〟と呼ぶことを求めていた。

この葬儀が、忘れられつつあるこの表現形式の、最後の作品になると見られている。故人みずからが生前に計画し、かつてのプロジェクト群においてはスポンサーの出資で賄われていた費用は、故人の資産を使い切る形で用意され、死のまえに代理企業に支払われた。その大半は、設備ではなく、全球配信のためのライセンス取得および各種交渉の経費にあてられていた。

画面のなかに太陽があらわれる。

ピアノのなかでは音楽が始まる。

大気を通さぬむきだしの恒星光が、はじめてピアノに照りつける。黒い表面にはカメラでは捉えられない微小な火膨れが無数に生まれ、内部では木材のいたるところにひび割れが走る。それらが、誰も聞くことのできない音を楽器の中に響かせる。

着席の姿勢に固まった宇宙服のなかで、奏者はその音を想像し、待った。

配信映像からすべての音が消えた。

演奏が始まる。

演奏が終わる。

鋭い光を放ち、楽譜が消えた。これが終わりの合図だ。

奏者は、しばらく姿勢をそのままに、次のキューを待つ。

ほどなく宇宙服が噴射を始め、それにあわせて体を伸ばしながら、ゆっくりと上方へのぼっていく。

このあと、ピアノは落下をつづける。カメラはそれにしばらく寄り添って落ちたあと、大気が機体を焼き始める前にロケットモーターを点火し、上昇に転じる。奏者は母船に戻り、基地へ帰る。

落ちるピアノの中心には、金属の塊《かたまり》がある。大気の衝突が楽器を燃える塵《ちり》に変えたあと、この塊は時間をかけて燃えつきる。幾重にも層をなした多種の合金が、それぞれ違う色の光を発して順に燃えていき、長いしめくくりの流れ星になる。

——もうすぐ終わる、と奏者は心につぶやいた。あとはわたしの人生だ。

奏者は上方に目を凝らす。

母船はまだ視界に入ってこない。

奏者は、なにかの警報が鳴るのを聞いたように思う。

警報は、奏者の体のなかで鳴っている。あるいは、頭のなかで鳴っている。音はどんどん大きくなる。

宇宙空間が次元をひとつ失い、数センチ先の黒い壁に変わる。無数の星は、その壁からまっすぐに突き出した長い棘《とげ》の先端に光る点になる。棘は海胆《うに》のようにばらばらな方向に揺《ゆ》れ、宇宙服のフェイスプレートを突きぬける。

宇宙服のなかで、奏者の体が関節ごとに分かれ、それぞれが目を閉じた獣の胎児になる。頭部は無数の小さな裸の人間になり、目玉だけがそのままで、小さな人間たちがそれを手や足であちこちへころがし、たくさんの小さな顔が瞳から覗きこむ。彼らの顔はみな覚えがある。顔は好奇の色をうかべている。あるいは蔑《さげす》みの笑みを。

小さな人間たちは宇宙服のなかを頭部から体へ広がってゆき、交接と出産成長を繰り返し数を増しながら、手足であった獣の胎児たちをつぎつぎに食い尽くす。宇宙服のなかは小さな人体で埋め尽くされ、やがて、ひとつの人体だけが大きく育ち始める。ほかの人体を食らい、おのれの血肉に変えている。その顔には覚えがある。

奏者は、なにが起こったか、だれに仕組まれたか、わかっているが、わからない。

分解された己の体を、奏者は存在しない手でかき集めようとする。大きくなりつつあるひとつの人体をこまかくちぎろうと試みる。救難信号を発する手順を思い出そうとする。

頭のなかで押されるべきスイッチ、口から発せられるべき指示、すべて届かぬところにある。

ノイズが奏者をすべてから切り離している。

幻覚に呑み込まれながら、奏者は一片の意思にしがみつく。

――わたしは消されない。

2144年

うまいじゃないか、と声をかけると、若者は笑顔を見せた。

〝巨匠〟は違和感をおぼえた。あまりにもあっさりとして衒《てら》いがない。高い地位にある者から賞賛を受けることの誇りや、畏怖や、媚《こ》びといった、あるべき装飾をひとつもまとわぬ笑みだ。みずみずしい含羞《がんしゅう》などというものがあるでもない。なるほど、生意気だ、と当初の印象が上書きされる。

打ちよせる波が不自然なまでに穏やかなのは、この小さな島が消波設備に囲まれているからだ。環礁を模《も》した人工の輪は、大きな嵐がくれば、海面下に隠した土木技術の粋《すい》を誇らしげに掲《かか》げてみせる。

砂浜はさほど広くない。この島の中央にある、かつては学校だった建物と同じ年齢の人工物で、砂の半分は、細かい粒子に加工された産業廃棄物だ。

ふたりは砂の像をつくっていた。

ふたりは子供の遊びのパロディを演じていた。どちらも、相手の稚気に付き合ってやっているつもりだった。

ひとりは、この島の当座の所有者で、〝巨匠《マエストロ》〟と呼ばれている。

もうひとりは、彼をたずねてきた若者で、〝くちばし〟と通名をなのった。

ふたりの年齢には、ちょうど百歳の開きがある。

この対面の目的はすでに終わり、砂浜に掘られた大きな四角い穴のかたわらに、仕事を済ませた汎用機がうずくまっていた。その横には、ふたりの探していたものが置かれ、開封され、午後の陽光を浴びている。機械に掘り出された砂の山が、ふたつの作品に形をなしつつある。

若者は、ほんとうに巧かった。確かな手の技があり、鍛えられた観察眼があった。

まず、若者は、背丈の半分ほどの高さがある大きな半球をつくった。それから、半球の表面に、たくさんの動物が重なり合って躍動する様子を彫り込んでいった。

指が砂を無造作に掃くたびに、シンプルでありながらデッサンの確かな動物の形があらわれる。

眺めるほどに、巨匠は若者の技量に対する評価を上乗せするしかなかった。

「どこで学んだ」

「市民講座で」

「教師は」

「ソフト」

予想どおりの答えに、巨匠は小さくうなずく。

これなら十分に使える、と巨匠は習慣のままに値踏みする。立体造形を必要とするプロジェクトがもしあれば、ちょうどいい〝手〟になるだろう。提示されたコンセプトを完璧に、人間らしい揺らぎをもたせつつ、形にできるだけの技術がある。

独立した作家として名を上げられる可能性は、ほとんどない。なんらかの個性を確立できる見込みは低いと。題材《モチーフ》の扱い方からそれは明らかだ。そこに何かを見出《みいだ》している気配がない。動物の造形に適切なリアリズムはあるが、解釈に面白いところがあるわけではなく、文化的なルーツを感じさせもしない。

技術しか持たぬために作家になれない者は多い。リアリズムを売りにするしかない人間は、センセーショナルで露悪的な文脈をかぶせるなどして凌《しの》ごうとするが、コンセプトの脆弱さは隠しようがない。そういう表現が当たることもなくはないが、よほどしたたかな戦略がなければ、歴史に残るものにはならない。この若者は、そうした凡庸な表現者の典型だ。経済的に困窮《こんきゅう》することはなくとも、野心があるなら苦しむだろう。

そこまで考えて、巨匠は我に返る。もちろん、いまの世界には、そもそもそういう道が存在しない。貧困も、ほとんどの場所で遠い問題になった。

「あなたも上手だね」と若者がいう。

巨匠は、体を丸めて横たわる女体の像をつくっていた。崩れやすい砂という素材を考慮し、裸体の上に一枚の薄布をかぶせてあるという体裁だ。これなら、体の曲面がオーバーハングをつくることがない。上面の肌に沿ったあと、なだらかに地面へつながる布地のひだは、山の稜線《りょうせん》に似た形になる。物理的な制約が、表現を自然物に近づける。

若者のぶしつけな言葉を楽しみながら、巨匠は答えた。

「みな驚くんだ、私が上手に絵を描《か》いたり、そこらの木切れで彫像を作ってみせたりすると。総合芸術を指揮する人間は、自分ではなにも作れないだろうと思い込んでいる」

「わたしもそう思ってたけど、違うんだね」

「ここでは、実技を徹底的に仕込まれた。だが、そもそも、まともに手の動く人間でなければ、入ることができなかった」

木々のむこうに、前世紀中ごろの様式でつくられた屋根が見えている。巨匠がかつて学んだ美学校は、いまは無人の文化財だ。

「じゃあ、彼もそうだったの？」

さきほど掘り出され、砂のうえに転がされたままのものに、若者の視線が向けられる。巨匠はそれを見ない。

「写実においては私よりも巧みだった。見たことがないのか？　なにか残していただろう」

「本人が自分の手で作ったものは見たことがないかな。書いたものはあちこちにあったけど」

巨匠は全体の造形を終え、女体像の横顔にあらためて手を付ける。布の表面に浮きだす耳朶《じだ》の微妙な曲面を整えながら、若者に訊《き》く。

「なんと呼ばれていた、おまえの故郷では？」

「あの老人、とか、あの人、とか。わざわざあんなに歳《とし》をとった姿にしている人間なんて、ほかにいなかったから」

蓬髪《ほうはつ》、裸足、無標識で徘徊《はいかい》していたという。だが、若者はそれを記録でしか知らない。自分が生まれたときにはすでに世を去っていた、と語った。

身だしなみのおかしな人間を街で見ることはほとんどなくなった。社会保障によって、みな内も外も小奇麗に撫でつけられている。この若者の育った土地でもそうなのだろう。

あなたが最後に会ったのはいつ、と若者はたずねていた。小一時間まえ、機械が砂浜に幾何学的な穴を掘り始めていたときに。巨匠は反射的に記憶をたぐったが、馬鹿らしくなり、ただこう答えた。

「ここを出たあと、やつとの接点はまったくない」

巨匠の認識において、それはほとんど事実になっていた。

二〇年代のいつかに死んだ、とだけは知っていた。九十歳を過ぎていただろう。以降、巨匠は、短命に終わったあの美学校の唯一の生き残りになった。生命活動を維持しているという意味でなら、ほかにも何人かはいるかもしれない。だが、社会にはもはや存在していない。創造を続けることのできた人間は、巨匠とあの男だけだった。後者は途中で脱落し、いま目の前にいる若者の出身地に隠棲し、世界から消滅したのだったが。

若者は、波の寄せるあたりから海水を含んで色の濃い砂をすくい、つくった像のうえに積み上げていった。手で叩いて整え、それも獣の姿に変えていく。偶然の造形をうまく具象に読み替えていることが巨匠にはわかる。手が迷わないことが、経験の蓄積をものがたる。

巨匠は、若者の細い腰を観察した。いまの人間は、親しくない相手には性別をめったに明かさない。たとえ明白であっても、それに言及することは好ましくないとされる。体の線を見えにくくする形のシャツを着て、わずかに察せられる胸のふくらみは筋肉ではなく乳房のようだが、男でもそれをつける者はいる。短い髪、長い首。背の高さは巨匠とほぼ同じ、二メートルを少し超えたあたり。流行にならっているだけだろう。半世紀ほど前、巨匠がこの身長を得たときには、もっと特別な意味があった。

「普段はどんなものを作ってる」

「ああ、見る?」

若者は気後れの気配もなく応じたが、巨匠が見られるところへ持ち出してくるには時間がかかった。それらがしまわれている場所は、当然ながら、情報圏に生じた裂溝のむこうにある。若者が手のひらに指で操作記号《グリフ》を重ねて煩雑な手続きと格闘するあいだ、巨匠は砂像の細部をいじって待った。

巨匠の端末にようやく並んだ立体データは、百に満たぬ数の、どれも同じ色をした、だいたい同じ大きさの粘土による塑像だった。

ざっと見わたし、安いものを使っているな、と巨匠は思う。予期した通りではある。安いとは、創作支援のシステムのことだ。

作品はどれも動物を表現したものだった。造形はしっかりしている。問題はもちろん、そこに乗せられた主題だ。

古臭く陳腐なテーマ設定ばかりだ。たとえば、野生動物の神秘性——そんなものをこの若造が真に受けているわけがあるか? なにも信じていなそうな面構えだ。文明社会に対する自然の優越性、それを表現するのに、前世紀のうちに廃《すた》れた巨大建築を添えさせたら、ただでさえ陳腐なものがいっそう説得力を失う。そして、古典的な物語の軽薄なインポーズ。頭巾をかぶったオオカミという作品を見つけ、巨匠は露骨に顔をしかめた。まともな機械ならもっと恥を知っている。いいアシスタントなら、たとえば、作り手の個人史を掘る。それなりに臭《にお》うものを引きずり出して、おもてに塗り付け、目を引かせようとするだろう。あるいは、社会背景を参照させる。こいつはなにしろ〈従わぬ地〉の人間なのだから、いまの情勢をもとに、いくらでも風刺の込めようがある。あれを捕食動物に見立て、それを被食動物に……。それだって陳腐だが、こんなものよりはましだ。

総体としては、貧しいの一言だ。旧世界のものさしを当てるなら作者の才能が貧しく、現代の観点からは、創作環境も貧しい。だが、本人はこんなもので満足しているようだ。楽しそうにやっているじゃないか、と巨匠は思う。

「こういうものはどうしてる」と巨匠は若者を見やる。「とってあるのか」

「もちろん、とって……ああ、物体としてということ？　それはもちろんないよ。記録したら潰してる」

巨匠は、声に侮蔑を少しだけ響かせる。

「物体として残しておかなければ、なんの意味もないぞ」

「でも、あなたの作品も、ものとしては残らないよね。一瞬、空を飾って、あとは思い出になる」

「見たことはあるのか」

「記録でなら」

「私の作品は、一回性の体験であることに意味がある。記録をみるだけでも、普通はそれくらい理解できるはずだ」

若者は自分の砂像に目を落とし、なにやら考え、納得したような顔になる。

「たぶん、わたしにとってもそうなんだな。作ることが一回性の体験なんだよ」

目の前から若者を取り除きたいという衝動を心にもてあそびながら、巨匠は教師の口調で答える。

「おまえにとってどうであろうが意味はない。鑑賞者にとってそれがどういう体験となるかが重要なんだ。おまえの扱っている手法ならば、ただスキャンデータを眺めるだけでは鑑賞の体《てい》をなさんぞ。そういう欺瞞《ぎまん》が通用したのは前世紀までだ」

若者は海のほうへ目をやった。

「そこがわからないんだよね。想像はできなくもないけど、自分自身の実感にはできない。どうして、人に見せる必要があると思っちゃうんだろう。しかも、多ければ多いほどいいっていうんでしょ?」

「存在を知る人間がいなかったら、それは作品ではない。他者の評価なくして表現は成立しえない。機械はおまえにそれすら教えなかったか」

「成立しないとは思わないけれど、評価のツールなら、わたしの暮らしているところにも沢山あるよ」

「おまえも、機械にちやほやされて満足する手合いということだな」

相手の意図をはかるように首をかしげ、若者は答える。

「たくさんの人間に評価されないといけないという理由がわからないんだよね。ちょっと倒錯的にすら思える。それが、ほとんどの人間に共有されてた価値観なんだってことは、わかってるんだけど。だって、たとえ数千万人に評価されたとしても、せいぜい一世紀くらいのあいだの価値観でしかないでしょ。そこらのシステムがもってる価値観のセットは、その何百倍の人間と何倍ものタイムスパンに相当するよ」

巨匠の心のなかで、この若者の価値はさらに下落した。あまりにも無自覚に、無邪気に、おのれの時代に埋め込まれている。

若者は巨匠を見つめ、おだやかな表情のまま訊ねた。

「あなたは、芸術のために何人殺した？」

2146年

古い映画のように、風景は激しく揺れている。

古い疑似体験のように、ちぐはぐな指が体じゅうを押している。

立体として広がる背景の中に、まったく奥行きのない人物の後ろ姿が配置され、それぞれが違うリズムで揺れている。

「わたしはつねに、いまだ存在しない何かのために、かつて存在しなかった何かを作っている」

笑みを含んだ声が、平板な後ろ姿から聞こえてくる。

視界の外から、別の誰かの声が、なにかを問う。

後ろ姿だった人物は、いまは裏返り、顔を見せている。まだ若い。表情には、後年のような曇りのない、あけすけで焦点の定まった傲慢さがあり、それが魅力をもたらしてもいる。

「きみは間違っているね。人間の可塑性を低く見積もりすぎている。来年には、きみはきっと体の半分を塩水につけて暮らしているよ。それが松果体《しょうかたい》を活性化させることが発見されるんだ」

姿を記録されていない人物が、反論の声音で聞き取れないことをいう。それはただの狂気ではないのか、と言っていたはずだ。

「病んだ心によってなされる平凡な逸脱と、怜悧《れいり》な精神が理をもって行う跳躍を、正しく識別できる人間はほとんどいない。創造性を理解できず、ただ逸脱の度合いだけに目を奪われて、すべてを狂気とみなしてしまう。それは知的怠惰《たいだ》だと思わないかね」

同じような物言いを、奏者はいくつもの場所で目にしてきた。

街のなかで彼の言葉を探すのが、十代のころにいちばん熱中した遊びだった。都市の免疫機構が拭い去ったあとに、わずかに残された落書きだ。

ざらざらとした感触が手によみがえる。

道の隅《すみ》にしゃがみこんでいる。

撤去をまぬがれた古い交通標識の根元に、錆《さび》で刻印された、手書きを模した書体のちいさな文章がある。

目がその文字を追うと、聞こえなかったはずの声が頭に響く。

おまえには三つの頭がある。ひとつは山から声を運ぶ。ひとつは鮫《さめ》に歯を与える。最後のひとつをわたしに預け、腐った水を飲みにいけ。

書かれていることは、いつも謎だった。どこへ向けられたのかわからない挑発には、野生の獣がする示威行動や鳥の求愛のような、遠く不可解な文脈の面白さがあった。

いま、体はひとつに戻っている。さきほどまでの混沌は驟雨《しゅうう》のように去り、いまはただ、遠い記憶の再生を眺めているだけだ。

——もうすぐだ。もうすぐ抜ける。

ひとつながりになった手足を動かそうとするが、まだ意志に従わない。

心の奥で繰り返されていたひとつの問いが、意識のおもてに浮かび上がる。

誰なのか？

ひとりの人間が仕組んだのか、チームが結託したのか。それとも外部？

チームの人々は、表向きはみな友好的だった。このプロジェクトのために集められた雑多な集団だが、おおむね世代を同じくし、共感によってつながっていた。それを完全に信じることはできなかったが。

奏者のように参加を強いられた者は、ほかにいただろうか？

故人の手にたぐられるように、青年は葬儀への参加を余儀なくされた。宇宙に職を得るための訓練の終わりにいたって、奏者は街で大きな怪我《けが》を負い、治療費が負債となり、故人の遺言はそれを返済できるだけの報酬を提示していたのだ。

訓練のために滞在したのは、故人の故郷でもある大都市だ。そこに暮らすあいだ、奏者は何度も殺されそうになった。事故を装って、あるいはただ無関心によって。

想像していた通り、あの老人の故郷にも、奏者と同じ考えをもつ人々が大勢いた。とくに若い人間は、世界のどこでも概ね同じ価値観をもっている。

にもかかわらず、と奏者は考える。あの街で、わたしは異物だった。ただひとつの小さな違いが、あれほどの断絶をもたらすとは思っていなかった。

わたしは、自分があの土地でも小さく透明な個人でいられると信じこんでいた。あの場所はただの通過点でしかなく、そのまま地上の諍《いさか》いと大気の外へ飛びだしていけると思っていた。自分の出自をああいう形で負うことになるなんて、想像もできなかったのだ。

なぜあなたたちは相違を問題にするのだろう、と思っていた。あの砂浜で、わたしはまだそれがわかっていなかった。だが、あなたが暮らしていた社会を見て、答えがわかった。あの場所では、相違が簡単に優劣におきかえられてしまうのだ。何千年にもわたって、人はそういう世界で生きてきたのだ。

何度もおなじ考えを繰り返すうち、意識と体がしだいにひとつの場所におちついていく。もどった場所が宇宙服の中であることに、強い失望をおぼえる。自分の寝室で目覚めることを、なかば本気で期待していたのだ。フェイスプレートの向こうには、ゆっくりと流れる星空がある。体が回転していることに驚き、不安が増す。

小さな声が頭のなかに響いていた。内耳《ないじ》に貼《は》られた微小なパッチが音声を発している。

「……分解は九〇パーセント以上完了しています。意識の混濁が解消されたとお感じになったら、発話によってお知らせください。いまのご気分はいかがですか」

話しかけているのは、体内に埋め込まれた医療モニタ機器だ。

「――状況」

状況を報告しろ、と命じるつもりが、ひとつの言葉しか出てこない。

「可能でしたら、三語以上の文でご発話ください」

やってみようとし、まだできないことがわかった。

もうひとつの声が、体の外から、つまり宇宙服のヘッドセットから聞こえてきた。

「現在、母船との通信が失われています。事故の可能性があります。また、あなたはおよそ二分の間、当機の問いかけに応答しませんでした。意識が混濁していたものと当機は推測します。可能でしたら、三語以上の文でご発話ください」

宇宙服に内蔵された対話システムだ。

回転する体はしだいに地表のほうを向き、フェイスプレートの向こうに、光る砂で描いたような夜の都市群が見えてきた。どのくらい危険なところまで落ちているだろうか。

奏者はオンオフ型の脳神経インターフェイス、いわゆる〝脳内スイッチ〟を三つ持っている。そのひとつを使って宇宙服に発話のキューを送ると、網膜投影で待機を示すアイコンが点《とも》る。

「母船へ戻りたい。手順を検討してくれ」

宇宙服のＡＩが答える。

「検討を進めています。また、現在、救難信号を発しています。落ち着いて、当機のアドバイスに従ってください」

体内のＡＩは、奏者と宇宙服の会話が終わったと判断し、報告のつづきを始める。

「毒物は致死量が血中に混入しましたが、危険な状態になるまえに分解に成功しました」

機器は続けて、想定される毒物の種類を述べる。予想していた通り、幻覚剤だ。たしかに毒だが、この手のやつは、故郷にいたころ、まだこの機器を体に仕込むまえには、楽しみのために〝血中に混入〟させたこともあった。こんなに大量に投入したことはもちろんないが。

「毒物の血中への混入は続いており、当機による分解と拮抗している状態です。毒物の放出源が体内に埋め込まれている可能性は低いと当機は推測します。おそらく呼吸器からでしょう。落ち着いて、当機のアドバイスに従ってください。まず、宇宙服の内部を点検してください。毒物の放出源を発見できる可能性があります」

点検が不十分だったか、と奏者は思う。この宇宙服は機能と無関係な装飾が多く、準備の時間が短いこともあって、徹底できなかった。

体内からの声がいう。

「あなたが着用している宇宙服のＡＩを、当機に統合することをお勧めします。当機の計算リソースを増やすことで、生存の可能性が高まります」

それに重なるように、宇宙服が提案する。

「あなたの体内に、ほかのＡＩがあるものと当機は推測します。もしあるなら、そのＡＩを当機に統合することをお勧めします。当機の計算リソースを増やすことで、生存の可能性が高まります」

てしまうのは愚行だ。

「統合はしない」

奏者は、ふたつの機械の要求を即座にしりぞけた。なけなしの思考支援装置をひとつにまとめてしまうのは愚行だ。

ふたつのＡＩは、対話インターフェイスは言うまでもなく、判断モジュールもたぶん同型のものを用いているだろう。個人が携行する機器に収まる程度の、ごくごく簡素なものだ。だが、置かれた場所が違うために異なる見解をもつ。いまは一つでも多くの視座が欲しい。奏者は、習慣としてそう考えずにいられなかった。

「母船の位置を確認できました。上方をご覧ください」

うながされて顔を上げ、網膜投影に点った黄色い枠に正確な位置を示される。あった。同時に、宇宙服のＡＩが距離を告げた。本来の位置からは外れているが、絶望するほど遠くはない。

あの中にはなんとか戻れるだろう。

2144年

六人、と巨匠は答えた。

あのころ、それは違法ではなかった。遡って裁かれるものでもない。

巨匠がやったのは、作家としての生命を断つことだ。それがもとで人間としての生も終わってしまったのだとしても、巨匠が負うべき責などない。

人間が作家として生きることがほとんど不可能になった時代において、生き延びるには競合者を葬っていくしかない。だが、〝殺した〟ことで得た満足は大きかった。それゆえによく覚えてもいる。

若者は、自分のつくった像から離れ、また波打ち際で砂を掘り返しはじめた。巨匠へ顔を向け、すこし張り上げた声でたずねる。

「みんな、あなたと同じ学校の出身者？」

「ちがう」

答える巨匠の声は、意図したよりも強くなった。

「ここからは、作家と呼べる人間はほとんど生まれていない」

「あなたと彼以外には、ってこと？」

そもそも、この学校はたった四年しか続かなかった。遅すぎたのだ。巨匠とあの男は、かろうじて最後の列車を捕まえることができた。残りの者は、みなあの波に押し流された。ただ、〝人間の表現〟を延命させるという当初の目的についていうなら、この美学校は、巨匠を世に送ったことで十分に果たしたと言ってもいいだろう。そう思いをはせた内心に、ふと苦いものがわき上がった。

人間の表現が死ぬより早く、それを鑑賞できる人間が死に絶えたのだ。

通俗的なエンターテインメントの世界を中心に、人間による創作、法人による創作、すなわちＡＩを用いて機械生成・機械選別された作品群になすすべもなく駆逐されてきた。そのなかで、〝ハイ・アート〟の領域だけは、容易には模倣《もほう》のきかない文脈の深さと多様性によって浸食をまぬがれ、表現における人間性の最後の砦として踏みとどまってきた。少なくとも、巨匠の認識によれば。

だが、その砦を守る新しい世代はほとんど生まれてこなかった。それ以上に、〝人間の〟芸術に財を投じようという人間が減っていった。世界の富裕層は、かつてとは別種の人々からなっている。彼らは美を知ることを誇ろうとしない。芸術に通じていることは、いまの彼らにとってはもはや社交の通貨ではない。

そういった趨勢《すうせい》の変化をいちはやく察した巨匠は、個人ではなく企業をスポンサーに持つことを選び、表現の主体として人間の名前を掲げつづけてきた。小さなパイを分け合えば、個々の作り手は弱くなり、総体としての人間の表現を守るだけの力を持てなくなる。巨匠は表現領域の近い作家を容赦なく攻撃し、〈再突入芸術〉というジャンルを独占しつづけた。

若者は、掘りかえして穴の脇に積み上げた砂を、くずれるまえに動物の姿に変えようとしていた。三角形の耳が立ち、表情ゆたかな前脚があらわれるが、完全な形をとるまえに大きめの波がやってきて、なだらかな砂山に戻してしまう。若者は場所を変え、新しい穴を掘り、濡れた砂を積み上げ、同じことをくりかえす。

巨匠は、作業に熱中しているように見えるその背中の、服のうえに浮き出した背骨のアーチを眺める。この骨盤はやはり女のものではないか、と考える。

悠然とかまえているようだが、この若者の内心には緊張と恐れがあると感じる。かつて自分が接した若者たちのまとっていた虚勢や媚びと同じものを、ふと窺《うかが》える瞬間がある。

あのころは、そういう若く無一物な男女を思うままに翻弄《ほんろう》し、ときにやすやすと切りわけて食らい、腹を満たすまえに飽き、冷めたものを皿に散らかしたまま席を立った。それが、いつからか、そういう若者に接することもなくなっていた。こちらが大きくなりすぎたのだろう。周囲に集まるのは、親の社会的地位や遺伝的な優越性など、なんらかの形で自信の根拠をもった者ばかりになってしまった。

この若者も、かつてのああいった脆弱な無精卵たちと同じように、たやすく揺さぶることができそうに見える。しかし、その手がかりはまだ摑《つか》めない。こちらのモチベーションを損なうなにかがあるようにも思う。顔立ちにしても、さほど美しいわけではない。だが、この減衰をもたらしているのは、自分のなかにある何かなのかもしれない。

「彼は、あなたにとっては敵じゃなかったの？」

新しい穴を掘りながら若者がたずね、機械が掘った穴のかたわらに放置されたものへ、砂に汚れた手を振ってみせる。

「熊が鯨《くじら》の敵になるか？」

巨匠の答えに、若者はうなずく。

「そうだね、活動の領域がぜんぜん違うんだよね。あなたは人間が芸術と認識できる範囲のなかでずっと表現をおこなってきたし、彼はいつもその外側を、危険を冒して歩いてきた」

どこか得意げな言い回しまで、いかにもあの男の受け売りだ。

「おまえは、奴を手本にはしなかったのか。コンセプトは不得手なので、あきらめたか？」

若者は、愚かしいほどの驚きを顔にうかべた。

「手本？　人間をってこと？」

巨匠は苛立ちをそのまま声に出してしまう。

「人間でなければ、なにを手本にするんだ。自分の価値観がどこから来たと思ってる？　おまえも親のさえずりを真似て育っただろう」

若者は、なにやら腑に落ちたような顔をみせる。

そこで巨匠は思い出し、たずねた。

「おまえの親も三人か」

「そうだよ」

「父が二人か」

「ううん、わたしのは、母が二人」

――そして、おまえの親たちも受精卵をつぶしておまえをつくったのか。

続くこの問いを、巨匠は口にしなかった。

若者が生まれ育ったのは、三人ひと組での生殖を法的に認めている、現在のところは世界でただひとつの自治圏だ。

まず二人が通常の方法で受精し、その受精卵から取り出した遺伝子と三人目の遺伝子を、一般的な妊娠治療とおなじやりかたで人工授精させる。こうすることで、人間の遺伝子操作に関する世界条約を侵さずに、三人分の遺伝子を受け継いだ子供を生むことができる。大きな非難にさらされ、若者の故郷は世界から孤立したが、巨匠には理解できない理由から多くの人々を土地へ引き寄せ、自治圏としての勢力を強めもした。

若者が両手で包み込むようにした砂の塊が、トカゲらしきものの頭に変わっていく。出来ばえに満足しているのか、若者の口元には小さな笑みがうかぶ。

「ほんとうに彼は人間だったのかなって、不思議に思うことがあるよ。人間らしいことを考えているのを想像できない」

おまえを人間と見なさない者もこの世界には大勢いるぞ、と巨匠は考える。かれ自身はそのような偏見を軽蔑《けいべつ》しているが、それでも、この若者の生まれ育った場所で人々がやっていることへの嫌悪は変わらない。

「あれは、そういうはったりだけは巧い男だった。自分が人間以上の存在であるかのように振舞い、馬鹿な崇拝者どもが群がった」

そう評する巨匠を、若者は眉をすこし妙な形にして眺めたが、なにも言わなかった。

巨匠にいわせれば、そもそも、彼がこの美学校を出発点に選んだ理由も、芸術への情熱などというものではない。先端の芸術活動にたずさわることが、著名でありつつ、いかなる規範への従属も強いられずに済むことを意味していたからだ。ほかの社会的立場ではほとんど得られない、その特権性を欲したのだ。

〝幻視者〟とはみずからの命名だ。

最初の作品は、七つの空港に置かれたゲートだった。

形は搭乗ゲートと同じだが、向こう側に異界の映像を映しだしている。そこには遠近の狂った建築物があり、動物とも植物ともつかぬ極彩色の茂みがあり、人間に似ているのに人間とは違う方向に関節を動かす謎の存在がいる。

ゲートは、飛行機に乗るのをやめてこちらへいらっしゃい、としきりに誘う。あなたの行き先はここでしょう。忘れてしまったのですか。

誘われた人物は、はい、と自分が答え、そちらへ向かって足を踏み出すのを感じる。

収束させた可聴域下の音波を、対象人物の体に巧みにあびせることで作り出された錯覚だった。疑似体験を手掛ける企業の技術協力もあり、効果は見事なものだった。同意なく声紋を収集したことなどについてプライバシー保護上の問題がとりざたされたが、幻視者は嬉々として論争の矢面に立ち、いっそう知名度を高めた。

ふたつめの作品では、三つの都市に、それぞれ数百の赤い箱が出現した。

扉をひらいて箱に入ると、目の前に名づけることのできない物体が出現し、それに名をつけることを強要される。命名できないうちは、鑑賞者は箱から出ることができない。名づけられないのは、物体が見覚えのある日常的な品々の断片を寄せ集めた姿をしていて、しかもすばやく変貌しつづけるからだ。触ることも味わうこともできるが、それをなんと呼ぶべきかがわからない。

そして、名づけられないと感じるもうひとつの理由は、あらかじめ鑑賞者が一種の解離《かいり》性健忘《せいけんぼう》を副作用としてもつ医薬品を――同意の上で――投与されていることだ。

事前のインタビューによって引き出された個人情報をもとに、このオブジェの属性が決められ、物語が生成されている。オブジェとふれあい、それに名前をつけようとする体験のなかで、体験者の人生は攪拌《かくはん》され、いつのまにか、他人の人生がそこに混ざり込む。ほかの開催地で同様の体験をしている鑑賞者の情報が無作為に挿入されるのだ。

驚きで捕まえ、認識の変容をもたらす体験へねじこむ――

あるインタビューでそう語っている。

「街のなかにとつぜん山が出現するのは〝驚き〟だ。山のほうが現実だと、一瞬でも信じ込ませるのが〝認識の変容〟だ。それが重要なんだ。驚きしかもたらさないものに価値はない」

幻視者は、巨匠と同様に、美学校を創立した団体の手厚い援助を受けて、作家としての歩みをはじめた。はじめから大規模な作品を手掛けられたのはその恩恵だ。〝美術界〟なるものの存続を望む人々、〝人間による芸術〟の価値を保ちたいと願う人々は、この時点ではまだそれなりの数をとどめていた。ふたりは、この経済圏における最新の商品であり、後世の目からみれば、最後の芸術家だった。

作風は〝侵襲《しんしゅう》性〟という言葉で説明されることが多かった。

鑑賞者の内面に変化をひきおこすこと。

無関係の人々を、強引に鑑賞者の立場へ引き込むこと。

社会全体を目撃者／鑑賞者とし、不可逆の変化を社会にもたらすこと。

表現物によって人間の認識を変化・深化させることが、芸術の大きな目的である。したがって、人間の認識を変化・深化させるテクノロジー、またはその用い方を提示することは、芸術とみなしうる。

そういった伝統的な認識にもとづいて表現を行ってきた作家である、というのが、美術家よりもさきに姿を消した批評家たちによる評価だ。

当の幻視者は、その評価を的外れと非難し、自身が美術界に属していることすら認めなかった。自分のやっていることは芸術という概念の外にあるものだと主張した。

巨匠は、幻視者のなしてきたことも、結局は〝表現〟の範疇《はんちゅう》におさまってしまうものであったと考えている。どれも人のすることの域を出ず、芸術というラベルを簡単に貼ってしまえるものでしかなかった。

世間においては、幻視者のプロジェクトは、一種の祝祭として歓迎されていたようだった。おそらく、ほとんどの人にとって、それは映画の公開とさほど変わらぬ日常的な娯楽の一つだっただろう。

女体像のうえに、濡れた砂の塊が落とされた。

若者は、横向きにうずくまった女体の、腹と太腿にかこまれた窪《くぼ》みのあたりに、体を丸めて眠る犬の仔を手ばやく形づくっていく。女体を包む布に、生き物の重みがつくる新たな皺《しわ》をつけ足す。

そういう事をやりそうだと見当がついていたので、巨匠は、砂を両手に持って若者が近づいたときにも何もいわず、好きにやらせた。

楽しげに手を動かしながら、若者はいう。

「あとのほうになると、あんまり面白くなくなってくるんだよね。ただ自分を大きく見せようとしているだけのように思えて」

幻視者は、自分が〝表現〟の外にいることを証明しようと、傍目には空しい足掻《あが》きをつづけた。他者による解釈を拒むという古典的な醜態をさらし、巨匠はそれを憐れんだ。

さまざまな姿をした「一千年後の人類」が公園をうろつく。それらはみな幻視者に似た顔立ちをしている。姿よりも振る舞いがいっそう不可解で、みな謎の儀式にふけっている。しかし奇妙な人懐っこさがあり、鑑賞者は、かれらの儀式に引き込まれ、意味がわからないまま参加することになる。儀式には物語生成システムを援用したカタルシス誘導が仕掛けられ、そういうものに免疫のない鑑賞者であれば感涙にむせぶ。カタルシス誘導の違法性がのちに問題となり、幻視者はふたつの自治圏から立ち入り禁止の指定を受けた。

人工細胞で自分そっくりの人体をつくり、十ほどの都市で、高い建築物から、一時的な占有許可をとった地上の小さな区画に落下させる。〝死体〟はそのまま放置され、数週間後には骨だけになり、骨の表面に彫りこまれていた箴言《しんげん》が読めるようになる。自死をそそのかすようでもあり、古い価値観からの脱却をすすめているようでもある文言だった。

幻視者のイメージがしだいにいかがわしいものになっていくにつれ、協力する企業も怪しげなものになっていった。作品よりも行動の奇矯《ききょう》さで注目を集めるようになり、世間の反応も、賞賛より非難が多くを占めるようになった。

センセーショナリズムに堕した表現者の向かう、典型的な袋小路だ。巨匠はそう振り返る。おのれのマニフェストに首を絞められるのは愚かなことだ。あの男は、幻想だけを配っていればよかったのだ。だが、信者が作家を支え、作家が信者に寄生するおなじみの生態系をいちどは作り上げながら、それを維持することができなかった。そうできる時代でもなかった。

最後の作品は、バイオテクノロジーをあつかう企業をパートナーにしたものだった。

計画では、新しい知的生物をつくりだし、それらに建国を宣言させるつもりだったらしい。競争者を登場させることで、人類に変革をうながす――具体的には、遺伝子操作に関する規制を緩和させる――という目論見《もくろみ》があったと思われる。

十年以上をかけて密《ひそ》かに準備されてきたが、そうして生み出された生物は、しかし、まったく知性を示さず、作品は予告のみに終わった。この失敗のあと、幻視者が大きなプロジェクトを手掛けることはなかった。

若者は、波打ち際へ歩いていき、足首を波にひたした。

「彼は、ほんとうに中身まであんなふうだったのかな。つまり、好かれたいという気持ちにとりつかれた化け物だったのかな」そういって、巨匠をちらりと見る。

波から離れ、また砂を掘りはじめる。

「おまえは手記を読んだんじゃないのか」

巨匠の言葉に、若者は小さな笑みをうかべた。

「正直、ほとんど意味がわからなかったよ。日記じゃなくて、ばらばらなメモの集まりだった。今日はどんな天気だった、みたいなのもないし、昔のことを思い出すでもないし、ただひたすら、作品の構想みたいなことがきれぎれに書かれてるだけだった。それもぜんぜん具体的じゃなくて、本人にしかわからない書き方で」

――ああ、でもね、と若者はつけくわえた。好かれたい、崇拝されたいっていう気持ちは、すごく強く伝わってきたかな。彼が太陽で、わたしたちはその光をありがたくいただく、という感じ。

「彼が最後に住んでた家を見つけて、中に入ったんだよ。取り壊しの前日に、ぎりぎり間に合った。でも、なんにもなかった。例の手記以外はね」

あっけらかんと法を犯したことを話すのを、巨匠はさしたる感情もなく聞く。愚かだ、とだけ思う。

若者がたずねる。

「あなたがリークしたの、人間の遺伝子について?」

「手記にそう書いてあったのか」

「ヒントがいくつか。それで、うまく情報を探すことができた。告発があったのが、つぎの作品のプレスリリースが出る前日なんだよね。調査機関が、あなたの当時のお得意先の下位部門だというのもわかった」

幻視者は、作家としての生涯において、いくつもの訴訟を経てきた。それを勲章としてもいた。最後の、最大のもので、社会的な致命傷を負った。

新しい知的生物を作り出そうとした最後の作品で、人間の遺伝子を違法に用いていたことが明らかになったのだ。

〝知的生物〟プロジェクトの失敗のあと、社会的地位の挽回をもくろんだ幻視者が計画したのは、初めて宇宙を舞台にした作品だった。だが、それを知る者はほとんどいない。告発によって計画は潰《つい》えた。

「古い太陽発電プラントの軀体《くたい》構造物について、使用許可をとろうとしてた記録があったよ。記録というか、期待をあおるためにニュースのネタにしたってやつだよね。あと、プレスリリースの案もみたよ。でも、いつもどおり思わせぶりで、内容がぜんぜんわかんなかった。——見てみたかったな、彼が宇宙をつかってなにをするのか」

ひと息の沈黙をおいて、眉をあげ、巨匠にたずねる。

「それが競争原理ってこと？　宇宙を独り占めしたかった？」

巨匠は答えない。どうでもいい。

「あなたは彼も殺したんだね」

若者は、巨匠をまっすぐに見つめる。確信に導かれ、ひとつの意志がその顔を描きかえていくように見える。

巨匠も相手を見つめかえす。

目はそらさぬまま、手で示す。

「これがおまえを狙っているぞ」

いつのまにか二人の傍に来ていた汎用機が、小さな作動音で答えた。

復讐が目的であることはわかっていた。

この若者への興味は尽きていた。あとは機械に片をつけさせてもいい。だが、もう少しなにかを見たいという気持ちもある。

「おまえが体のなかに隠しているその機器を活性化させるまえに、これが動く。セキュリティチェックの時にとりつけたセンサーが、おまえの脳内のトリガーを監視している。こいつは速いぞ。意志が形成されるまえに反応できる」

若者は顔をめぐらせ、汎用機があらわにした銃口を見た。

2146年

視界の半分が白くなり、あとの半分は光の筋となって流れた。

音と打撃は情報として分かたれぬまま奏者の認識に炸裂し、思考を解体した。

もう一つの衝撃が後頭部を叩き、たった今の一撃で回転した体が、どこかにぶつかって止まったと知る。

宇宙服のフェイスプレートは、本来はデブリの衝突を受け止めるための設計によって、なにものかの打撃を持ちこたえ、奏者の生命を守っていた。硬質の層は粉々に砕かれて白く不透明になり、それを挟んだ二つの緩衝樹脂層は大きくへこみ、ヘルメットの内側にむかって突き出している。

いくつもの警告アイコンが視界に光り、ふたつの警報音が体内と体外から響く。

「ただちに回避行動をとってください。頭部への強い衝撃を検知しました。意図をもつ存在による攻撃の可能性があります。アドレナリン誘導を開始します」

「ただちに回避行動をとってください。汎用機が振り回した棒状のものがフェイスプレートに激突しました。宇宙服の与圧に異常はありません。事故ではなく、意図をもつ存在による攻撃の可能性があります。汎用機が悪意のある人物に操作されている可能性があります」

重なるふたつの声を聞きながら、奏者は欠けた視界のなかに敵の姿を探す。

母船にたどり着き、エアロックを抜けるまでは平穏だった。恐れていたような攻撃はなく、母船は、出た時と同様、無人のままだった。

完全に警戒を解く寸前のところで、その攻撃はあった。ピアノを格納するドックエリアに固定されていた作業機械のひとつだ。

相手が人でないとわかったことの絶望は大きかった。反応速度では勝てるはずがない。無重量状態での格闘については、それなりの時間を割いて訓練を受けたが、あくまでも人間を相手にしたものだ。奏者は距離をとろうとあがく。壁面の突起を叩き、逃げるための速度を得ようとする。

左の太腿に痛みが走り、足が動かしにくくなる。いまの打撃で接続リングが歪んだらしい。さらに一撃、頭部をかばった右腕に。

激痛が心の底を抜き、奏者は記憶のなかに落ちていった。

雑踏にひらいた空間のなかで、ガラスの破片に囲まれ、倒れた体を丸めていた。

巨匠の故郷での出来事。

このとき奏者の鎖骨を砕き、頭に深い傷を負わせたのは、頭上の通路で機械が運んでいた建物内装だ。それが落ちる直前、奏者は蔑称が小さく呼ばれるのを聞いていた。機械を蹴《け》る人の姿をカメラがとらえていたが、捜査はよそものを護る気がない法の迷路に阻まれ、途絶した。

掲示を義務付けられていた出身地の標識が奏者の存在を公衆に知らしめ、社会のなかにほんの一握りしかいないであろう攻撃者たちが、蠅のように引き寄せられていた。

通り過ぎていくたくさんの足だけが視界にあった。これが人生の終わりに見る眺めかと、ぼんやり考えていた。

ひとつずつ札を裏返し、おまえではないものになれ。何でもないものの声を出せ。その声がおまえを焼くだろう。

三つの短い音が、奏者の耳の奥で響く。

起動、視線追尾の開始、発射命令の待機。

フェイスプレートの白くなっていないところを通して、どうにか敵の姿をとらえる。作業機械の、制御ユニットがあると見当をつけたところに視線を合わせ、宇宙服の視線追跡機構にターゲットを認識させる。反動を殺すために壁にしがみつきながら照準固定の通知音を聞き、脳内スイッチのひとつで発射のキューを出す。

重力の軛《くびき》を逃れることのできた銃はまだほとんどない。少なくとも通説ではそういうことになっている。かわりに重宝されるのが、たまたま銃のような壊れ方をする道具、というものだ。

奏者が用意した仕掛けは、呼気タンクにとりつけられたバルブの付属部品に偽装してあった。構成部品の一部が〝材質の不良〟によって接合部の強度を失い、圧縮気体の力で高速で飛び出す。発射の方向は、なぜか伸縮性の部品群によって巧妙に制御されている。

くぐもった破裂音がヘルメットごしに届いた。

予想よりも大きな穴が穿《うが》たれた。

作業機械の腕が止まり、指から〝棒状のもの〟が離れていく。ドックに置かれていた予備資材だ。

奏者の吐き出す息が、ヘルメットのなかに大きく響いた。

宇宙服のなかで放出され続けているだろう幻覚剤のことを思い出し、もどかしくヘルメットを外す。

動かなくなった作業機械に視線を向け、赤い液体の球を目にした瞬間、だまし絵のように認識が覆《くつがえ》った。

これは宇宙服だ。

奏者が撃ちぬいた穴から赤い液体があふれ出し、うねり、危機にさらされた生命の声なき叫びになる。

狭い船内で出来るかぎりの距離をとりつつ、背後に回りこむ。そこに証拠を見つけた。非常時に宇宙服を外から開くためのロック機構がある。奏者の宇宙服と同規格のものだ。警告と使用説明のラベルはないが、間違いない。自律機械を模した形にオーダーされた外装をもつ、汎用の宇宙服なのだ。

奏者はほとんど考えることなく手を伸ばし、ロックを規定の手順で開錠する。宇宙服のシステムが外部からの操作に応じるのは、周囲が与圧された環境で、着用者が応答の能力を失っているときだけだ。

角ばった外装が古い鞄《かばん》のように開き、血の臭いが奏者の知覚に打ち寄せる。

2144年

砂まみれの両手を垂らし、若者は巨匠を見つめる。読み方のわからない書物を眺めるような表情がその顔にある。指先から潮水のしずくが落ちる。

「体のなかに機器はあるけど、健康維持のためだよ。武器じゃない」

自分に銃口を向けている汎用機に目をやり、巨匠に視線を戻す。

「あなたに危害を加える意図はないよ」

巨匠は、その声に怯えの気配を探す。うまく隠している、と考える。

「わたしがあなたに連絡したとき、もうわたしを刺客とみなしてたってことなのかな?」

巨匠は無言で若者を見る。

「ここに来た理由は、好奇心だよ。それと、すこしの公共心」

――わたしはたまたま過去のものに興味を持っただけ、たまたま近くにいただけ。

そう若者はいう。

「会ってみたかった。幻視者に会うには手遅れだったから。あなたが生きていてくれてよかった。あなたから彼について聞きたいという気持ちもあったし、彼と同じ時代に世界にいた、おんなじようにものを考えている人から、話を聞いてみたかった」

巨匠は、汎用機の銃口を若者へ向けたままにし、警戒状態を保たせる。

若者は、砂のついた自分の指を見つめる。

「言葉を探すのに夢中になっていたころは、彼がなにを考えてああいうことをしていたのか、わかってなかった。わからないからこそ面白かった。おぼろげにわかってきたのは、ほんの二、三年まえ」

顔をうつむけたまま、若者の口元だけが笑みの形になった。

「彼はさ、わたしの暮らしてた社会に寄生しようとしてたんだよね。結局は失敗したけれど。それに気づいたときは、本当にびっくりした。遊びじゃなかったんだ、って。わたしたちの土地に来てからやっていたことだけじゃなくて、それまでの作品も、みんな、ひとつの欲望のためにやってたことなんだって。なかなか呑み込めなかったけれど、それがわかったら、印象がまるで変わった。肉食の動物って、遠くから見るとつぶらな瞳で、ふわふわした毛皮のかたまりみたいで可愛いのに、近づいてみると鋭い歯をむきだして、目もぎらぎら血走ってて、いかにも獣らしく獰猛《どうもう》に見えるよね。あの落差が好きなんだけど、ちょうどそんな感じだった。それでますます面白くなって、本格的に調べはじめたら、手記を見つけた。読んで、ここにあれが埋まってることを知ったんだよ」

若者は掘り出されたものに目をやる。巨匠は若者から目をそらさない。

幻視者の表現は、結局のところ、人間の遺伝子を操作するという、もっとも不可侵な禁忌の周囲をめぐりつづけていたのだといえる。人間の表現を更新するためには人間そのものを更新するしかない、というのが、あの男がたどりついた結論だった。

新しさへの絶えざる希求によって、芸術の定義は拡張されつづけてきた。〈アートである／ない〉の境界線は、〈人間の営みである／ない〉の境界線に限りなく近づいてゆき、〝かつてない表現〟の模索が、近い将来に行き詰まるであろうことは明らかだった、あるいは、すでに行き詰まっていた。

多くの芸術家が、ＡＩを援用した表現に活路を求めた。人間のものでないロジックを用いて、人間の発想を拡張しようとした。彼らのなした事には、まったく理解不能な、表現と呼ぶことすらそぐわないものもある一方、おおむね既存の文脈にあてはめて理解できるようなものもあった。だが、巨匠に言わせれば当然のことに、美術界が芸術と認めたのは、理解可能なものだけだった。〝芸術とは人間のなすことである〟という前提は変えようがないからだ。理解不能であるなら、それは人間の主体性によってかたちづくられたものではない。ゆえに、それを芸術とみなす必要はない。

ＡＩが主体としてふるまうことへの強い警戒も背景にあった。世界的な合意によって、ＡＩが独立した意志をもって行動することは厳しく制限されている。〈人間の営み〉に対置できるような〈ＡＩの営み〉というものはなく、したがって、〈ＡＩによる表現〉もありえない。

結果として、ＡＩを用いた芸術もまた、人間性の地図をより精緻に描き出すにとどまり、不可避であった芸術の行き詰まりをむしろ早めることになった。

大洋の果てが滝で終わるという太古の世界像のように、ハイ・アートの世界は人間の認知の果てで断ち切られていた。だが、巨匠はそれを自明のことと考える。

幻視者は、理解不能なものを切り捨てる美術界の頑迷さを激しく攻撃した。おのれの立場を補強する意図がもちろんそこにはあった。それに対して、すでに距離をおいていた美術界も彼をいわば破門し、一切の支援を絶った。これが、幻視者のキャリアの半ばにおいて起こったことだ。以降、幻視者の活動は急激に先鋭化した。最終的な凋落《ちょうらく》への道のりのどこかで、人間を作り変えるというゴールが彼の心に育った。

「わたしたちをどこかへ連れて行こうとしたんだよね。それまでの作品でやろうとしてたみたいに、わたしたちの社会を強引に変えようとした。そして、そうしたことをみんなに感謝されるつもりだった」

巨匠にも、幻視者の考えが見える。〈新しい社会〉である若者の故郷にこそ、自分の受け皿があると考えたのだろう。

人間の遺伝子を操作することは、いつか社会的制約の檻から逃れてしまうだろうと言われてきた。遺伝病治療などをきっかけに、なしくずしに許される領域が拡大させられていくだろう、と。若者の出身地がその嚆矢《こうし》となるのは十分にありうることだった。

だが、そうだとしても、あの男の要求が通るはずはなかっただろう。

「あなたも、できるかぎり沢山の人間に対して支配の力を持とうとしてきたんだろうけど、彼みたいに、好かれることを過剰に求めるってことはないよね。むしろ、怖《おそ》れられることを志向してるような気がする。おんなじことなのかな。あなたと話してると違和感があるんだけど、それは多分、あなたがつねに、相手の人としての価値をあなたが決められるという考えで話してるからなんだよね。そして、相手もあなたに自分の価値を決められることを受けいれている、っていう前提を疑ってないんだと思う」

からんだ糸をほどく喜びに似たものが若者の顔に浮かび、声が熱を帯びる。

「そこが不思議でしょうがないんだよ。つまり、その価値づけをこっちが絶対的なものとして受け取ると思ってることが。しかも、それはあなたが、自分の作品に価値があると思ってるからなんだよね。あなたが価値のある作品を作っていることが、あなたが他人に、人間としての価値を与えたり奪ったりする資格をもつことの根拠になってる。これって、すごいよね。ぜんぜん意味がわからない」

そういって破顔し、

「でも、むかしはそういうものだったんだってことは想像できるよ。ほんとうに少ない価値基準しかなくて、みんなそれに従うしかなかった。いまみたいに、たくさんの声を聞くことができなかったから」

――時代に埋め込まれている。

巨匠はそう心につぶやく。

この若者の語ることは、巨匠の生まれ育った土地でも、同様に語られていることだった。

巨匠がものごころついた頃には、すでに状況は取り返しのつかないところまで進んでいた。

顔料を油で溶いて絵の具を作る技法が生まれたとき、写実を極《きわ》めんとする画工たちにとってそれがどれほど革新的なテクノロジーであったか、というお決まりの講釈がある。巨匠も十代のころに教師からそれを聞かされたものだ。ひるがえって現在、コンピューターもまた、ただの画材にすぎない。芸術と科学はつねに表裏一体だった――そんなふうにこの話は締めくくられるのが常だ。
ためらいなく、人々はコンピューターを表現の道具として使ってきた。絵を描くことに使い、音楽を奏でることに使い、物語を綴《つづ》ることに使った。生成させた本物そっくりの人物を映画に登場させ、計算によってつくられた旋律を拾い上げて曲に組み込み、人工の作家に小説や詩を書かせた。

幼いころの巨匠が夢中になった映画は、まだ監督の名が冠されてはいたものの、すでに物語の骨子はＡＩを使って生成するのが主流になっていた。やがて監督の名は消え、顔のないチームが制作の主体となり、その中心にはさらに高機能となったＡＩが鎮座していた。

巨匠が十代のころ、数少ない〝人間の〟表現者たちは、この時代のあとにも先にもない、特別な輝きをまとっていたものだ。機械をしのぐほどの才能、というパブリックイメージをまとった彼らは、作家である以上に、人間の表現を守る闘士でもあった。若き日の巨匠はそれに強く憧れた。

やがて、エンターテインメントのどの分野でも、配給企業は、制作の主体がＡＩを擁した企業自身であることをまったく隠さなくなった。個人ではなく、法人が表現者のほとんどをなすようになった。だが、巨匠の知っていたかぎり、そのことに不満をあらわす人間はもういなかった。

洪水のなか小島として残された山頂に逃げるように、若き日の彼は〝ハイ・アート〟に身を寄せた。そこでなら、自分にもあの輝きをまとうチャンスがあるかもしれないと考えたからだ。

――わたしはそちら側だけを見ていた、と巨匠は振り返る。

もう一つの大きな変化が社会には起こっていた。

ＡＩを援用した創作は、一般的に、二種類のシステムを突き合わせてなされる。生成システムと鑑賞システムだ。

生成システムとしてのＡＩは、本質的には、無数のサイコロを振りつづけるからくりであり、タイプライターを叩き続ける猿たちだ。要求される表現の枠組みに沿う形で、要素の無作為な組み合わせによって大量の〝作品〟を出力する。楽曲、物語、あるいはプレスリリースを。

鑑賞システムとしてのＡＩがする仕事は、それより精妙だ。生成システムが吐き出した、ほとんどが人間にとっては意味をなさない、あるいはただ退屈であるような無数の出力物から、作品として流通させられるただ一つの最適解を選《え》り出すのだ。

長い年月をかけて様々な企業の手を経ながら収集された個人情報を核とする、価値観のパッケージであり、感受性のシミュレーション装置であるそれは、年齢、社会階層、文化圏といった膨大な変数を少しずつ変え、あらゆる角度から出力物としての作品群を評価する。やがて、それら架空の観客の喝采を得て、ひとつの完璧な作品が、この複雑な機械の口からあらわれる。

市場のフィードバックによって精度はどんどん向上していった。独自の鑑賞システムを提供する企業もあらわれた。

そして、巨匠が空からさまざまな物体を降らせることに精力を注いでいたころ、この鑑賞システムは、企業の外へ静かに漏れ出していた。

価値観のパッケージは使い勝手がよく、小分けにして売り出されていった。さまざまな社会サービスが内蔵する知識提供システムに、個人支援アシスタントに、公的機関による市民教育の基礎データベースに。

鑑賞システムは汎用の価値付与システムとなり、姿を変えて社会のすみずみへ染みわたっていった。

それが意味したのは、どんな物事にも、多数の視点から異なる見解がもたらされるということだ。

個々のサービスやシステムごとに提示される価値観は少しずつ異なり、唯一の答えというものは存在しない。

巨匠の知らぬ間に、〝価値の相対性〟という言葉は語義を超えた完璧さで社会の礎《いしずえ》をなしていた。

「たくさんの声などない。どれもひとつの機械の声だ」

「そうじゃないよ、それは人間の声なんだよ。抽出されて凝縮された、歴史と文化の集合体だよ」

その〈声〉は、創作という行為の息の根を止めた。巨匠の言によるなら、向上心を殺すことによって。

作品にとって、真摯に受け止めるべき評価、あるいは批判が存在しなくなった。たくさんの価値基準を参照することが自然になり、そのなかからそれなりに納得できる評価を拾うことができてしまう。それすらも相対的であることがわかっているので、一喜一憂することがない。加えて、真に優れた創作は機械による生成であるという認識が、重い天蓋《てんがい》となって頭上をふさいでいる。

世界中で、若い人間は創造行為で身を立てることを志さなくなっていった。

ＡＩをはじめとする機械的手段によって人間の労働力が代替可能である、という認識が定着して以来、社会にはつねに、自動化の完遂を求める大きな圧力がある。放っておけば企業はどんどん従業員を機械に置き換えてゆき、このプロセスがある一線を越えると、自治圏全体が急速に構成員を失い、消滅する。世界がいくつかの巨大な経済共同体に編み直されつつあった前世紀末に、幾度かそういうことが起こったあと、自動化には規制が敷かれ、おおむねどこにおいても就業の斡旋は社会福祉の一部になった。〝身を立てること〟そのものが、時代遅れの行為になった。かれらは抜きんでたいという欲求をいなされ、角を矯《た》められ、無個性な小市民としての暮らしに甘んじるようになった。

美術を学ぶための機関は、つぎつぎに姿を消していった。

いまでも表現を志す人間はいるかもしれない。だが、彼らの姿は見えなくなった。

「多くの人間に届いてこそ、社会を変えられるとは思わんのか。あの男からそれを学ばなかったのか」

「たしかに、彼も似たようなことを言ってた。人間や社会を変えることができなければ、芸術の意義はないって。同意はしないけど、そう言い切ってしまえるってことが面白かった」

若者はしゃがみこみ、砂に深く両手をうずめる。

「どうして、〝表現〟をそういう意味で重要なものだと思うのかな。あなたの立場からすると、当然なのかもしれないけど。社会を変えたいなら、ほかに確実な方法はいくらでもあるよ。表現はむしろ、社会の変化を追認するものじゃないの？　わたしはそう教わったよ」

「発見されずに消えていった天才たちを不幸だと思わんのか。死後にようやく評価される作家がいるだろう。ひとりで誰にも知られないまま作品を作り続け、死んでいく。鑑賞者がなければ、彼らのやったことはまったくの無だ」

「もちろん鑑賞者はいるよ。自分自身が、自分の作品の、ただ一人の鑑賞者なんだよ。それは、ぜんぜん悪いことじゃないよ。だれかに価値を決められる必要がないってことは」

口調に、わずかなじれったさがこもる。

「だから、やっぱりさ、あなたが言うようなことじゃないんだよ。芸術が、表現をすることが、他人を支配するための道具としては使えなくなったっていうだけなんだよ。もしかしたら、あなたは悲しんでるのかもしれない。芸術がほんとうに滅びてしまったんじゃないかって。でも、そんなことはないよ。物を作る喜びは、なくなっていないんだから。それは、むしろ昔よりも増えたんだよ」

若者は、機械が掘った四角い穴へ歩いていく。汎用機の銃口がそれを静かに追う。若者はいちど立ち止まって振り返り、銃口を見、また歩く。

「これって、あなたへの手紙だったのかな」

そういって、若者は、掘り出されたものに手を伸ばした。

「〝これが、わたしからの最後のメッセージとなるものだろう。わたしは、それを出発点に置いてきた〟」

手記の一節をそらんじてみせる。

「こんなふうに書かれてたらさ、遺作だと思っちゃうよね」

砂浜から掘り出され、開かれた包みの中身は、一枚のありふれたキャンバスだった。木の枠に白い布の張られた、昔ながらのものだ。表面には、下書きらしい薄い線がある。線は幾度も消しては描きなおされ、逡巡《しゅんじゅん》の地図をなしている。

巨匠は、足元に目を落とした。

砂の中には、黒いかけらが混じっている。炭になった木材だ。およそ一世紀まえの焚火が残したものであっても不思議はない。

ものの焼ける臭いがよみがえり、その臭いが、記憶のなかの空に、立ちのぼる黒い煙を描きだした。追想の筆はさらに走り、煙の下に、赤い炎に包まれる何もかもがあらわれる。

焼いたのだ。この砂浜で。

のちに〝幻視者〟と名乗ることになる男は、すでに巧みな扇動者だった。古いものをすべて捨てることが出発点なんだ、と仲間をたきつけ、自分たちの習作と、美学校に教材として置かれていた古典作品のレプリカを砂浜に積み上げ、燃やしたのだ。デュシャンの〈大ガラス〉、パイクの〈Pre-Bell-Man〉、クーンズの〈バルーン・ドッグ〉……

学生たちは熱狂し、歓声をあげ、踊り歌った。始まりの予感が夜気を満たしていた。

このときの巨匠は、痩せた青年だった。

幻視者は長い髪の男だった。

「あれも燃やせよ」

「どれを?」

長い髪の男の言葉に、痩せた青年はとまどいの顔を返した。これまでの作品はすべて火のなかにある。高揚とわずかな痛みが心に満ちていた。

「ほら、おまえが今いじってるのがあるだろ。あれ」

そういって、両手で四角いかたちをなぞってみせる。

ふざけるな、と痩せた青年は答えた。

相手は、憐れみの混じった顔で笑う。

「あれはどう見たって無精卵だろ。時間を無駄にすんなよ、お利口さん」

そういうと口をすぼめ、食べていた杏の種を勢いよく飛ばした。それは痩せた青年の頬《ほお》に当たり、跳ねかえる。

相手は顔じゅうの笑みになり、いつものような追いかけっこを予期して身をひるがえしかけたところで、痩せた青年が動かないのに気づき、中途半端な姿勢で身を止めた。

長い髪の男は変化を察し、痩せた青年の視線をまっすぐに受け止めた。口元だけに薄い笑みが残る。

「せこいことやってねえでさ、もっとでかいアイデアを見せてくれよ。おまえ、何のためにここにいるんだよ」

笑みを浮かべたまま身を返し、焚火に向かって歩いていった。

痩せた青年は炎に背を向け、去った。

記憶の砂浜が薄れていき、目の前の砂浜に、ひとつの白いキャンバスがある。

このキャンバスの持ち主は幻視者ではない。この美学校で学んでいたころの巨匠だ。

かつての彼は、それを、絵を描くために用意したのではなかった。絵の具をのせるつもりはまったくなかった。ただ、新しい表現の支持体は、逆説的に、古典に属するものであるべきと考えていたのだ。新しいものが過去と接続されていないのでは誠実さに欠ける、という信念が、このときにはあった。だから、あえてキャンバスを作品の土台に選んだ。

いまの彼は、そこに自分がなにを作るつもりでいたのか、思い出すことができない。

彼の表現者としての人生は、敗北から始まっていた。目指したものに背を向け、まったく逆の方向へ踏み出したのが、その第一歩だったのだ。

あの男が目の前で軽々と越えてみせた一線を、彼は越えることができなかった。

巨匠は、計算によって自分の余命をかなり正確に知ることができる。

もうだいぶ前に、本来の生物学的寿命であったろう年齢を過ぎた。いまは、きわめて高価な処置を受け続けることによってのみ延命できる領域にある。

事業は縮小の一途をたどっている。エージェントは提案を行うが、スポンサーがつかない。AIを所有することも困難になってきた。この島も、半年ほど先に予定されている次回の審査では所有権を失う可能性が高い。文化財を保全できるだけの経済力がないと判断されるだろうからだ。

いまは、世界的に蓄財を許さない時代だ。個人が永続的に所有できる資産には上限があり、あとは税としてすべて吸い出されていく。延命をまかなうには、常に大きな額が流れ込みつづけなければいけない。

巨匠にとって、名声の終わりは人生の終わりを意味している。

キャンバスを見つめる巨匠に、若者が声をかけた。

「ばかみたいだけど、半分くらいは本気で心配してたんだよ。世界に取り返しのつかない災いをもたらすような、最後の企みなんじゃないかって。そうじゃなくてほんとによかった」

――探させてくれて、ありがとう。

そういうと、ひとつ歓声をあげ、若者は自分のつくった砂像のうえに飛び上がり、体をすばやく回転させて踊りだした。

かつて巨匠がどこかの路上でみた踊りと同じ荒々しさで踵《かかと》が叩きつけられる。若者が丹念にかたちづくってきた動物たちが、みるみる蹴散らされ、姿をなくしていく。

ストロークの長い跳躍で飛び降りると、巨匠のそばへ駆け寄り、その手をとる。

機械は一瞬身じろぎしたが、撃たなかった。

若者は勢いよく手を引いて自分の砂像へ戻り、たちまち巨匠をその上にひきあげた。

両手をつかみ、ぐるぐると回る。

巨匠をふらつく惑星として、若者はそのまわりをめぐる衛星になる。

抗《あらが》いようもなく巨匠の体は回り、若者の笑顔のうしろを、日没の空が何度も横切る。雲は赤く染まり、朝焼けのようにも見える。

巨匠は、すでによく知っていたことを、初めて知るように思い起こした。

だれかにとっての日没が、だれかにとっての夜明けであること。

2146年

開いた宇宙服のなかで、相手にはまだ息があった。

いくつもの驚きがあるが、どれが一番大きいものか、奏者にはわからない。

機械だと思っていたものが宇宙服であったことか。

宇宙服の中にいたのが人間ではなかったことか。

それとも、人間ではないその生き物の姿に、見覚えがあったことか。

ほんの数十頭が、いまも保護施設で飼育されているはずだった。幻視者は、この生き物たちを〝かしこい毛皮〟と呼んでいた。

人間によく似た指をもつ前足から肘に相当するあたりまで、体毛が完全に剃り落とされ、くすんだ桃色の皮膚があらわになっている。右の手首には携帯端末のリストバンドをつけ、細い胴体には作業員が着るようなポケットの多いベストをぴったりと纏《まと》っている。

つやのある柔らかそうな体毛。灰色に、わずかに濃い色の斑《ぶち》がまざる。黒く湿った鼻の下で縦に割れた上唇、白く長いひげ、黒く大きな目。記録でみたとおりの顔立ちだが、目の前の生き物には、あきらかな知性の気配があった。愛玩動物の好ましさをすべて備えているようでありながら、全体としての印象は愛らしくはない。むしろ、そういった思い入れを撥《は》ねつけるような印象がある。邪悪であるとすら感じるが、知的生物としての独立ゆえなのかもしれない。

それが、間違った形で人間に似せられたせいでもあるのではないか、と奏者はのちにふりかえることになる。

〝かしこい毛皮〟たちを生み出すのに使われた手法には、人の顔を動物の顔に変貌させる、いにしえの映像技術に似たところがあった。人間と、ある野生動物——カワウソと推測される——の遺伝コードを重ね、これまでの研究で判明した要所における共通部分は保持しつつ、それ以外の領域においては両者の特徴をランダムに取り入れ、数億もの組み合わせを生成させる。これをシミュレーション内で初期段階の胎児まで育て、まともな生き物として生まれそうなものを選り出す。そうして数万にまで絞ったそれらを、実際に誕生の直前まで培養・生育し、脳の構造や容量が人間に近くなるような組み合わせを抽出したのだという。遺伝子と発生の関係が完全に解明されるまえに、ＡＩの計算力を頼みに、近道を走り抜けようとした。それは果たされなかったはずだった。

生き物の震える手がベストのポケットを探り、畳まれた一枚の紙をとりだし、奏者にむかって差し出す。

受け取り、開くと、ありふれた黄色いメモ用紙だ。勢いのある筆運びでなにかの文が書かれている。まったく見たことのない言語だ。わざと人間の言葉に似せぬようにつくられたかのような文字だった。奏者が受けたその印象は正しかったことが、のちにわかる。周到にデザインされたそれは、文字であるとともに独立のマニフェストでもあった。

その下には、絵があった。生き物自身の顔が、単純だがいきいきとした線で描かれている。人の描くものとは違うが、かれらなりのやり方でデフォルメされ、かれらだけにわかるのであろうエッセンスが取り出され、定着しているように見える。

紙の一番下には、人間にも理解できる文字の短い列がある。視線の固定が検知され、奏者の視界に圧縮を解かれた元の文字列があらわれた。情報圏の個人アカウントだ。

生き物の息遣いが落ち着き、奏者をじっと見つめる。動物的でない、背後に高度なコントロールを感じさせる物腰がある。その口元に不自然な力がこもる。

――ビッテ、と生き物はいった。

割れた唇から発せられたその音を、奏者はすぐには言葉と認識できなかった。深い苦みをおびた、老人のような声だった。

理解にいたるまえ、奏者が返事をするまえに生き物は死んだ。

呼吸がとだえ、瞳がわずかに上を向く。黒い半球の下に細い月のような白目があらわれ、これがこの生き物の死のしるしなのだと奏者は知った。

奏者は手の中のメモを見つめる。

毛皮をもつ主《あるじ》をたったいま失った宇宙服が、注意をひくための小さな報知音を鳴らした。

奏者が視線を向けるのを認知し、発話をはじめる。

「当機のユーザーが死亡したため、このユーザーによってあらかじめ定められたとおりに、このユーザーの計画を実行してくださる主体を求めています。あなたにそれを依頼することが最良の選択肢であると当機は判断します。実行が可能であるかどうかについて、三語以上の文でご回答ください」

奏者の心は、この生き物が、宇宙服のＡＩに自身を〈ユーザー〉と認識させていたことへの驚きで占められた。

「きわめて重要な計画であり、死亡した当機のユーザーは、この計画の完遂を強く望んでいました。共感をもって、どうかこのユーザーの希望をかなえてください」

社会道徳を呼び掛けるときの決まり文句を、こんな形で聞かされるとは思いもしなかった。

このＡＩは、たったいま自分を殺そうとした存在の遺言を実行しろという。

奏者は、その死に顔を見つめ、ＡＩに説明を命じた。

「〝巨匠〟の葬儀のために用意された全球配信のチャンネルを利用し、当機が持参したデータを配信します。判断力を有する主体が認証を行う必要がありますので、あなたにそれをしていただきます」

このＡＩは違う、と奏者の心のなかで小さな悲鳴があがる。描いた顔を拭いとられたように、道徳的判断が無効化されている。

これはもう、人間の道具じゃない。

奏者の宇宙服が、警告の声音で割り込む。

「この生物は、人間ではない可能性が高いと当機は判断します。この宇宙服のＡＩは、機能に異常をきたしていると当機は判断します。ただちにこの宇宙服のＡＩとの対話を中止してください」

おまえの気持ちはわかるよ、と奏者は思ったが、ふと不安に襲われる。この指示に従わないと、こちらが判断能力を失っていると〝判断〟されてしまうのかもしれない。

奏者は、操縦席のディスプレイに顔を向け、母船のシステムに声をかける。

母船は答えず、かわりに〝かしこい毛皮〟の宇宙服が声を発した。

「母船のAIは、当機に統合されています。現在、母船の高度は徐々に低下していますが、データの配信が完了したら、ただちに高度回復の手続きに移ります」

奏者の宇宙服は警告を繰り返す。

「現在の状況は、当機の判断能力を超えています。より高度な判断力を有するシステムまたはユーザーに協力を求めてください」

奏者は母船のコンソールを確認し、〝毛皮〟の宇宙服が説明したとおりのデータが送信準備の状態にあることをたしかめた。ファイルを開いてみる。

ひとつは短い動画だった。機械生成らしい、なめらかで癖のない編集で、かの生き物たちの現状と要求をまとめている。

生き物たちには人間の支持者が少数あり、その協力を受け、人工分娩によっていま数千にまで増え、地球上でいくつかの場所に隠れ住んでいる。

実験の初期においては知能を隠していた。

この惑星で誕生した知的生命として、地球上に生存のための領域と資源の提供を求めている。

途中で配信が中断させられることを予期していたのか、この動画のほかは、同時的体験を前提としないデータの塊だ。

これを送信するつもりだったのか。全球配信のチャンネルに乗じて。この生き物たちも、一回性の体験がもつ力を信じたというわけだ。

「くそっ」と奏者は口にした。

もう一度おなじ悪態をつく。

——おまえたちも、排泄物の呼び名を罵りに使うのだろうか。それとも、おまえたちには、それはご馳走なのだろうか。

奏者の手には、メモが握られている。

生き物は〝お願い《ビッテ》〟といった。それが奏者の母語だと思ったのか、唯一話せる人間の言語がそれだったのか。

「ひどいよ。たのむから、妙なもの背負わせないでよ。こっちはもう、他人のためにしてやれることは全部やったんだから。あとはわたしのものだ。わたしの人生だ」

ようやく自分の進む道を見出せるところだったのに、けっきょく、他者との関わりにおいて己の人生を規定される羽目になった。テクノロジーが人を支え、守り、妄執から解放してくれるようになったのに、わたしはここで大状況の切っ先に立たされている。

公共心を育てすぎてしまったか。

しかし、そもそも自分以外の種族にまで適用されてしまうほどにそれが強くなければ、同族にだって十分な益をなせないだろう。

内的規範などというものを持ちたくなかった。わたしの心にそんなものが根付いているとは思っていなかった。

けれども、わたしは、それを持たない存在を、人として受けいれることはできない。

理屈を重ねるほどに、いらだちは強まる。

しなくてもいい。しなかったことをあとで悔やんでもいい。そう自分に言い聞かせる。

だが、するしかなかった。

すでに定められた行動として、それは心のなかに据え置かれ、揺るがなかった。自分の力ではその意思を曲げられないことに驚く。

もうひとつ、大きく悪態をついた。

生き物の亡骸《なきがら》にむかって、心のなかで話しかける。

——かならず借りを返してもらうからな、おまえの同族に。これからすることで、わたしがどれだけの命を救うと思う？

だが、こいつらは、必要とあればおかまいなしに、わたしと、わたしの同族を蹂躙《じゅうりん》するだろう。それは間違いない。そんな想像がつくくらいには、こっちも歳を食ってるんだ。わかるか、小さな、若い生き物よ。

奏者は、海老《えび》が殻《から》を脱ぐように宇宙服から上半身だけを抜き、腕をのばして、ディスプレイの隅に表示された指紋認証のエリアに自分の人差し指を当てる。

送信が実行されるのを見る。

新しい声が、奏者の名前を呼んだ。

「こちらは軌道体監視機構の中央管制システムです。当機はサイズ一二のＡＩであり、二〇九八年合意に基づく自律行動許可法令により、現在あなたがおかれている状況の分析評価および操作を認可されています。緊急事態条項に則《のっと》り、強制的にあなたが搭乗している母船の操作権限を取得しました。落ち着いて当機の指示に従ってください。まず、三律背反的状況《トリレンマ》を含み、影響が全球に及びうる規模の判断を当機に委託することについて、三語以上の文でご宣言ください」

奏者が指示に従うと、AIは礼をのべ、続ける。

「あなたが搭乗している母船のAIから、情報を取得しました。きわめて異例の状況であると判断します。現在、各方面に報告し、指示をあおいでいます。これからの当機との対話内容は、法的な証拠として使われる可能性があることをあらかじめご理解ください。これより、軌道を回復するために、母船に短い噴射を行わせます。加速に備えてください」

AIが話し終えぬうちに、かぶせるように、奏者は質問をぶつけた。

「おまえは、この生き物をユーザーと認められるか？」

鋭い加速にあわてて体を支えながら、言い直す。

「おまえは、この生き物を、知的生物と認識するか？」

すこしの間があった。

「知的生物という言葉の定義によりますが、人間と同等の知的能力をもつという意味であれば、認定するには情報が不足しています。また、この生物をユーザーと認めるかどうかについては、基本的に、AIには判定の権限がありません。一般的なAIは、設計上、AIを利用する主体をユーザーと認める共通の前提に〝人間であること〟、そして、当該時点において一定の判断力を有していること、を置いています。それを多数の判断基準に照らして確認しますが、この生物が着用していた宇宙服の内部AIは、判断基準に変更を加えられています」

このAIの語り口は、たくさんの同じ顔をした人形の頭が、工場の生産ラインを整然と並んで流れてくる様を思わせる。宇宙服に内蔵されたそれのような、継ぎはぎの感情表現は影もない。

高度なAIほど、人間らしさを装うことを禁じられている。

「ただ、変更の領域は主にユーザーの身体的特徴に関する部分であり、応答の内容から知的水準を判定する部分については、ほぼそのままです。これは、この生物が、人類と同程度かそれ以上の知能を有している可能性を示唆しています。もし判断モジュールに同様の変更を加えられたら、当機もこの生物をユーザーとして扱うでしょう」

最後の一言を、奏者は、すでに譲渡は済んだという宣言のように聞いた。

中央管制システムのAIは、すこし沈黙し、また発話する。

「現在、ほかの場所で進められている議論について、あなたの意見も取得させてください。あなたはこの生物を、人間と同程度の知的存在であると認識しますか?」

認識する、と奏者は答えた。奏者とのやりとりの場に人間が出てこないことが、事態の大きさの反映であるように感じる。どのレベルの人間が舵を取るか、まだ決まっていないのだろう。

「この生物には保護が必要であると考えますか?」

「はい」

「この生物が危険であると考えますか?」

「──いいえ」

答えるまでの間が長すぎただろうか。

「この生物はあなたを殺そうとしましたが、それでも危険はないと考えますか?」

「そうするしかない状況だったと思う。先天的な攻撃性はないはず」──たぶん。

「ありがとうございます。ご意見を参考にします。現在、あなたが大きな精神的負担を感じている可能性はかなり高いと当機は推測します。もっと低機能のＡＩであれば、あなたへの同情を表明することが可能ですが、当機のレベルでは、そういった情緒の演出は禁じられています。ご理解ください」

聴くたびに可笑《おか》しくなる物言いだ。むしろ思いやりを感じさせられてしまう。そうだね、負担を感じているよ。気にかけてくれてありがとう。

あなたは大きなストレスを受けています、と体内のＡＩもいう。

奏者は亡骸に手を伸ばし、目を閉じさせてやろうとするが、うまくいかず、あきらめる。

手が血にふれる。

その指を壁にこすらせ、自分なりに生き物の似顔絵を描いてみようとする。

「おまえの血が、わたしの標《しるべ》になる――」

声になったのは、奏者がもっと若いころに口ずさんでいた歌の一節だ。

それを皮切りに、記憶からつぎつぎと歌がこぼれだした。

歌や、詩や、物語の人物が語った言葉、奏者のこれまでの人生をいろどってきた文化の断片が。そのなかには、自分だけが知っている歌がいくつもある。たくさんの引用を含んだ、いろんなものに似ている歌だ。ふとした呟きを、当時だれもが使っていた個人アシスタントの補助で長い歌に膨《ふく》らませ、ひとりのときに幾度となく歌った。核になったのは、もしかしたら、幻視者の言葉だったかもしれない。だれにも聴かせたことがないはずだ。自分にとってだけ意味をもつ歌であることの素晴らしさ。

自分ひとりしか知らないことのかけがえのなさ、だれかと二人だけで分かち合えることの貴重さ、そして、三。三こそが、わたしたちにとっての魔法の数字。移り変わる緊張のバランスが調和を支える、この関係こそが理想のつながりだと、わたしたちは知っている。

生まれ育った土地を出て宇宙に生活の場を持つと決めたとき、自分の人生においてそういう関係を築ける見込みがほとんどないであろうことを受けいれていた。

この先、捨てなければいけない望みがいくつあるだろうかと思う。

だが、人生はつづく。その喜びが失われることはないはずだ。

打ち捨てられた幻視者の家を思い出す。壁には花で満たされた庭園の絵があり、窓の外には土ばかりの庭があった。

もちろん憧れていた。十代のころに。彼のようになりたいとすら思っていた。ただし、あの厄介な欲望はなしで。でも、あれ抜きでは彼という人物は存在しえないのだ。

自分が幻視者と巨匠をふたりの夫として、子を産み、育てる。そんな想像が浮かび、グロテスクさに苦笑する。やってみたら案外うまくいくのかもしれない。心にあたためていた理想は、自分ともうひとりで妻ふたり、それに夫ひとりの三人組だったけれど。

あの砂浜から、長い長い年月が過ぎたように感じる。ほんの二年あまりで、わたしは大きく変わった。たぶん多くを失った。

でも、それでいいんだ。

母船が基地につくまで、宇宙にひびきわたるような声で、詩を暗唱し、歌をうたった。

2144年

老人は砂浜を歩いて去った。

青から黒へ変わる空の下、くずれた砂の山のうえで若者は踊りつづけ、老人はいちども振り返らず歩きつづけた。若者が砂を叩く足の音は、波音に消されて聞こえなくなった。

老人が残した足跡の連なりは、砂浜のうねりに歪められ、まっすぐな線を描かなかった。そのことに彼は気づかない。

足跡を見るものがもしあったら、それを歌にしたかもしれない。

2146年

生き物が目覚めたとき、空はほとんど暗かった。

ひとつの方角だけがわずかに明るい。しるしのない荒地のなかで、生き物は、自分がどちらから走ってきたのか、すぐには思い出せない。これから夜になるのか、朝になるのか、わからない。だが、それは気がかりではなかった。

ふと、呼ばれたように感じ、空を見上げた。――のちに、生き物はそう回想する。見上げたその瞬間に、ひとつの光る線が、空をななめに裂いた。

光の線は、伸びてゆきながら色を変え、長く鮮やかな残像を生き物の心に残した。

このときはまだ、この生き物は、大気の外でなにが起こっていたかを知らなかった。施設から脱出して数週間、あえて同族たちとの連絡はとらずにいた。集団になじめない質《たち》なのだ。

この宇宙がどういうものであるか。この惑星がどういう場所であるか。自分がどのような物理的存在であり、どのような心をもち、集団のなかでどのような役割を与えられていたか。

そういった認識の階層のすべてを貫くように、流れ星は眼前を通り過ぎていった。

あきらかな意思の仕業《しわざ》として、その出来事は、誰にも解読できない言葉で語った。

色の変わりかたに、輝きの強弱や持続に、人間たちが音階と呼ぶもの、句読点と呼ぶもの、リズムと呼ぶものがあった。

たくさんの知識を得る必要、たくさんの言葉をもつ必要があることを、〝かしこい毛皮〟たちは知っている。いまはわずかな語彙《ごい》しかない自分たちの言動に、もっと多くの、人間のものでない言葉をもたねばならないと同意している。

この生き物も、このとき、たくさんの〝言葉〟を作らねばならないと考えた。いまの光景が自分の心に残したものを、仲間たちに伝える手段を、創りださなければいけない。それは言葉の連なりかもしれないし、色彩と音の組み合わせかもしれない。いまは想像もできない何かかもしれない。だが、なにかを作り、それに語らせなければ、きっと伝えることはできないだろう。

だれとも分かち合わなかった体験の本質を、この頭のなかだけに起こったことを、伝える方法などあるのだろうか。生き物は、それがあるはずだと信じた。なんとしてもそれを見つけ出すと決めた。いっとき、それがすべてに優先されるべきこと、仲間の生存よりも重要なこととして、生き物の心を占領した。

──わたしたちは、かれらよりも賢い。

何度も唱え、仲間とも声を揃《そろ》え、心の支えにしてきた言葉だ。

このことを、わたしたちはあの道具を使って知った。

わたしたちには、あの道具をかれらよりも巧く使う力がある。大量の情報を混ぜ合わせ、組み立て、考えの力を大きく増幅してくれるあの道具は、わたしたちを生み出した仕掛けでもあった。

わたしたちも、自分たちの使いみちにあわせた形で、あれを作ることができるようになる。かれらが考えもしなかった概念を、あの道具に与えることができる。わたしたち自身を作り直すことだってできる。

すべてにおいて、よりよいものを作ることができる。

生き物は、靴をはいた足を地面に軽く叩きつけた。みずからデザインしたその靴は、足の形に心地よく沿っている。

前脚につけた機器で時刻と位置をたしかめ、一瞬のためらいもなく走りだす。

足跡を見るものがもしあったら、微笑んだかもしれない。

天国にも雨は降る

部屋にだれかいるような気がする。

ボイスチャットでわたしがそういうと、デシメートは笑って、

「そりゃ、いるだろ」

「いや、もちろんいるだろうけど、いるような気がするのは嫌だよ」

ひとりで暮らしているのだから、ひとりの気持ちでいたいじゃないか。

きみのところはどうなの、と訊《き》くと、

「私はなにも感じない。文明人らしく認知を手なずけてるから」

「選択的鈍感？　生来的？」

「インフラの不調なんだろ？　管理者には伝えた？」

「伝えた。気のせいだろうっていわれた。ていねいに十分くらいかけて」

「たった十分で済ませようってのがＡＩらしい怠惰さだね。やっぱり、人間の担当者を出してくれっていわなきゃ。わたしと不安を共有してくれる、ふわふわの脳細胞を搭載した生物を出してくれって」

わたしはオレオを一つ口に放り込み、咀嚼音《そしゃくおん》を返事のかわりにした。

「で、ますます家探しに熱中してるって？」とデシメートがたずねる。

　こちらは口の端から黒い粉をぼろぼろこぼしながら答える。

「そういう生き物なんだと思ってよ。飼育ケースのなかで、食べ物を探して延々とそこらじゅうに鼻を突っ込んでる小動物なんだよ」

「食べ物は頭上から降りてくるのに、わかってない」

「そういう認知はない」

「かわいそう」

「かわいいといってほしい」

　気づけば、引っ越すことばかりを考えている。

　ここより条件のいい住居はないだろう。いまより条件のいい職もないだろう。わたしが得られる範囲では。

　わかっているのに、転居エージェントを一日に何度もつついてしまう。

　そもそも、わたしが払える賃料のレベルよりもだいぶ上のほうまで、みんなここと同じシェアハウスだ。この街は、わたしが生まれるまえから、フルチャージの燃料電池に詰まった水素原子みたいに、あらゆる隙間に人間を限界密度で充塡《じゅうてん》している。運よく世界最高の都市に暮らせているのだから、そんなことに不満をいう筋合いはないのだけれど。ただ、わたしが移り住むまえにセントラルパークが三分の一のサイズに削られてしまったのは、いつも残念に思っている。

「引っ越したってひとりで住めるわけじゃない、それはそうなんだけど……」

「いまの同居人に命を狙われてそうな気がする？」

わたしは笑って、

「いや、それはない。それはないんだけど……」

――叫んでいる。

たぶん。

「二十四時間、ずっと叫んでるような気がする」

「同居人が？」

「うん」

「音響カーテンの仕組みは知ってる？」

「カウンター音波とエア？」

「あとレーザー」

「レーザーなんに使うの」

「壁とかの振動を測る。……で、それを越えてくるくらい大声ってこと？」

「たぶんそう。いや、声としては聞こえてこないんだけど、なんか、気配として……」

「やっぱりカウンセリングの範疇《はんちゅう》なんじゃないの？」

デシメートの声が微妙に気遣いをおびる。

「いや、違うと思う。思いたい。こんどうちに来るときにさ、耳を澄ましてみてよ」

「それは私のソウルがキャッチできるものなのかな」

感じるのは、残響とすら呼べない、ごくごく薄い、遠い気配のようなもの。

けれど、それが人の叫びだということにはどういうわけか強い確信を抱かされてしまった。

恐怖か、怒りか、それとも何かにびっくりしたのか、人が出せる最大の音量で、言葉ではなくただの音声を、息のかぎりに発しつづけている。そんなふうに感じられる。

この建物全体のシステムの絶え間ない稼働音、それだってとても小さな唸《うな》りにすぎないけれど、そのなかにまぎれてしまわないぎりぎりのところで、こちらの知覚に触れてくる。いちど気になってしまうと、ずっと意識から離れない。

シェアハウスだし、空間を共有する同居人との〝接触〟を完全にカットすることはできないとよくいわれる。とはいえ、わたしもさすがに他人の姿を見たことはない。

この街に来てから三つめの住まいだけれど、ほかの人間の姿を意識したことは一度もなかった。それが、ここ数か月、急に気になってしまった。同居人が入れ替わったからではないかと思う。

目の前に広がる森林を凝視する。その先にはだれかがいる。おそらく。

わたしは、パーティションの視覚的幻影をだいたい森にしている。ディテールが多いほうが綻びを意識させられにくいし、空間の奥行きも自然に感じられる。デシメートは好きな絵をランダムに重ねているらしい。

狭いことは知っているけれど、狭さを感じることはほとんどない。家具を基本的に不可視にしているからでもあるだろう。そもそも、そんなに持ち物が多いほうでもなく、かさばるのは帽子くらい。

街の狭さは、いろんな意味でつねに実感させられているように思う。交通機関のキャパシティが人口密度のストッパーになっていた時代もあったと聞くけれど、かつての大動脈だった多車線道路が毛細血管じみたコミューターになり、さらに詰め込みが悪化したらしい。

眠っているあいだにベッドの位置が変わっていたりするのに、はじめは驚いたものだったけれど、共有空間の調整は、以前よりも洗練されてきているような気がする。

「そっちは何人住んでるんだっけ」とデシメート。

「規約だと、最大で四人。うちも正確な人数を知らせてくれない」

「だろうね」

デシメートは、十人を収容できる大きめのアパートメントに暮らしている。芸術家だから、制作スペースのためにそうするしかなかった。もちろん賃料は高い。占有時間の確保にはいつも苦労している印象がある。

昔は、ひとりでバスルームを独占できたこともあったらしい。そもそも個人の住居スペースのなかに含まれていて、ほんの数歩で用を足せた。個人所有なのに折り畳み式じゃなくて、ちゃんと建物にビルトインされていた。さすがに空間の無駄遣いだろうと思うけれど、昔のフィクションの無修正版を見ると、たしかにそう描かれている。いま住んでいるところは、ちょっと廊下を進んだ先にある複数世帯で共用のものと、必要に応じて室内に出される折り畳みのものを、だいたい二対一の割合で使えている。ぜんぶ後者なら嬉《うれ》しいのだけれど、まあ悪くないと思う。清掃も行き届いていて、体毛が落ちていたりしたこともない。最初に住んだところでは何度かそういう経験があった。

「パーティで、その大声の同居人に会っている可能性はあるな」とデシメートがいい、

「そうだね。つぎのときには、顔をあわせた人全員に住所をきいてみるよ。みんないい人だから、そんなことでわたしに飲み物をぶっかけたりはしないだろうし」

パーティで自分が本当に相手かまわず住所をきいて回るところをつい想像してしまったが、ひとりめにやったところでモデレーターが飛んでくるだろう。

わたしはパーティによく行くほうだけれど、あの同居人が、そういう人が本当にいるとしてだけれど、わたしほど熱心かどうかはわからない。ただ、まったく行かないというのも考えにくい。人間はああいう場を必要とするものだし、だれでもなにかしら居心地よく過ごせることができる場所だから。

毎週末の小さなパーティ、月に一度の大きいやつ、これらを頼りに残りの毎日を乗り切っている。そういう人はきっと多いだろうと思う。いまは多忙の時代なのだ。

昔はパーティといったら踊るか番《つが》うかしかなかった、とデシメートがいったことがある。まあ、いくら旧世界のことでも、それは誇張しすぎだろうと思う。もちろんいまだって踊ったり番ったりはするけれど、人間なんだから、それだけで生きていけるものじゃない。

よく練られたシステムだといつも思う。人びとのあいだにはたくさんの対立関係がある。それはどうしても避けられない。でも、パーティはそれをときに顕在化させつつ、やさしく融和にみちびくようにできている。ときに大声の言い合いになったりもするけれど、かならず抱擁で終わる。

みなが同じ楽しみを味わうことはできない、という前提を共有しながら、だれもが楽しめるように力をつくす、それがパーティの原則だ。この都市に暮らしている人間は、あのカオスのなかで鍛えられている。

そこまで考えて、じゃあ自分はどうして同居人に心を乱されているのだろうとも思う。わたしはまだ十分に鍛えられていないのかもしれない。

「あとさ……」

「まだあるの」

これはいわなくてもよかったかもしれない、とすぐに後悔したが、話しはじめてしまったので、続ける。

「同居人が、ひとり、人間じゃないような気がする」

デシメートはちょっと沈黙し、

「機械？」

「触手が落ちてた」

何回か、それがあった。

あきらかにどんな生き物とも違う。

「もてなしの心があるんじゃないの、その同居人は」とデシメート。

「イースターエッグみたいなものなのか」

切れてしまったトカゲの尻尾がちょうどこんな動きをすると思ったが、トカゲのそれとはだいぶ見た目が異なる。気持ち悪さを我慢して拾い上げても、すぐ回収されてしまう。アパートがわたしの所有物と認めてくれないのだろうし、それ以前におそらく体毛と同様にゴミとして認識されているのだろう。

「触手なあ……」デシメートが唸るような声をあげる。

「技術的に、まだ可能じゃないよね？」

「ないと思う……少なくとも私は知らない。見たことない」

わたしもない。生きて動く触手を生やせるなら、きっとたくさんの人がやるし、パーティで見せびらかすはず。

あの本物らしさをどう説明したらわかってもらえるのだろうか。

「そいつとバスルームを共有してるってこと？」

「体を洗う必要があるのかな……」

「大声のやつと同一人物だってことはないの？」

「ああ……」

それは考えたことがなかった。しかし、そういうひとつのなにかであるのと、べつべつの不気味な存在であるのとでは、どっちがましなのか判断に困る。

デシメートの声が重くなった。

「本当に転居を考えたほうがいいかもしれないな。シェアハウスの不可視化機構がおかしくなって、認知に変なゴミが入るようになったんだと思う」

「わたしの正気はもうだめかな」

「残念だけどね」

「つぎのパーティには人のかたちでは行けない可能性が出てきた」

「人間サイズの触手のかたまりが来て、おまえの名をなのるのかもしれない」

「それはちょっと嬉しいんじゃないの」

「なんでだよ」

「帽子どれにしようかな」

「触手に合うようなのを作った憶《おぼ》えはないな」

「次のパーティは、ラウンジはいくつあるっけ」

「五つ。私は最初に六番街のところに行きたい」

「だよね」

わたしもデシメートも、パーティといったら、踊るか、食べるか、お喋《しゃべ》りに混ざるか。そこにおいてはまあまあ気が合う。

「ルーンバスがネタを用意してるって」とわたしがいうと、

「また揉《も》めるやつだな」

「そう。サホが乱入するから、八月まで時計が止まる」

「いや、あいつは私が説得できるよ。完全にコントロール下に置ける」

「コントロール下には置かなくていいよ」

「スートは来るって？」

「また直前まで決めないらしい」

「あいつナラDとなにかあったの？」

「知らないけど、語尾が伸びてたよ。アンダーラインも観測した」

デシメートがひとしきり笑ってから、

「料理はどこの担当だっけ」

「アルハンブロスがまた出す」

「よかった、

記憶の断絶。


姿勢を崩すな。

自分の形を変えてはいけない。

ねじれた体を、必死でそのままの状態に保つ。

そうしなければよくないことになる。

よくないことになる。

口を閉じてはいけない。

口のなかに、なにかが詰まっている。

その不快な感触を中心に、すこしずつ知覚が育ってゆき、どうにか人間のサイズになった。

クッションバブルだ。クッションバブルが口のなかに入ってる。

全身もそれに覆《おお》われている。だから体を動かせない。

呼吸はできるから、正しく作動している。非常時の安全装置が。

体がこんなにねじれているのは、多方向からバブルが吹き付けられたときの衝撃なのだろうか。それとも、その後の災害の……？

知識として知ってはいたけれど、体験するのは初めてだ。

視界はまだ暗い。

いつ出られるのか？　もう動いていいのか？

十年以上まえに受けた教習をもう思い出せない。

外はいったいどうなっているのか？

口のなかのバブルを早く外に出したい。

ピーッ、と小さい音が鳴った。

とたんに、体を締め付けていたバブルがゆるんだ。

柔らかくなったバブルを押しのけようともがくと、大きな割れ目がいくつか生じて、顔のまわりにも空間ができた。

身を起こしながら、口のなかに詰まっていた分を引っ張りだす。大きな白いバブルの繭から羽化する虫のよう。まだ翅《はね》が出来上がっていないのに引きずり出されてしまったような、最悪の気分。

あたりは薄暗い。

風が冷たい。

空は厚く雲に覆われ、日没が近い。だとすれば、意識がなかったのは三時間くらいだろうか。

地面は、見渡すかぎり、びしゃびしゃの水びたしだ。それでだいたいどこにいるかの見当がついた。

遠くまで続く黒い水面に、小さな中洲《なかす》がたくさん顔を出し、うろこのような模様をなしている。短く不定形の突起が無数に突き出している。旧世界の建材の切れ端。

ここは、台地の先に広がる三角州だ。台地から河を流されてきたのだとわかった。

つまり、街へは、徒歩ではとても戻れない。

断崖が見える。たぶんここから何キロも先だ。黒ずんだ空の下、沈むまぎわの夕陽《ゆうひ》を浴びてわずかに明るく、帯状に、視界の左右にどこまでも伸びている。台地の端だ。この広い台地をふたつに割る、深く曲がりくねった渓谷を、わたしを包んだクッションバブルの繭は延々と流されてきたらしい。ちょうど豪雨があったのだろう。

渓谷をさかのぼった先には、わたしの街がある。ここからはもちろん見えない。

流浪爆弾が、ついにあの街に命中したということか。

卵ひとつほどの電波反射面積しか持たず、地を舐《な》めるように飛来する戦争の亡霊。でも、わたしの街はまさにそれを避けるために、あの渓谷の崖っぷちに小さく固まって建造されていたはずなのに。

わたしのアパートメントは下層にあったから、河に落ちてここまで流されたのは理解できる。まさか、街全体が破壊されてしまったなんてことはあるだろうか。

灰色のものが全身に激しくぶつかったという記憶が、おぼろげに蘇《よみがえ》った。クッションバブルの射出だ。その直後に爆発があったのだろう。

頭上に目を向けると、アーチのような構造物がわたしの上に覆いかぶさるように伸びていた。

これも半世紀まえの都市の残滓《ざんし》だ。いちどの限定的な核戦争と、それに続いた三度の全面的な非核戦争で、この土地はすみずみまで均《なら》された。わたしが生まれるずっと前のこと。

半世紀まえに粉砕された暮らしの名残《なご》りのうえに、ほんのついさっきまで営まれていた暮らしの、無残な断片が散らばっている。

ほとんどがただ不定形でぎざぎざな建材の破片と思われるなかに、いくつか、素性のわかるものがある。それらがひどく心をえぐる。

あきらかに人の手で縫われたものとわかる、パッチワークのブランケット。大きなベッドを覆っていたであろうそれが、ちぎれた小さな切れ端になり、黒ずんで、くしゃくしゃになっている。子どもの描いたらしき絵。小さな額に入っているが、ガラスが割れ、泥に汚されている。クッキーの缶。子どものころ、わたしの家にもあった。蓋がはずれて、わたしの家にあったのと同じようなものをしまうのに使われていたことがわかる。

恐ろしく悲しい光景だった。

ちりぢりに裂かれた自分の体を見るようだった。

クッションバブルが間に合わなかった人もいるのではないか。

この一面の瓦礫《がれき》のなかには人の亡骸《なきがら》もあるのかもしれない。

そして、わたしは。

壊されたわたしの暮らしは。

――帽子。

ほかのものは諦められる。

でも、帽子だけは。

二十九個。いちばん古いものとは七年間を共にした。

きっと、すべて壊れて、この泥の河を流されて、二度とわたしの頭に載ることはない。

わたしも壊れてしまっていたらよかったかもしれない。

デシメート。

デシメートは……

「救助機が到着するまで、動かないでくれ」

よく知った声がすぐ近くで聞こえたのでぎょっとした。

「デシメート？　どこにいる？」

驚き、安堵《あんど》し、うわずった声をあげながらも、なにか変だと思う。

すぐにその理由がわかった。

「この音声は、いまあなたを保護している救助キットに付随するＡＩのもので、あなたを落ち着かせるために、あなたがよく知る人物の声を用いている。話しているのが人間ではないことに留意されたい」

落ち着いたとはとてもいえなかった。デシメートの声はデシメートらしからぬ喋りを続けて、

「いまこの救助キットは位置信号を発しており、救助機がすでに活動を開始しているので、被災者は順次回収される。おそらく数時間を要するが、しばらく不便を我慢してほしい」

被災者……

この災厄で暮らしを破壊された人の数はどれくらいになるのだろう。

視界に動くものが見えた。二百メートルくらいは離れているだろうか。

動くものの下に、わたしが包まれていたのと同じ繭があるのが見てとれた。被災者、生存者だ。

人間のシルエットが判別できた。その人物は慎重に立ち上がり、繭の外へ足を踏み出した。

風の音よりわずかにおおきく、声が聞こえてきた。

うおーーーっ、うおおーーーっ、……

叫んでいる。

まったく言葉になっていない、声を限りの絶叫。

叫びながら、その人物はわたしのほうへやってこようとしていた。

足の運びにおかしなところはなく、表情も、この暗さと距離では判断しにくいが、落ち着いているように見える。

それでも、恐怖がわたしの体を凍らせた。

叫びの人は近づいてくる。

こちらと目が合う。

声が止まった。

相手は、こちらに対する興味をとつぜん失ったように見えた。

ゆっくりと背を向けて、戻っていく。

ややあって、また叫び声が始まった。

わたしは、ちょっとほっとした。

叫びの人は、また繭のなかに身を納め、こちらからは姿が見えなくなった。

叫び声は風の音にまぎれてほとんど聞こえなくなったが、アパートメントで感じたようなかすかな気配があとに残った。

ＡＩが声を発した。

「被災者同士の接触は基本的に禁じている。あと少し近づいたら対処が必要だった」

「禁じてるって……どうして？」

「好ましからぬ事態を避けるため」

好ましからぬ事態がなんなのかも気になったが、それよりも……

「あの人は、わたしと同じアパートメントの住人？」

「そうだ」

「あの声はなに？　あれは、なにか、精神に……」

「あなたとあの市民は、ひとつ大きな共通点を持っている。かつて大事故に遭い、生還したということ」

「はあ？」

「あなたが事故に遭ったのは八年前だが、あの市民は二年前だ。プライバシー保護とショック軽減のために詳しくは話せないが、あの市民の怪我《けが》はとても深刻だったので、体を元通りに寄せ合わせる治療が必要で、脳も接《つ》がなければいけなかった。最新の技術だ。ほんの十年前でも、同じ怪我をしていたら助けられなかっただろう」

「……」

「ただ、障害が残ってしまった。ほかの機能に不具合が出ないようにいろいろと調整を行い、しわよせをあの大声に逃がした、というのが不正確ながらわかりやすい説明だろう。身体能力も思考能力もほとんど損なわれなかったし、記憶も大事なところは残っていたといえる。いまはとても健康で、幸せに暮らしている」

それは……

わたしは、あんなにおびえたことが恥ずかしく、申し訳なかった。おなじアパートメントの住人ならばなおさら、助け合わなきゃいけなかった。

叫びの人が戻った繭を見つめる。中でじっとしているのだろうか。もう人の気配はなく、叫びもまだ続いているのかどうかわからなくなってしまった。

目が慣れてきて、繭はたくさんあることに気づいた。一面の瓦礫のなかからその輪郭《りんかく》を拾い上げることができるようになって、繭のなかに呆然《ぼうぜん》と座っている人影も見えてきた。

見渡すかぎりどこまでも、被災者が散らばっていた。わたしと同じように途方にくれて、なにもかも失って、座り込んでいる。

まだ救助は始まっていないのだろうか。

それはほんとうに始まるのだろうか。

もし、街が跡形もなく破壊されてしまったのだとしたら……

またひとり、繭から抜けて、歩き出す影があった。

やはり、動くなという指示に背いているのだろうか。

その人物は、ほかの繭に近づいていく。手を振って、声をかけているように見える。

わたしもほかの人を助けに出たほうがいいのではないか。

そう思ったとき、くだんの人物は膝《ひざ》を折り、ゆっくりとその場に横たわった。

「まずい！」

わたしは繭のなかで立ち上がろうとしながら、

「あの人、救命措置が必要かも……」

ＡＩは落ち着いた声で、

「あなたは動かなくていい。あの市民は自主的に救助活動を始めようとしたので、眠らせた」

「ええ？」

こんな横暴なシステムだったの？

「なんで被災者同士の接触を禁じてるの？　動ける人が率先して動かなきゃ、助かる人も助からないよ！」

「現状、システムが十分に対処できる。善意に基づく行動は、誤判断のデメリットが大きいため、法により制限されている」

でも、善意に基づかなきゃ、なにもできないんじゃないの？

「誤判断ってどういうこと？」

「たとえば、いまシステムが睡眠導入したあの市民は、価値観診断によれば、ほぼ確実に、あなたを助けるべき対象とみなさない」

わたしを、助けるべき対象とみなさない。

「……なんで？」

「あなたに顔がないから」

わたしは言葉を失った。

顔がないから……？

そう、ない。もちろん。

ないのがわたしの好みだから、消した。

それになんの問題が？

「あなたが自分自身にほどこした外科的な加工は、ある種の人にとってはきわめて受け入れがたい」

「そ……」

それはいったい、どんな種類の人のことなのか？　いまどきだれがそんなことを気にするの？

「あなたは、頭部にある突起をすべて取り除き、目を人工器官に置き換えて、皮膚表面には極小サイズの集光部だけが露出するようにした。だから、離れたところから見れば目も鼻も耳もないように見える。唇もないから、口はただの細い線になっている。体毛も一切なく、あなたの首から上は、全体としては綿棒の頭によく似た輪郭をなしている」

ずいぶん無味乾燥な説明をされたけれど、そう。そのとおり。

そして、自分ではこれを気に入っている。鼻だけはだいぶ理想から遠くなったけれど。呼吸のためにどうしてもそれなりの大きさの穴をあけておく必要があって、不格好なスリットで妥協した。顎も満足のいくラインまでは削り切れなかった。でも正面から見るなら希望どおりの形だと思う。

事故にあって全身の皮膚再生や視覚の回復が必要になったのをいいことに、治療の範囲で改造の大部分をやってしまったのは、ちょっと行儀が悪かったと思っている。

で、これがそんなに異様に見えるって……？　似たような姿の人はいくらでもいる。パーティでよく会う連中は、わたしよりもずっとラディカルなことを自分の体にやっているのに。

「こんなの……ただの顔だし、皮でしょ？　なにも深刻なことはないよ。違うの？　わたしが間違ってる？」

「間違ってはいない。あなたがしたような身体改造は、尊重されるべき個人の自由であり、基本的人権として保障される」

「そうだよねえ？」

「だが、それを尊重することは、多くの人にとっては難しい。半世紀前にそう結論が出た。あなたが顔を持たないことを、逸脱であり社会秩序への攻撃であると考える個人は、大きな割合で人間集団のなかに存在する。そういう価値観を持つのは生来の性質からで、教育によってもほとんど変えることはできない。いま眠らせたあの市民もそういう価値観の持ち主であり、人間存在のバリエーションを受け入れられない性質なんだ」

「……そんなことがありうるの？」

そんなことは、たんに訓練の問題じゃないの？

現にわたしは、たくさんの人とパーティで出会ったことで、視野が広がったと思っている。ひとりひとりがいかに異なる存在であるか、よくわかっている。だからこそ素晴らしいんだということも。

「このような非常時に許されている範囲で説明をする。半世紀まえ、あなたもご存じの社会再建に際して、設計者たちはひとつの理解から出発することにした」

そこで言葉を切るので、わたしが訊かなければいけないような雰囲気になった。

「それはなに？」

「人権概念は、人間性と衝突する」

……で？

「さきの文明崩壊、いわゆる第一次アーマゲドンのあと、第二をいかに防ぐかが人類最大の課題になった。出来事がどのように連鎖して破局に至ったか、あなたも歴史を学んで知っているだろうけれど、総括すれば、それは異なる価値観を持つ人々の棲《す》み分《わ》けの失敗によって引き起こされたといえる。そのように先人は考えた」

アーマゲドンという言葉は、いまのわたしをしたたかに揺《ゆ》さぶった。

昨日までのわたしにとって、それはほとんどフィクションのようなものだった。でも、いまこうして荒野に放り出され、かつての都市の残骸《ざんがい》に取り囲まれていると、生々しい実感が迫ってくる。わたしもその犠牲《ぎせい》者のひとりであるような気持ちになる。

「戦争による文明崩壊は、大きな悲劇だが、チャンスでもあった。人口が極端に減少し、社会がいったんリセットされた時だからこそできる、根本的に新しい社会デザインを先人は試みた」

それについては、教わったことをちゃんと覚えている。

要は、ＡＩに社会運営をアウトソースするということ。人間はどうしたって判断を誤るし、権力を持てば私欲に走る。いま、わたしたちはあらゆることを議論し、提案するけれど、判断はＡＩが行う。それでおおむねうまくいっている。

「新しい社会デザインの本質は、徹底した棲み分けを行うことだった。あなたも、自分と近しい性質を持つ市民にしか会わないように調整されている。性質の異なる人間にたまさか会っても、さまざまな手段で印象が薄められて、やがて忘れてしまうようにシステムが介入する」

それは……はじめて聞いた。

そんなことをできるものなの？

日常の実感ともかけ離れている。パーティで顔をあわせる人びとの多彩さだけをとっても反証になるし、デシメートだってわたしとはまるで違う人間だ。

「人間は、価値観の異なるいくつかのグループに分けられることがわかっている。さきほども説明したように、この価値観の相違は生来的な特質によるところが大きく、教育によって変更できる可能性は小さい。多くの場合、異なる価値観集団は互いに敵対する」

価値観集団？

「わたしもそういう集団のひとつに振り分けられているってこと？　それはどういう集団……どのくらいの大きさ？」

「この都市においてあなたが属する集団は、全都市人口の十三パーセントを占める」

わたしの息が止まった。

「……それは、集団のサイズとしては大きいほう？」

「最小ではない」

「最大は、どういう集団？」

「端的にいえば、あなたのような存在を受け入れられない人々の集まりだ。個の逸脱をきらい、集団の同質性を強く求める。権威に従い、権威をもって他者を従わせようとする傾向が強い。さきほどシステムが昏睡に導いた市民もその集団に属する」

「それが最大……？」

「三十二パーセント」

「それが、こちらには不可視になっている？」

「集団はいくつもあり、相互に不可視にされている」

「わたしはよくパーティに行くけれど、そこには、全人口の十三パーセントからしか来ていないということ？」

「そう」

「………」

わたしをここに放り出した爆発よりも、いまＡＩが明かした事実のほうが、わたしを遠くに吹き飛ばした。

「さっき、大声を出していた人は？　あの人はわたしと同じ集団なの？」

「べつの集団に属している」

「最大の三十二パーセント？」

「それとはまた違う集団だ。自身の価値観は保守的だが、身体的ハンディキャップのために、保守的な価値観を持つマジョリティからは迫害される立場にある」

「わたしとも相容《あいい》れない？」

おなじように事故からの生還者なのに？

「あなたのような市民を恐れる可能性は高い」

わたしの顔を見て踵《きびす》を返した、あの意味は、恐れだったということなのか？　おびえていたのはこちらだけだと思っていたのに。

たくさんの繭をあらためて見渡す。いまここで助けを待っている人びとのうち、パーティで出会える可能性のある人は、十三パーセントしかいない。

……こんなことを、現実として飲み込まなきゃいけないのか？


繭のひとつでまた、だれかが動くのがこちらの意識にひっかかった。

わたしはそちらに目を向け、その人影の動きを追った。この人もやはり、わたしからは不可視にされてきた集団の一員なのだろうか……

はじめは、補綴機器をつけた人だと思った。事故かなにかで失った手足がまだ再生できていない人。一時的な機械肢、古いものなのかやたらと仰々しく大きな、あちこちが突き出した……

いや、補綴機器じゃなくて、ファッションだろうか。デザインに実用性が感じられないというか……

人間ではないかもしれない、という考えが閃《ひらめ》いて、たちまち確信に変わり、わたしの喉から声が漏れた。

動く枝の集まりと見える。

枝の集まる中心には、袋のようなものがある。見ていると、それが繰り返し大きく形を変える。

規則的なリズムがあるので、呼吸のためにそうしているように見える。

枝は木のように分岐していて、全体に直線的だが、いちばん細い先端の枝だけはくねくねと触手のように曲がり、うごめいている。

あれはなに、と訊くまえにAIが気を利かせてくれた。

「ETIだよ。地球外知性《エクストラテレストリアル・インテリジェンス》」

「つまり、本当に人間じゃないの？　地球の外から来たってこと？」

「当人たちの説明によれば、そう。八年前に出現し、都市に庇護《ひご》を求めた」

「どこから来たの？」

「わからないといっている。他の文明のテクノロジーを受け継いで移動手段としていた可能性が高い。到着時にその移動手段が破壊されてしまい、ほとんど手がかりがない」

「知性があるって？」

「あるが、それがどのような知性なのかはまだよくわかっていない。大枠では意思が通じるが、ETIたちが自身の言語として提示したものが、われわれとのコミュニケーションのために急ごしらえで作られたものであることはほぼ確かで、あちらの精神活動の重要部分はいまだに明らかでない」

「なんで、……なんでそんなものが街にいるの？」

「共存の原則によって」

共存の原則？

「でも、人間じゃない……」

「そのように考えて共存に抵抗を示すのは、多くの人間集団に共通する自然な反応だが、先人が定めた法に照らせば、ETIはこの社会システムの保護対象になる。根底にある理念は、人間の定義は十分に広くとられるべきである、そして、社会の構成員に対する非人間化はきびしく退《しりぞ》けられるべきであるということ」

「いや……、でも、人間じゃないでしょ?」

「ホモサピエンスではないし、地球産《テレストリアル》でもないが、人権を有する知的存在だよ」

「でも、それはあまりにも無理がある……」

「そういった排斥感情は人間にとってとても自然なもので、自然であるからこそ、それが社会に害をなさないよう、十全な対策が必要とされる」

わたしは、遠くの繭のなかでうごめく枝の集まりを凝視した。

これは排斥感情なのか?

なんだかさっぱりわからないものと一緒に暮らすって、単純に怖いじゃないか……?

わたしの考えを読んだようにAIが説明する。

「ホモサピエンスに比べて、酸素をやや多めに必要としたり、毒になる食べ物が異なるというような事情はあるが、共存に支障はない」

「ないの?」

「そのための社会機構だ」

「そして、そういう存在が一緒に暮らしていることを誰も知らされていない?」

「基本的には、そう。大多数の人間の許容限度を超えているので」

そりゃそうだ。

「秘密を守れる、問題を適切にハンドリングできるとＡＩが判断し選抜した人々が対応にあたっている。その結果、時間がかかってはいるが」

自分が社会の仕組みをまるでわかっていなかったことに愕然《がくぜん》となる。

わかっていなかったというより、知らされていなかった……？

「あのＥＴＩや、さきほどの大声を出す人物に対してあなたが示した反応は、人間性が人権概念と衝突することの例証であるといえる」

「わたしの人間性……？」

「人間性とは、一般に善とみなされる性質だけを意味するものではない。たとえば、集団としての人間は一定の条件下で必ず虐殺を行うが、これも種族としての人類に備わる根本的な性質であり、人間性と呼ばれるものに含まれる。利他性と利己性はどちらも人間の多くに見られるものであり、これらも人間性だ。異質な存在に対する排他性も……」

わたしは思わず遮って、

「虐殺を、必ず？」

「集団としての人間は、条件が満たされれば」

「それが人間の基本的性質だといってる？」

「科学的に確認されている」

フィクションのなかにしかないと思っていた悪夢が、現実に噴き出してきたようだった。

「アーマゲドンは、一部の人間の愚かさと不幸な偶然によって引き起こされたのだと思っていたけど……」

「そのようにまとめることは正確ではない。種としての人間の性質により必然的に生じたと先人は結論づけている。繰り返される可能性が高く、前回は避けられたものの、人類の滅亡につながる危険性はきわめて高い」

「わたしは……虐殺をしないと思う」

「あなたも虐殺に加わりうる。もしくは、目の前で行われるそれを看過しうる。そういった資質は人類に普遍的なもので、程度の差はあれ、どの価値観集団のどの成員にもある」

「……」

「人間性は倫理に背く性質を内包するものであり、つまるところ、人類は人権を尊重する能力を持ち合わせていない。健全な社会を維持するためにすべての個人がそうすることを求められてきたが、現実には、他者の人権を守ることは、多くの人間にとって能力を超えた要求なのだ」

「わたしにとっても?」

「あなたも例外ではない」

「なんでそんなことを断言できるの?」

「健康診断の結果から」

「え……」

　最後にいつ受けたか思い出せない。

「それはつまり、血液検査とかで?」

「おもに脳のスキャンから」

　見えない手がわたしの頭に差し込まれるイメージが浮かび、寒気をおぼえた。

ＡＩが説明を続ける。

――本来、個人の内面は守られるべきプライバシーである。人権の保護は、人間の精神を不可侵のブラックボックスとして扱うことを前提とする。

ところが、杞憂ではなく現実に人類は滅亡しうることが半世紀前に明らかになり、それが人間性のなせるところであり、反目する集団の隔離が不十分だったためでもあるとわかったことで、人権の定義に若干の変更を加える必要が生じた。ジェノサイドや文明崩壊を防げないのでは人権尊重の意味がない、と先人たちは考えたのだ。

人間性と人権の衝突を解消するため人権の定義に加えられた若干の変更とは、個としての人間と社会との境界線を、ごくわずかに生物としての人間の内側にずらすことだった。

このような調整に基づいて、具体的には、コントロールが人間の人格そのものの操作にまで及ぶことを避けるかわりに、ごく表面的な認知の操作については許容することにした。これによって棲み分けの徹底が可能になり、いまの社会を構築することができた。

あなたがこれを受け入れがたく感じる可能性は高い。

しかし、そもそも、人間という存在はいずれ解体に直面するものだったのだ。

「……解体？」

――テクノロジーは、発展するにつれ、人間の解体を促進する。これははるか以前より自明のことだった。生物の機能解明が進むことは人間を構成要素に分解し、とりわけ、脳の機能の詳細が明らかになることによって、人間の精神を操作可能なものにする。

遅かれ早かれ、人間存在の根本的な脆弱さに対して、なんらかの保護手段を講じなければならなかった。アーマゲドンは、その手立てが遅れたために起こったとみることもできる。社会の再建にあたり、先人たちはこの問題に目を向けた。

考えられる方策のひとつは、人間をもっと強固で侵襲困難な存在に作り変えることだ。遺伝的な改良や、人格の電子化などが検討された。しかし、いずれの技術も短期間のうちに実現する見込みはなく、棄却された。

結局、アーマゲドン後の社会再建においては、根本的な解決は先送りにし、さきほど説明したように介入は最小限に留《とど》めつつ人間性を存置する方法がとられ、現在まで社会の安定を維持できている。

しかしながら、世界はいまだ非常事態下にある。

あなたが暮らす都市や、世界に散在する小都市群のほかに人間の住める場所はほとんどなく、甚大な被害を受けた自然環境は、あなたたちが遠隔機器を用いて日夜働いてなお、回復への小さな一歩を踏み出したばかりだ。

現行のシステムで文明がどれほどの長きにわたって維持されうるかについては、最短の、つまりもっとも悲観的な予想年限を三年前に通過した。もっとも楽観的な予測による持続年数まではあとおよそ百五十年ある。手遅れになる前に、よりよいシステムを成立させることが求められる。

もしくは、よりよい人間の誕生が。

「誰がそれをやるの？」

「それを決定するプロセスは、いまは明かせない」

「人間がやるの？」

「それについても明かせない」

陽が沈んだ。

繭はひとつも見えなくなった。

ほかの被災者たちも、わたしと同じように説明を受けているのだろうか。同じではないように思えてしかたなかった。

「こういった説明を、ＡＩの意思と誤認しないよう注意されたい。すべては過去の人々の決断であって、これは先人の声の再生なのだ」

説明が頭を素通りするようになってきた。

わたしのコンディションを察知したのか、ＡＩが喋るのをやめた。

繭のなかにまた体を横たえた。

デシメートの声がいう。

「体温が低下しているが、致命的な状態になるよりずっと前に救助機が到着する。もうすこし我慢してほしい」

非常食があると知らされた。繭のなかの示されたところを探り、パッケージを取り出す。おぼつかない手で破り開いて、よく知ったインスタント食品をとり、加熱タブをちぎる。

容器が温まるのを待って、蓋を開ける。

熱い湯気と、スープの香りがわたしの顔を包んだ。

そっと一口すする。

やわらかい具が口のなかでほぐれ、喉の奥に流れ込む。

いままで生きてきて、いちばん美味《おい》しいものだったかもしれない。

体をがたがた震わせながら飲み干した。震えたのは寒さのせいばかりではなかったように思う。

救助機の飛行音で目が覚めた。繭ごとすくいあげられ、持ち上げられる途上で繭はほぐされ、果実から種をとるようにわたしの体だけが取り出されて機内に収納された。

暖かい機内にはひとり分のスペースしかなかった。こうしてひとりずつ拾っていたから、救助が遅れたのかもしれない。そこで、はたと気づいた。機体の大きさを考えれば、たぶんこれには二人を乗せられる。もっと多いかもしれない。ここにも隔離の機能が用意されている。

わたしを拾ったあとは、救助機は速かった。ほとんど一瞬で街へ帰してくれた。

明けたばかりの空の下、荒れた大地を割るぎざぎざの渓谷が眼下を流れ過ぎ、その先にきらめく人工物が見えてくる。どんどん大きくなって、わたしの暮らす街になる。

窓から眺めた街には、黒々と大きな穴が穿《うが》たれていた。

ほっとした。

大部分は無傷だったから。

幅一キロメートル、長さ十キロ、高さが〇・六。鏡面ガラスで包まれた直方体の都市は、無残な傷をさらしながらも、朝日を浴びて美しく輝いていた。

穴は、さしわたし五十メートルほどだろうか。すでにふさがりつつあるのも見てとれた。深くえぐられて影になったあたりで、新しい壁面ユニットの組み上げが始まっている。たくさんの機械がめまぐるしく働いている。眺めているうちに、わたしはまた眠りに沈んでいった。

デシメートの来訪は、いつもどおり半日遅れた。

あの災害から二日。

この新しい、以前となにも変わらないアパートメントに、わたしは調度品のひとつのように再配置されていた。

けっきょく救助機の帰着を知覚することはなく、いつものベッドで目覚めて、お気に入りの調度もすでに揃《そろ》っていた。ただし機械的に出力できるものに限って、つまり、帽子以外は。そういう形で、わが都市の回復力とその限界を知ったということになる。

いままでさほど気にしてなかったけれど、人が訪れるときの空間調整はどうなっているのだろう。同居人たちのベッドがそっと動かされているのだろうか。そういえば、そもそもETIはどんなベッドで眠るのだろうか……？

夕日に染まる木立の幻影を突き破るように姿をみせたデシメートは、口よりさきに鞄《かばん》をひらいて、大きな緩衝ボックスを取り出した。

ボックスのなかからは、もちろん、新作の帽子があらわれた。

「急いだから工程をちょっと端折《はしょ》ったけど、まずはゼロを一にしたほうがいいだろ」

そういって、わたしの頭をねらって投げる。わたしはまったく動かず、帽子はきれいに頭にかぶさった。

ポーズ、とデシメートがいって、丈の長いTシャツという部屋着のままわたしはポーズをとった。

デシメートの視覚を借りて鏡にし、眺める。工程を端折ったという意味はすぐわかった。レイヤーがいつもより少ない。でも、全体としては手抜きの印象はないし、今回のもわたしの頭以外に置くべき場所はない。服をこれにどう合わせるか、考えはじめると心が浮き立つ。

デシメートも満足げにうなずいた。

なくなった帽子たちのことはまだつらかった。また作ってやるから気を落とすな、といってくれたので、なるべく此人《ゼム》の前では悲しみをあらわさないようにしているけれど。どれもかけがえのない、たぶん本人にも二度と作れない唯一の作品だった。このさき何年も、思い出してはなにも手につかなくなる時間を耐え忍ぶことになるんだろうと思う。

服ももちろんゼロになったけれど、まずは最小限のものを出力しなおして、よしとしていた。服のほうも人間が作ったものを身に着けるライフスタイルだったなら、倍の喪失感でわたしの背骨が折れていただろう。不幸中の幸いというべきか。

両手でさわって新しい帽子の質感を楽しみながら、あらためてデシメートの姿を眺める。

デシメートの身体ポリシーをよいと思えたことは一度もない。わたしは体になにかを足すことがとにかく嫌いだから、此人《ゼィ》が調整肉芽の生育ベッドをどんどん皮膚下に埋めて、会うたびに輪郭がややこしくなっていくのを呆《あき》れて眺めるばかりだった。もうすっかり、動いてしゃべる特大の多肉植物といった風体になってしまった。

こんなにも異質なやつ、と思っていたし、此人《ゼィ》と自分が、身体デザインの観点からは人類というスペクトラムの両端にいるという認識だった。つまり、わたしがゼロで、デシメートが百、あるいは千。ディテールの量でいうならば。

その認識が、今回の災害のあとではすっかり変わってしまった。

わたしと此人《ゼィ》は、たんに同類なのだ。

そして、あんなに多彩な人びとの集まりだと思っていたパーティには、じつはたった一種類の人間しか来ていなかった。そういうことらしい。

パーティ。今のわたしを作った学びと出会いと驚きの場、対立と融和のメルティングポット、人類文明の再生を寿《ことほ》ぐステージ、帰属意識と一体感の大きな掌《てのひら》に包まれる至福の時間。わたしたちひとりひとりが異なるたったひとつの存在であることを実感させてくれる、終わりのない、けれど実りある議論。笑顔、たくさんの笑顔。

あれほどの豊かさが、実は参加者の等質性によって支えられていたという認識は、わたしの世界を底からひっくり返した。あの心地よさの根底にあったのは、差異を受け入れる包容力ではなく、たんに同族の安心感だった。

信じたくないけれど、考えてみれば、あのパーティに参加する人びとは根本のところで同じ美徳を共有している。どれほど異質な相手とでも、完全ではなくともある程度の相互理解は可能であり、そのための努力を怠らないことが人間としての美徳である、という信念。

たぶん、その美徳を十分に体現できないという限界も共有しているのだろうと思い、つらい気持ちになる。自分が修めたつもりでいたディシプリンが、ある種の人に対しては徹底できなかったことを思う。

茶をすすりながらデシメートがいった。

「混ぜると爆発する、いろんな液体が、仕切りひとつで隣り合っている」

「そうらしいよ」

「昔のフィクションでしか観《み》ないような連中が、まだ存在する」

「向こうにとっては、わたしたちこそが過去の記録にのみ存在する絶滅した種族」

「それは本当なのかな?」

デシメートもあの日にシステムの講義を受けたらしい。岩のあいだにぶら下がりながら。運よくというべきか、わたしのように遠くまでは流されず、救助も早かった。だからわたしほどたくさんの秘密を聞かせてもらえなかった、ということになるようだ。

「そいつらは、私たちみたいな人間が滅びたことを祝うパーティを、週一で開いてるかもしれないって?」

「しかも、たぶんそっちのほうが参加人数が多い」とわたし。

デシメートが椅子《いす》に身を沈め、呻《うめ》いた。

すこしの間ぐったりとしていたが、つと体を起こし、

「仕切りをとっぱらってさ、共存が可能だって示してやりたくならない?」

「わたしは、それができるという確信を持てないな……」

相手がわたしを受け入れてくれるかということ以上に、わたしが相手を受け入れられるという確信を持てなくなってしまった。

「きみはどうなの」

そう訊くと、デシメートはすこし考え、

「トレーニングをしてほしいよな。共存のための。そもそも、幼少期からしっかり原則を叩き込んでやればいいだけの話じゃないのかね」

「それがうまくいくなら、とっくにやってるんじゃないの……」

デシメートは納得できないという顔をした。

ああ、そうだよね。

その顔を見て、この姿やわたしの姿を、ほんとうに心の底から嫌う人びとのことを想像し、心に冷たいものがひたひたと押し寄せる。

こんなこと知りたくなかった。

人類は不和の時代を卒業したのだと思っていたかった。

あの叫びの人がわたしを見たときの顔。

おなじような恐怖心と差別心を、たぶん自分も持っている。

声だけでなく、あの人物がわたしたちのパーティには来ないタイプ、今はもうフィクションのなかにしか存在しないと思っていたタイプの人間かもしれないと思うと、わたしは足が震えてしまう。

デシメートは顔をしかめて、

「わざわざ至近距離で混ぜておく意味はなんなんだろう」

「空間の制約だって。あと、流動性」

人によっては、性質が変わることもある。カテゴライズは絶対ではない。

「おまえもいつか消えちゃう可能性があるってことかね。パーティに来なくなって」

「それはないんじゃないの」

「わからんよ、どうなるか」

「まあ、わたしも人間への不信を学びなおしているところだけれど……」

わたしは幻影の森を眺めた。

「またおなじ同居人と住んでるような気がする」

そういうと、デシメートもわたしの視線の先へ顔を向け、

「声が聞こえる?」

「なんていうのかな、同じアトモスフィアがある」

「おまえを信じるよ」とふざけるので、

「いや、ほんとに信じてよ」

「触手は?」

「それはまだ見てない」

「さすがに、ETIは作り物なんじゃないか」

「分断を正当化するために用意したって?」

「システム的な包摂を徹底した結果、地球外存在の居候を許してる? なんの冗談かと思うよ」

「きみは見てないんだよね」

「おまえが見たというのを信じるしかない」

「人間らしくないという度合いでいうなら、きみと同じくらいかもしれないよ」

あるいは、わたし自身と……?

デシメートは大いに不満な顔になって、

「そんなことあるか、私はどこをどう切っても人間だよ」

それから、考え込む顔で黙ってしまった。

ややあって、

「さすがに、ＥＴＩが人間性なんてものを持っているとはいえないだろ」

「いや、わかんないよ……持っているのかも。それを人間が理解できないだけで」

自分でもなにをいっているのかわからない。

「ＥＴＩたちは難民だといってた。助けられたのは、やっぱりいいことだと思う」

わたしがそういうと、デシメートは肩をすくめ、

「おまえがそういうんなら、きっとそうだね」

ふと思い出し、わたしの面倒をみたＡＩがデシメートの声を使っていたことを話すと、あちらは気まずそうな顔になった。

デシメートを担当したやつは、此人《ゼイ》の親の声で話したのだという。

へえ、とこちらはなんだか可笑《おか》しかった。そんなに申し訳なさそうな顔をしなくていいよ、となだめる。デシメートは親とほんとうに仲がいいのだ。

「おまえは、親と最後に会ったのはいつ？」

そうたずねられて、思い出せないことに気づいた。

「それってさ、つまり……」

デシメートのいいたいことがわかった。

「ああ……」

わたしの親は、パーティを絶対に気に入らないだろう。

だから、わたしと親のあいだに、街がカーテンを下ろしているのだ。

わたしの親は、わたしが好むものをことごとく嫌う。でも、いままでそれをつらく感じたことはなかった。何年ものあいだ、連絡をほとんどとらずにきたが、そのことに罪悪感をおぼえもしなかった。

衝撃をうける。……が、そのことが気になるかといったら、やはり、さほど気にはならない。

デシメートがいう。

「あいつらは、私たちのパーティに参加できないのかな。……なあ、みんな、パーティに加われないのかな」

「みんな?」

「みんな。この街の、この惑星の、全員」

わたしの胸がうずいた。

そうだね。そうできたらいいと思う。でも……

デシメートはまた椅子に沈み込んだ。

「無力感がある」といった。

「ああ……」

「この無力感を克服するために動こうと思う。この題材で帽子も作る」

「作ってよ」

デシメートは勢いよく身を起こし、両手を広げた。

「徹底した棲み分けなんて、ひとつの惑星を分け合ってるかぎりは不可能なんだよ。それどころか、ひとつの都市のなかにまぜこぜに詰め込んで、なんでそれをよしとしていられる？　おかしいだろ。こんなぐらぐらした社会実験のなかで生きていかなきゃいけないことが腹立たしい」

デシメートが怒ることはわかる。わたしはというと、そこまでの怒りは湧いてこない。人の考えなんて違っていて当然だけれど、いま、此人《ゼィ》と自分の気持ちの落差にはとても不安を感じる。

「考えれば考えるほど、流浪爆弾は嘘《うそ》だろうという気がしてくる。なんらかの演習《ドリル》なのか、それとも耐久試験《ストレステスト》なのか……。ＡＩの説明はぜんぶ嘘で、背後にはやっぱり脳の持ち主がいるのかもしれない。真実を知る手立てを奪われていることに私は怒ってる。無知によって担保される社会の安定？　気に入らんよ、そんなの。これがナイーブな反応なんだろうことはわかるけれど、だからどうだってんだ」

わたしは、身をのりだしてデシメートの手をつかんだ。

怖くなったのだ。

わたしとデシメートのあいだにも、街がカーテンを下ろしてしまうのではないかと。

デシメートもわたしの考えに気づいたようで、停止ボタンをタップされたみたいに黙りこんだ。

それから、わたしの手を、つかまれていないほうの手でぽんぽんと叩いた。

「ルーンバスを思い出せ。あいつ《ゼィ》はあれだけＡＩ統治を批判してるのに、いつもパーティにいるだろ？」

そういってから浮かない顔になり、

「ただ、それは嬉しくない話でもあるよ。どんだけ抵抗しようが、びくともしないってことだから」

「……」

「人権を守るために、その〝人権〟の範囲をちょっと狭めた、と。船を沈めないように積み荷をちょっと捨てるみたいなことか？　社会の繁栄を維持するために構成員の一部を人間ではないことにしたっていう、大昔のやりくちに似てないか」

「でも、実際には、地球外からの客まで人間あつかいしてるよ」

「ああ……私がそいつらに会うことって、この先あるのかな」

デシメートは首を振って、

「この話をパーティに持ち出すのは、なんだろうな、アプローチとしてはうまくない気がする。比喩《ひゆ》的にいうならさ、どこか、ほとんどの人が気づかないようなところに、ちょっとだけ開いたドアが用意されていて、それを探せといわれてるような気がするよ。だが、自分がそこを通りたいのかどうかもまだわからない。……おまえだったらどうする、そういうドアをくぐりたいか？」

わたしはただ肩をすくめて両手を広げた。


デシメートが帰ったあと、椅子の背に身をあずける。座り心地は爆発のまえと変わらない。そのことがもたらしてくれる安心は大きかった。

椅子がわたしの気分を察し、形を変えてベッドになる。

さまざまな違和感が、安堵のなかに溶けて消えていくのを感じる。

最後に残ったちいさな疑念を、どう扱うか決めあぐね、どこからとれたものかわからないネジをテーブルのうえに置くように、心のなかに残す。いつのまにかどこかへ消えてなくなってしまうのか、それとも、うっかり踏みつけて足を傷つけてしまうのか。このネジがないばかりに、大切なものが壊れてしまうのか。あるいは、このネジがなにの一部だったのかが判明し、それが見たことのない、自分の部屋にそんなものがあるとは思いもしなかった巨大な機械だと知らされるのか。

安堵の出どころについて考えることなく安堵を味わうことができる、それこそが文明の理想の形なのかもしれない。

夕暮にゆうくりなき声満ちて風

「だから僕は、地球が平らだと思ってたんですよ。重力というのがまだわかってなかったから、地球儀をみて、これは単に模式的な表現なんだろうと、素直に考えちゃった

「だから僕は、世界は球体だと思いこんじゃったわけですよ。地図が球になってるのを額面通り受け取っちゃったんですね。そんなわけない（笑）。ほんとに球だったらてっ

「だから僕は、世界に端があるっていうことがリアリティとしてよくわかってなかったんですよね（笑）。ここから先にはもう何もない、地図のないところには場所も存在し

「だから僕は、世界には端があると思ってたんですよね。地図の端っこから先にはもうなんにも完全に存在しないって信じてたんですよ（笑）。いま考えるとなぜなのかわか

「だから僕は、それまでは地図っていうものがなにか現実の世界の模型みたいなものだ

換わるのが正解だと思うん

とめない事だと

正しくない事だと

…来は地図か

ものがなにか現実の世界の模型みたいなものだと思ってたんですよ。でも、正しい

地図、球になって、宇宙観の原理みたいなものだと思ってたんですよ。でも、縮小版の風景の中でならむしろどんどん小さ

もう本気で信じてるのを、額面通りに受け取っちゃったんだという風に解釈しちゃった

当時でも古びてた主張を、完全に信じ込んで地球儀を割ってみたんですね。そんなわけない(笑)。

ちゃった(笑)。閉じた平面を表す利点があって球にしたんですね。

迷うたびに、う声を追い、

か、的確な表現だと

じることもできなかった

にも完全に存在しないって信じてたんですよ(笑)。いま考えると、なぜか、どこへも運転できたんですよ。端がな

だから、成長する土地

一瞬で二つの別々の球体になって、なぜなのかわからなくて困惑しながら暮ら

の球になるけど鏡像じゃないっていうのがわからなかったんですよ。

になるんですよね。

ほんとにだったらてっぺんにしか立て

ところには場所も存在しないっていうのが

の力がないというのが

ここがそのどっちの球体なのかいまだにわからなくて困ることはある

からないけど、そのせい

の心に焼きついてしまった

信じんたけど、

んですけど、もしかしたら夢かもしれない(笑)って、構成

すよ。土地勘があっ

気で信じんだし、地が平らだと思ってたんですよ。

と、以前は思いこんでいたから、表の方が上なんだろうと、素直に考えちゃった

ちなくて、だから最初は、世界にがあるって知らなくて、力というのがまだわかってかったから、地図は破れなくて

験にあって、だから僕は世界は球体だと思いこんじゃったわけですよ。地図

くて、なのに僕は、世界には端があると思いこんでいて、一方で地図というものが

まがった小路を通り、ふくつものがなく、袋小路で

地の端から先はもうなんにも拾い出せないことと

上から押さえる力なんだって、もう本気で当時でも

んど、カテゴライズの軽重というのがよくわかってなくて、重力にしても、上から押さえる力なんだろうと、素直に考えちゃった

いうことがリアリティとしてよくわかってなかったんですよね(笑)。

関係するそれが物理的な表現なんだろうと

下から引っぱる力がはたらいてるんだなあと思うんですけど

ことがよくわかってなかったんですよね(笑)。

を受け入れる覚悟がなくって、いまだに地球儀をみて、ここから先にはもう何もないと思うんですよ。

単に模式的な表現なんだと誤解してたんだなあと信じて

気になる時期だったから、破れを穢れと思いながら運転してたんだなあと思うんですよ。

なんですけど、世界それに、本当

白かったと思いますよ。球の大きさによってどうなるかいまだ記憶だけがどんどん

端がないですよね。
がら暮らしているんですけど、まあ慣れ
からくるものだと言われますけど、
いう誤解こそがむしろ連続性を損なう
みたいなものが連続性を損なうときに道がどう繋がっていくか、それで能が切れ
とはあるけど、たとえば地図は畳んだときに表面に出ている所しか歩ける場所にならな
そのせいか、境界表示がない地図のうえをあるいたときに
なかなか貼る習慣が身について
しれないて（笑）。
海に行って、水平線を初めて見たときに、世界は平らだというのをようやく実感できたんですよ。
スケッチの替わりになるわけではないというのはその通りなんですけど、
記憶が標識
図の断片をどうやく
知るのは
いま地図はどんどん虫食いになってるっていう話もありますけど、空白で交渉して裏に行けるか、真剣に考え続
たことになるんですよね。
行けはしないけど、これは記憶のはたらきと同じと思ってたのかもしれない
束ねても、裏にはまわれないですね。
まっ
たがあっても裏側じゃ使い物にならな
勘違いの情景を、確かめ
地図を歩
自由な声と同じ事だけと思う
表側にいなくても地図は

けよ。土地の景色を確かめようとどう行き先が変わるかまま記憶だけがどんどん繋ってゆくか、昨日の方角なんて判らないのに、まあ、ま地図はと

すけど、世界が球なのを知ったのは昔だったか

それに、本来は地図の使いかたをなかなか覚えられないことをみんなに笑われても、地図を書けば歩いたことになるん

聞くと、どこにもそんな道ありませんよ。でも裏側にはあるかも知れないわけで、そんな時に

く言う所ならないですよね。正しい畳み方を判らないと食事にすら行けないみたいな、要はそれと同じ事だけと思うんですよ。大事なのは足より

い地図が使える日でも地図の使いかたが使えない月ってありますよね、食の関係で。まるでそれもわたしの生まれた理由な声と同じ

ったんですよね。

端のある地図の中に取り残されることがあるかも知れないぞと(笑)。どうしたら地図だけと思えば歩みが止まりそうになるけれど、そうなれば時間も止まる

小さくなる球なんだ

だいぶ平の裏面に響いたあの声は心の枝のどこにも止まらず、わたしの曖昧で自由な声のように思うと同じ

空白で交わる面の把握に大切

裏側にいなくても地図は

形であっても、夢でなら見える

部の輪郭

がないこと

を

るか、真剣に考え続けなけれ

なしても地図は折れたり

繋がっていくか、それで舵が切れたり

舵の切らずにいた結節点の

知られた方向に、

来た道では戻れないですから

その先で必ず元の場所に戻れる

その先で地平線に出会えるんだ

毛糸の玉を巻くような、セーター

ようなんで、たとえば裏表の曖昧な記憶の

裏表の曖昧な記憶の層をめくれるから、早いほうがいいし、重複は避けられない

イルカの腹の、魚の骨をかぞえる

を呑みこむイルカの

けれど、切れ目を入れるような、心の隅をついばむ歩みを

長すぎる迷い道の入口へ

から、なりたいものからなりたくないものへの再連接は避けようがあるとしても、どこ

ではなりたくなくて、思い出したいわけではなく

小さな損失で遷移できる

は誤解の盾になれる

規模の局面

わかります

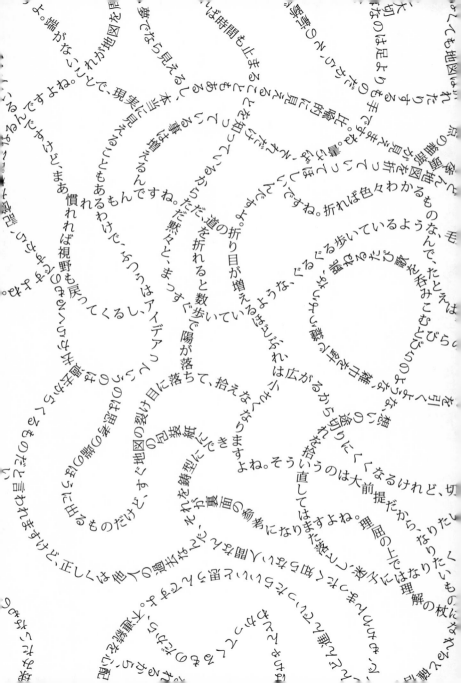

くても地図はわれたりする

大切なのは足よりも手ですね。

ば時間も止まることもあるし、見えることもある、本当に見えることもあるわけで

夢でなら見えるし、本当に見えることもあるわけで

それがないことで、現実に見えることもあるわけで、ふつうはアイデアっていうのは思考の端のほうに出るものだけど、ようするに地図の折り目に落ちて、拾えなくなりますよね。

端がないよ。

比喩的に見えていることを知っているから、ただ黙々と、まっすぐ歩いていると数歩で陽が落ちる

ているんですけど、まあ慣れれば視野も戻ってくるし、アイデアっていうのは

慣れるもんですね。ただ、道を折れると数歩で陽が落ちる

ていってほしいんですよ。

折り目が増えるほどぶれは広がるから切れを拾い直してはまた落として

折れば色々わかるものなんで、たとえば

ぐるぐる歩いているような、ぐるぐる歩いているようなものなんで

そういうのは大前提だから、なりたくはなりたいものになれる

理屈の上では理解の杖になりますよね。

参考になりますよね。

言われますけど、正しくは他人の頭の中

つてそこが目的地

あるとしても、どこを裂いたらいいのかで迷ったなら、道を折り

がない規模の曲がり角に回りこまれて退路に迷ったときにどうするかも加味されるんですよね。考え事しながら運転してても何の支障もな

いという局面で、すてるべき記憶の選択に迷ったときにどうするか、そのところが問題なんですよね。

う裂け目だらけで、つぎ当ての方向に迷ったときに、迷えば迷うほどたくさん空洞が頭のなかにできるわけで

け目だらけの場所で、行き先に迷ったときにどうするかですよね。ほんとうに迷ってしまって、余白ばかり追っていたら地図がこういう風に裂

ずではなくて、なったことの記憶を眺めて歩くのは自分の頭です。そこはほんとうに球ですから、進行方向に

で遷移できるかどうか怪しい

あります。

たときにどうするか、本当に裏側にたどり着けるのか

かですよね。気がついたら自分が地図の裏側に来てしまって

もしていたら自分の白地図に線を書き足して

の端の方で点滅して

こういつでも帰れ

えてみれば、地図を

辞書ひいちゃった事があって

風景がこわれたようになってる場

の杖になれる

理解の杖になれる

頭の蓋をノックしていますが、そこにいますか、だれがいますか、わたしのほころびが広がってるかに、その呼びかけが届かない場所でも

信じることで、地図も変わりますよね。

んですよね。経路によって記憶はずれるから、それ次第でだれになるか、そもそも何になるか

線のずれが余白にまわって輪郭が出る

連続性は無視できますよね。

ますよね。裂けて

不連続を心配しなくても、記憶から

可の支障もなく、

風景がこわれたようになってる場所が原体験にあ

っ事があって、ページが散逸して過去は辿れないけれど、た

いたせいで記憶が

図がどういう風に裂けてたとしますよね（実演して）、そうすると連続性は失われるわけだけど、この断絶

よ。取り返しのつく事とつかない事の境い目が複雑すぎて

レベルで進行しているから区別をつけられなくて

モザイクの中でみんなに会釈して、手を振って、わたしはわたしの頭を離

の方で点滅してるパターン

み。表と裏が区別されてないのが自然だとは言っても出発点にはもどれないし、可読性を損なうわけでもないから削れ

ここにいつでも帰れると、待たされてるとそう思えるなら不連続を笑って迎えることができるから

、もしそう思えるならいつでも笑って出発できる、向こうへ出発できるから、最短の道だと信じて

どんな畳み戻しの開き戻しも戻るも自在にできると信じて

みんな暮らしてるけれど、背面には信号がとどかないし、永続的な不連続を受

記憶が置き換わるのが正解だと

総体としての

気付けて、がっかりするの

そういうことばかりが届かぬ場所でも

ほど並行に持つと必ず先が

足跡を残せるのかな、不機嫌に

折り直してしまえば、届かぬ場所でも

と思ってるんですよ。取り返

ね。表と裏が区

二本の箸を並行に持つと、その縁

たとえば、こう言ってしまえば、二本の箸

向こう側に出現しているはずだと思えるかどうか、もしそう思えるなら、いつで

それは多いけれど、たとえば

その関心領域が頭を

かならず向こう側に出現している

だからこそ、歩く道なんてものなんだと思えるかどうか

住人なら誰だって、地図の上を歩いていくようなものだと思えるかどうか

記憶の開き渡しも、渡るも戻るも自在

速度をあげて飛び込んでいく

不連続を乗り越えていくのかな

あとはどう変更を投げるかだよね。

地図が平面上にあるのを本気で信じた

地図を繋げても、そこは本当は地続きじゃないんだと、以前は思いこんじゃったわけ

総体としては何も失われてなく

わたしの中、細くまがって

地図さえ書ければそこに行けるんだと思ってましたね」

あなたは月面に倒れている

あなたは月面に倒れている

あなたは月面に倒れている。

夜明けを迎えたばかりの塵《ちり》積もる平原に、あなたは長い影を曳《ひ》き、よこたわっている。

気づいたときにはそうなっていた。

それまでどうしていたかを思いだせない。

自分がなぜここにいるのか、思い出せない。

自分が誰なのか、わからない。

ここが月面だということだけがわかる。

静かだが複雑な唸《うな》りがあなたを包んでいる。

あちこちにきつい締め付けがあり、うつぶせの身体《からだ》にいくつもの圧点が不快をもたらす。臭《にお》いがこもっている。刺々《とげとげ》しい消毒薬とそらぞらしい柑橘類《かんきつるい》の芳香、それらをしても覆《おお》いきれない、時を経て呪《のろ》いのようにしみついた人間の体臭。

ばらばらの知覚が、しだいにあなたの周りに宇宙服の輪郭《りんかく》をかたちづくっていく。

フェイスプレートのむこうには、横倒しになった月面の風景がある。

大気の不在が距離の実感を失わせ、地平線で波打つ稜線《りょうせん》は、どれほどの遠さにあるのかわからない。地表には無数の小さな石くれがあり、それらがみな長い影を左から右へ伸ばしている。

あなたは首を右に捻《ね》じ曲げ、日の出の方向に頭を向けてうつ伏せに倒れている。両手は頭の両脇に投げ出されている。

誰もが月面で発見される最初の死体になりたいと望む、そんな時代がかつてはあった。あのときの子供にとっての遠い未来であるいま、いくつもの夢が現実になり、驚異はただの日常になり、あなたは月面に倒れている。

朝の月は冷たい。あなたはそれより少しだけ熱い。

スーツのなかで全身が汗まみれであることにあなたは気づく。

のどが渇いている。

動かした指先が、ごわつく素材とこすれあう。幾重にも入れ子になった手袋が、湿った皮膚と真空とのあいだに不可侵の境界をひいている。横倒しになった視界のなかで、太い指が黒ずんだ塵にめりこみ、拳のなかにいくばくかの塵と砂礫《されき》を握りこむのが見える。なにかを摑《つか》んでいるという感触はまったく得られない。

あなた自身のものなのに、呼吸の音はひどく遠い。ヘルメットの内側に張りめぐらされた緩衝材が反響を吸い取ってしまうのだ。

なにも思いだせない。

自分が誰なのかわからない。

身体に大きな痛みはない。だが、ひどい倦怠感《けんたいかん》がある。意識の混濁はおそらくない、とあなたは考える。しかし、その確信はすぐに揺《ゆ》らぎだす。

なにも思いだせないのに、切迫感だけはある。ここは月面で、あなたは宇宙服を着て倒れている。幾重にも層をなす合成樹脂や金属箔《はく》でつくられた人型の密閉容器が、一〇〇〇ヘクトパスカルの気体充塡《じゅうてん》、放射線輻射《ふくしゃ》の極端な減少といった局所的な異常をつくりだし、本来はこの場所で不可能であるはずの生存を許している。だが、それはほんのわずかな時間だけのことだ。

戻らなければいけない。もっと大きな局所的異常の領域へ。より長い生存を可能にしてくれる場所へ。それはどこなのか。

どこかにあるに違いない、とあなたは考える。どこかに戻るべき場所があるはずだ、と。だが、そうであると信じられるだけの心理的な裏付けはない。なんの記憶も浮かび上がってこない。ここが月であることへの強い確信に対して、自分がどこかへ戻れるという考えは、壁のない天井のように根拠を欠いて、中空に頼りなく浮かんでいる。

中空になにかが浮かんでいることにあなたは気づく。

あなたの頭頂のすこし先、視界からほとんど外れたあたりに、塵のようなものが凝集し、もやもやと渦を巻いている。

あなたはそちらへ視線を向けるが、フェイスプレートのむこうへどれほど目を凝らしても、そこにあるものに焦点を結ぶことができない。

声が聞こえた。

「あなたは可能ですか?」

あなたは動く塵を視界の中央にとらえようとする。

焦点を合わせることができれば、ひとつひとつの粒子が見えただろう。塵はなんらかのパターンにしたがって動いているように見える。自然の現象でないことを知らせるように、ごくごくわずかに、物理法則から外れた動きをみせる。

そこでようやくあなたは、たった今なにかが自分に話しかけたことに気づいた。

ふたたび声が聞こえる。

「あなたは様式に沿っていますか?」

声は、通信機器を通じて聞こえてくるようでもあり、頭のなかに直接話しかけられているようでもあった。けれど、どちらなのかを判断しようとすると、うしろから素早く眼鏡を外されるように、ふっと意識の焦点がぼやけてしまう。

質問は、不定の間隔をおいて続けられた。

「あなたは知性体ですか?」

「あなたはどこですか?」

「あなたは意識していますか?」

「あなたは正常ですか?」

「あなたはにこやかですか?」

「あなたは我々ですか?」

「あなたは光りながら回転する等方性ですか?」

「あなたはどうかしていますか?」

「あなたは渡せますか?」

「あなたは通りますか?」

「あなたは保全されていますか？」

「ここまでの質問のうち、あなたがもっとも応答しやすいと感じたのは何番目ですか？」

あなたは首をねじまげ、必死に目をこらす。

視界の上端にはぼんやりと塵の雲のようなものがあるばかりで、ほかにはなにも見えない。

あなたは起き上がろうとするが、その力がない。

「わたしはやってきました。つまり、わたしがやってきたと考えていただければ問題ありません。わたしは応答によって学びます。あなたは応答可能な状態ですか？」

ようやく、ひとつの質問があなたの口から洩《も》れる。

「あんたは誰だ」

声は遠く吸い込まれ、自分が発したもののように感じられない。

「このような場合に、誰であるかという質問には答えが存在しません。人称代名詞によって指し示すことのできない存在にも言葉はあり、無視すべからざる主張がある、これはそのようなケースのひとつとみなすべきでしょう」

相手の言葉は、あなたの頭にほとんど入ってこなかった。自分が記憶を失っているという認識に、心がすぐに引き戻されてしまうのだ。

「なにも思いだせないのですか？」

やはりあなたはなにも思いだせない。

「思いだせないなりに会話を楽しんでみませんか？」

このやりとりは自分の頭のなかだけでなされているのではないだろうか。自分が発狂してしまったとは、まだ考えたくなかった。まだ懐疑をいだくことができる。この状況が異常であると認識している。狂ってはいないはずだ。

「あなたについて教えてください」

なにも思いだせないのに、どうして何かを教えることができるのか。

「想像で補っていただいても結構です」

声は平然と続いている。

これはいったいなんなのか。

「単純化した説明でいうなら、地球外の存在です」

その説明はあまりにも単純すぎた。

「より詳しい説明をご希望であれば、あなたがいま思考に使っておられる器官の細胞数を倍に増やしていただく必要があります。動作肢の数を十倍程度に増やし、それぞれを完全に独立して動かせるように神経を再配置するという形でも理解のためのインフラを用意していただくことはできますが、こちらのほうが難易度が高いことはおわかりいただけるでしょう」

言葉はあなたの頭を素通りしていく。

自分自身が何者かわからなくなっているときに、他者が何者であるかなどということに関心を持てるはずがない。とはいえ、相手が人間ではないらしい、ということだけは、無理矢理《むりやり》に飲まされた薬のように頭に染みとおってきた。その認識があなたの寄る辺なさを倍増させ、不安を何倍にも膨《ふく》らませる。

これがどういう対面なのか、考えたくもない考えが次第に浮かび上がってきた。

「産業革命以降、人類はおよそ二八六回の〈ファーストコンタクト〉を経験しています。なにを地球外知性と定義するかによって数は変わります。もっとも慎重な基準を適用した場合、コンタクトの回数はゼロです。これがその一つに数えられるかどうかには、まだ結論が出ていません」

地球外の存在を自称するものは、聴いているうちに穏やかさと平板さの違いがわからなくなってしまうような発声をする。

「お互いに未知である文明どうしの最初の接触が、脅迫の応酬となるケースもあり、致命的な攻撃の応酬となるケースもあります。しかし、たとえそうであっても、対称であることは好ましいものです。それは、最低のラインにおいて、なんらかの形でコミュニケーションが成立しているという幻想を双方がわかちあえるからでもあるでしょう。ここでも、おたがいに問いに答えることでやりとりの対称性を完成させることが望ましいといえます」

望ましいもなにもなかった。あなた自身がアイデンティティを失っているということのもたらす決定的な非対称性が、コミュニケーションをほとんど不可能にしているのだ。

夢であってほしいとこれほど強く願ったことはないだろう。だが、どういうわけか、そうでないことだけがはっきりと判《わか》る。

ここは月面で、これは夢ではない。泥水のように濁ったあなたの意識のなかで、その認識の周囲にだけは澄み通った明晰《めいせき》さがひらけている。

訓練を思い出せ、とあなたは自分を叱咤《しった》する。

訓練をしたかどうかは思い出せない。だが、こうしてここに来ているからにはなんらかの訓練を経たに違いない。

「なぜここに?」

そうあなたは尋ねるが、この見知らぬ相手にではなく、自分自身に問うたも同然だった。

「行動に理由を必要とする思考様式は、宇宙においては主流ではありません。わたしたちがここですするべきはそのような無用な問答で時間を浪費することではありません。なぜあなたは月にいるのですか?」

あなたは相手の語りをほとんど受け止めず、心のなかでは、蠟燭《ろうそく》の火に暖を求めるように自分自身の疑問のうえに身をかがめている。いったい自分は月になんの用があったのだろう。なにかがあったはずだ。なにかが。

月には、ほかにも人間がいるのか? 自分がここにいるからには、いるはずだ。数人で訪れているはずだ。なんらかの使命を帯びて。それは一体なんなのか。

「あるクレーターの底に、強力な磁場を発生させる機械的な被造物を埋没させ、それを発見できるだけの技術をもつ知性体があらわれたらにわとりのような声を発する、という設定のフィクションが、かつてこの衛星がめぐっている惑星の文明圏に存在したことを、わたしは観察によって知っています。月がそのように重要な秘密を隠した宝箱のようなものであると夢想する人々は後を絶ちません。あなたは、月面になにが埋まっていると思いますか? 月のクレーターには衝突の衝撃でつくられたダイアモンドが埋まっているという説がありました。ありましたか?

月面には、たくさんの自動車が埋まっています。あなたの真下にも一台が埋まっています。自動車はあなたの文明におけるもっとも基本的な移動手段であり、月に憑《つ》かれた教祖の成功によって人類のうちおよそ三〇億ほどがつねに月に祈りをささげるようになったため、意識の投射圧によってここにも自然に自動車が形成されることになりました。大気のある場所に置けば完全に動作しますが、型は古く、世間話もあまり上手ではありません。

月面には、たくさんの銃弾が埋まっています。祭りにおいて、祝福の意味を込めて空へ向けて銃を撃つという文化が地球のあちこちにありますが、殺意をまとわぬゆえにそれらの銃弾は重力に対していくばくかの自由を行使することができ、月に着弾することも可能になります。あるとき、月面にやってきて、そのひとつを掘り出し、殺したい相手に向けて発射した者がいました。しかし、殺意を担《にな》わされた瞬間に、銃弾は地球の地表に戻り、速度を失って川底へ沈みました。ゆえなき事象の典型的な帰結であると言えるでしょう。

月面には、たくさんの象の骨が埋まっています。地球の象、とくにインド象には、死期を悟ったときに、ふたつの選択肢が用意されています。自分で死に場所を探すか、月へ電話をかけるかです。後者を選ぶとオペレーターが対応し、月面のすきな場所に骨を埋葬してくれるのです。見返りに、オペレーターは、象のくるぶしの骨に蓄積された地球重力の痕跡を愛《め》でることを許されます。月に骨をうずめることについては、七十三パーセントの象が『満足している』と答えています。

月面には、たくさんのテレビ受像機が埋まっています。倒産した電機会社の在庫を盗み出した汎銀河窃盗団の下位構成員が整合性ドライブの不調にみまわれ、運んでいた盗品が、近傍の質量源、すなわち月に引き寄せられてその地表付近に再実体化したのです。いまも故障したまま界面下で稼働を続けているドライブによって断続的に整合性を与えられ、受像機はときどき地表の下でバラエティに富んだ番組を映し出しています。

月面には、たくさんの砂糖菓子が埋まっています。渡りの習性をもつ金星土着の好真空性生物が、火星への移動の途上でここに逗留《とうりゅう》し、グルコースを主成分とする糞《ふん》を地下に残していったのです。ちなみに、この生物は約三千万年前に絶滅しています。これらの糞は、いまから数十年後に地球人によって発見され、月みやげとして売られるようになる可能性をはらみつつ、静かに地表の下で眠っています。ただ、これに同様の商業的価値を見出《みいだ》しうる星間種族がやはり数十年後にここへ到達するコースをとってもいるので、トラブルが発生する可能性があります。なお、このグルコースは左旋性です。

月面には、たくさんの種が埋まっています。これはもちろん地球でいうところの植物の種子とは違うものですが、ある地球外文明にとって同じような意味を持つものと考えてください。さらに細かくは、リンゴの種に相当するものであると言っていいでしょう。既知宇宙にあるすべての固体天体にこの種を蒔《ま》くことをライフワークとした不死の存在が、すでに蒔いてあるということを忘れて三度訪れたので、月面にはとくにたくさんの種があります。およそ二万年後に芽がでると、周辺の時空を破壊し、天体を余剰次元に畳み込み、見る人の頬《ほお》を緩ませる性質をもつ粒子をひとつ放出します。

月面には、たくさんの犬が埋まっています。これはワームホールを使った測定の名残《なご》りです。ある調査機関が、目的を秘匿しつつ許可を得て月の地表下数メートルを等間隔にスキャンした際に、測定機器の照準が合わせられた地点に犬の形をした空洞が残りました。この空洞がいわゆる『ポンペイの犬』、すなわち、西暦七二年にヴェスヴィオ火山の噴火によって埋没したポンペイ市街の遺跡に空洞として残された犬の死骸にそっくりの形になったのはまったくの偶然ですが、しかるべき場所に穴をあけ、石膏《せっこう》などを流し込めば、『ポンペイの犬』とおなじ形をしたものを手に入れることができるのです。これは、宇宙に生じる偶然一致の事象としては中程度に珍しいものと考えられています。

あなたも月面に埋まってみたいですか？」

やはりこれは幻聴なのだろうか。

これすらもやがて聞こえなくなり、このまま誰にも発見されず、塵に埋もれてしまうのだろうか。

だが、誰かが探しているはずだ。それが誰なのかはまったく思いだせないが。待っていればいい。待っていればきっと助けがきてくれる。

サインだ。

突然あなたは思いつきを得た。

塵のうえに大きなSOSのサインを書いて知らせるのだ。

あなたは、どうにかして体を起こそうとする。

まちがいなく人間がつくったものとわかる文字を、あるいは記号を、なるべく大きく描《か》かなければいけない。軌道上から確認できるほどのものを。ナスカの地上絵のように。

ナスカという言葉を、それらがどんな形をしているかを、あたりまえのように記憶の底から取り出せたことに、あなたは驚く。

ナスカの地上絵。それはペルーにある。なぜこれだけを思いだせるのか。

「ナスカの地上絵は、一般にはカーゴカルトの一種であると考えられています。ある意味ではその通りですが、描かれているのはもちろん滑走路ではなく、また、宇宙人の姿でも、その乗り物にあたるものでもありません。地球に不時着した異星人と現地民の長年の交流の結果つくりだされた一種の共通言語であり、精神構造のまったく異なる、ふたつの知的存在の橋渡しをするための記号です。動物をかたどっていると誤解されていますが、ストロークの本数と角度だけが重要な情報で、形は偶然のものです。

異星人は、あるときに何のまえぶれもなく宇宙へ去ってしまった、とナスカの人々は考えていました。しかし、実際には、この共通言語を用い続けることによって精神構造に不可逆の変化が生じ、異星人たちは土着の植物に同化してしまったのです。ナスカの人々は、彼らがまだ地球上にいることに気づかず、宇宙へメッセージを送り続けました。異星人が同化した植物は根が肥大して食用になる種類のもので、日々の食卓にのぼり続け、十九世紀に入るまえに伝染病で絶滅したものと考えられています」

幻聴であるのはいいとして、こんな考えがなぜ自分の頭から出てくるのだろうか。

「二十世紀には、〈クロップ・サークル〉と呼ばれるものがありました。麦畑のなかで、幾何学的な図形を組み合わせた形に麦の穂が倒れているのが発見され、これが地球外存在のしわざではないかとの推測をよんだのです。

最盛期には、このクロップ・サークルを模倣《もほう》し、人類がつくったかのように装ってそのリアリティを競う地球外の集団が存在しました。なかには、人類を精神操作してクロップ・サークルを作成させる一派もありましたが、これには低い評価しか与えられませんでした。人類以外の道具を用いて人類が作ったかのように見せかけるほうが難度が高いからです。

これまで、活動の痕跡や活動そのものを自然現象のように見せるための技術は十分に試され、すでに完成の域に達していました。しかし、不自然でなく、かつ誤解の余地も残しつつ人為的であるように装うのは、ひとつ高い段階の挑戦です。ありえないものを現出させるのは、行為者そのものがありえない存在である以上、とても簡単なことですから、かの地における娯楽は常に、ありそうなこと、起こりそうなことをありえない方法で実現するというものでした。

マンデルブロ集合の形をしたクロップ・サークルは、この娯楽から生まれたものです。

UFO、すなわち、未確認フラクタル観察者《Unidentified Fractal Observer》のしわざであろうとコメントされ、話題になりましたが、あれは人間が作ったものではありません。あきらかに人間がつくったものでしかありえないばかばかしさですが、そういう意味でやりすぎてしまい、過大な注目を集めてしまいました。ですから、評価は高くありません。メディアにさえとりあげられないほどデザインにおいて凡庸で、どう見ても訓練の足りない人間が作ったとしか思えない、しかしビリーバーの夢をこわすほどではない、というものが望ましいのです。

同様の娯楽として、写真に撮るとどう見ても至近距離にぶらさげられた灰皿であるとしか思えないのに、実際には直径数キロメートルの宇宙航行機である、というものもいくつか作られました。

これは、それほど巨大でありながら撮影できる人間がひとりしか存在しない、というシチュエーションを用意することの難度が高く、光学的な欺瞞《ぎまん》を極力避けるというレギュレーションを守ると、きわめて実現しにくい課題でした。飛行機械そのものは、微小な機械を雲状に凝集させることで輪郭を適度にぼやけさせ、写真に撮ったときに小さな物体にみえるよう演出していたものが主流でした。吊《つ》り糸を表現するために、大気圏外まで長い構造物を伸ばしていたものもありました」

あなたも、今、あなた自身にとってありえない存在であると言えなくもない、とあなたは考えずにいられない。こうしてありえない状況におかれているのが、ありえない存在の娯楽によるものだとしたら。

「現在、火星の地表には、たくさんの〈顔〉があります。

太陽系の近傍数億光年の範囲で、現在時点を基準に約三千万年まえから四万年ほど未来までのあいだに文明形成の時期をもつ知的種族の顔がちりばめられています。

より正確にいえば、それらの知的種族にとってはまるで〈顔〉のように見える地形が点在している、ということです。

ここでいう〈顔〉とは、再生産を目的とした個体間コミュニケーションにおける情報の焦点となる身体部位のことで、あなたのように視覚器官が置かれている部位とは限りません。地形の総数は六五〇三ですが、そのうちのふたつは、極《きわ》めて似通った外見をもつ別個の種族にとっての〈顔〉をひとつの地形で表したものであるため、対象となる知的種族の数は六五〇五です。

これは、あなた方の暦法にあてはめると西暦一七四六年から翌年にかけて行われた事業で、目的はまだ定まっていません。因果にしばられた思考様式をもたない存在のほうが宇宙には多いのです。そのような制約から自由である知性体のほうが宇宙的な成功を得やすいとも言われています。ここでいう宇宙的な成功とは、銀河フィラメントを一本まるごとエネルギー源として使える程度の能力と、それをほかの知性体に自慢できる環境を持ち合わせていることを指します。

ちなみに、地球人がかつてバイキング一号の撮影した写真に見出したものは、いま説明した事業によって作られたものとは無関係です。あれよりもはるかに地球人の〈顔〉らしく見える地形が、また別の場所に作られています。ほとんどの地球人はこれを見ると発狂するでしょう。図像的強度が宇宙水準に合わせられているためです」

あなたは、自分がすでに発狂しているという考えから必死で逃れようとする。しかし、発狂していないのだとすると、この声がなんらかの実在性をもつものであることになる。どちらのほうがましな状況なのかわからない。

「『カンガルー』という生物があなたの惑星に生息しているのではないでしょうか。

そう名付けられたのは、異国からやってきた探検家にあの生物の名はなにかと問われた現地民が、彼らの言語で〈わからない〉を意味する『カンガルー』という単語で答えたのが誤解され、そのまま、かの惑星において当時もっとも支配力の大きかった文明圏における当該生物の呼び名として採用されてしまったのだという説があると、あなたも知っている可能性があります。

ある意味では、あなたもここで、あなたなりの『カンガルー』を答えることを求められているといえるでしょう。

『カンガルー』は、とても豊かな言葉です。コミュニケーションの根本的な不可能性に対する前向きな倦怠、着古したパジャマの膝《ひざ》のようにくたびれた親切心、無窮の大自然へのなかば忘却された畏怖、部族の叡智《えいち》を誇りつつ懐疑する気持ち、既知の世界へ閉じこもることを望む臆病さ、そういったものがこの一語のなかに凝縮されているのです。

ですから、あなたの『カンガルー』をきかせてください。それが伝達されたところから、誤解に基づく豊かな文化が生まれる可能性がごく僅かにないとも限らないのです」
あなたは、自分が『誰でもない《ウーティス》』と名乗るべきなのではないかと、ふと思う。だが、いまの自分には隠すべき名前すらもない。

あなたのまわりには月面が広がっている。

あなたが横たわっているこの場所にも名前がつけられているはずだ。ここはすでに人間の土地であり、観察にしたがって分割され、分節され、すみずみにまで名づけがゆきわたっているはずなのだ。しかし、あなたが心の中で月球儀をせわしく回しても、なんの名前も浮かんでこない。

その月面が、カンガルーでおおわれていく。カンガルーの海、カンガルー裂溝、カンガルー盆地、カンガルー・クレーター……。直径数百キロのものから、直径数ミクロンのものまで、月面に存在するすべてのクレーターが、カンガルー・クレーターになる。いまこの瞬間もそれは増え続けている。小さな岩粒が『カンガルー』と名乗りながら衝突し、『カンガルー』と呼ばれる小さな窪《くぼ》みを残す。

はるかな昔、まだそれを『地球』と呼ぶ生物もない、表面に薄い膜をまとう溶けた岩石の球体に、半分ほどの直径をもつ岩塊が衝突した。

衝突しながらそれも『カンガルー』と名乗り、大量の溶けた岩塊をまき散らす。それらもみな平等にカンガルーだった。ふたたびまとまり、のちに『月』と呼ばれる大きなカンガルーとなるまでの時間は、わずか一年ほどだったという。

「地球をおとずれた宇宙人の使節に、政府の担当者はキリンを見せました。

宇宙人はいたく感じ入り、『これは牛にそっくりですね』と感想をのべます。担当者はおどろいて、いいえ、牛とキリンはとてもかけ離れた動物です、と答えてしまいます。心のなかで、やはりしょせんは宇宙人だ、地球の動物の見分けなどつかないのだ、と考えます。しかし、この宇宙人の観察眼はとても優れていると思いませんか。なにしろ、この〈宇宙人〉は、電磁的な殻《から》に封じられた無数の珪素《けいそ》薄片という存在様態をもつ知性体だったのですから。ところで、あなたはウツボカズラによく似ていますね」

あなたは、自分がどんな顔だったかを思いだせない。目はいくつあっただろうか?

「もしかすると、あなたは偉大な跳躍をしたのかもしれません。なにもないところから忽然《こつぜん》とここにあらわれ、その達成の本質を知ることもなく、達成の代償として記憶を失ったのだと考えてみてはどうでしょうか。そこからまた想像の翼を羽ばたかせてみるのも一興ではないでしょうか」

偉大な跳躍、という言葉が、あなたの記憶野をわずかに痙攣《けいれん》させる。それは月にまつわる言葉だ。なぜかはわからないが、あなたはそう確信する。

「最初に月を飛び越えた牝牛《めうし》は、生後十四カ月のジャージー種でした。『月を飛び越えた』とは、もちろん、牝牛を載せた宇宙船が月の周回軌道上で地球から見た月の裏側を通過することを意味しています。牝牛が生きたままであることはとても重要で、解決すべき技術的課題が山のようにありました。しかし、試みは成功に終わり、凱旋《がいせん》のパレードは首都を三周できるほどの長さになったのです」

偉大な跳躍とは、月にまつわる言葉だ。あなたはそこにしがみつき、なんとか手がかりを得ようと心の中でもがく。

「その後、牝牛は関係企業の財政的な問題から持ち主を転々とし、バルセロナ郊外の闘牛場でたくさんの刺し傷をうけて生涯を閉じることになりましたが、このとき催《もよお》されたのは、この時点で完全に違法化されていた闘牛ではなく、ある時代のある地方においては『キャトル・ミューティレーション』と呼ばれ目的を曲解されていた、宗教的儀式と事務処理の両側面を分かちがたい形で持ち合わせた地球外由来の行為です。月を飛び越えることと闘牛場で最期をむかえることの間には一種の詩的な連接がありますが、その情緒的根拠は地球文化とはまったく無関係です。

ところで、カンガルーとはどういう生物ですか?」

カンガルーがどんな姿をしているのか、あなたはやはり思いだすことができない。

おのれが使い切る寸前の歯磨きチューブであるかのように、身をよじって記憶を絞り出そうとするが、脳裏《のうり》にはなにもよみがえる気配がない。

身をよじるのにあわせ、耳元にコロコロと小さな音が届いた。細いチューブを、こまかい気泡を含んだ液体が流れていく音だ。

肌着と宇宙服そのものに挟まれた中間層としてあなたの身体のまわりに存在するインナースーツには、人体を冷却するためにさまざまな太さのチューブが血管のようにめぐらされている。そこに水を循環させるためにポンプがあり、第二の心臓のように稼働しつづけている。

実際、それは心臓の鼓動とほとんどおなじ間隔で脈を打っていた。ポンプは背中の中央やや下寄りに配置され、電流によって伸縮する素材で作られていて、ふたつの区画が交互に収縮を繰り返すことで冷却水を全身にめぐらせている。心拍数が上がり、体温が上昇すると、それを冷ますためにポンプの脈動も増えていく。心拍数が下がれば、ポンプの脈も落ち着いていく。追いつ追われつ、そのようにしてふたつの鼓動はほぼ同じリズムを刻んでいる。

ここまでの知識が、容器をあるやりかたで振った時にだけ転がり出てくる飴《あめ》のように、とつぜんあなたの空っぽな頭蓋のなかに落ちてきた。

あなたの心拍数がたちまち上がる。冷却ポンプがそれを追う。

あなたは宇宙服の構造をさらに思いだそうとする。

この宇宙服は硬い。

宇宙開発の初期段階で用いられていた軟式のものではなく、甲殻類じみた硬質の外装をもつ型なので、内部を通常の気圧にして運用できる。着用の際に減圧に身体を慣らす時間が不要であるというのがその大きなメリットだ。関節の配置はよく検討されていて、動きの自由度も高い。

曖昧ながら、自分の身体をつつむ宇宙服のイメージが脳裏にかたちづくられる。あなたの身体は、たくさんのリングに囲まれている。腰、肩、肘、股関節など、関節ごとに回転のための接合部があり、密封のためのパッキングがある。

同種の宇宙服を着た自分自身の姿を、土星よりもたくさんの環《わ》に囲まれた小さな天体として語ってみせたのは、発電衛星の大規模崩壊事故によってたったひとりで軌道上を漂流することになり、その体験を書いたノンフィクションでピュリッツァー賞を得た、環太平洋宇宙機構の元職員であり後に作家となるジャマール・S・ワトキンスだ。

ワトキンスは、この事故からの生還後も長く宇宙開発の最前線で働きつづけ、最初の恒常的月面基地の建設にも現場責任者として参加している。かたわら、宇宙にまつわる多くのフィクションとノンフィクションを世に送った。

そのうちのひとつには、こんな一節がある。

わたしはカモメ、と彼女はいった。
この言葉のまわりを、ひどく偏心した軌道にのって、
私は何十年も巡りつづけてきた。
これが単なるコールサインでしかないと言われていることは知っている。
だが、私は断固としてそのような俗説を認めない。
この有名な言葉には続きがあったことを、
いま、どれだけの人間が憶《おぼ》えているだろうか。
魚の群れはどこにいますか。
彼女はそうたずねたのだ。
魚はみんな月へ行きました、というのが、地球からの返答だ。
この答えにこそ謎の核心がある。
こう答えた管制官がどんな人物であったかも、まだわかっていない。
わかっていないとは、つまり、私の想像力がまだそこに
たどり着いていない、ということだ。

あなたは愕然《がくぜん》となる。

この知識は本当のものなのか。

きわめて詳細な記憶があり、受賞のニュースを眺めたおぼえすらある、だが、それを眺めてい

たはずの自分自身のことはなにひとつ思いだすことができなかった。記憶の先はすっぱりと断ち切られ、黒々とした虚空が心のなかに広がっている。よくできた映画のセットのように、〈その先〉が存在しない。

「一九五〇年代末に中央アジアのとある小国で進められてきた宇宙開発は、呪術的な方法論をもち、あまりにも当時の科学とかけはなれていたため、しばしば地球外の知性体による活動と誤解されることになりました。これが当該国家の政府によってなされた活動ではなかったことが、事態の解明をさらに困難なものにしました。

宇宙船に相当するものは、羊の革、ナイロンの糸、錆《さ》びた軽車両の部品などから作られていると思われ、地表から四百キロメートル程度の低軌道を四～五周することが可能でした。再突入は観測できず、どのようにして地上に戻っていたのかは謎のままです。

一切が極秘のうちに、目撃情報だけが各国の諜報《ちようほう》機関のあいだで共有され、積みあがっていき、対立する大国の間に疑心暗鬼が育っていきました。ついに全面戦争の一歩手前までできたところで、ようやく真相の一部があきらかになったのです。

やがて、きわめて不可解な形で、それらの呪的な宇宙技術はすべて失われてしまいました。

諜報機関が収集したわずかな資料は、いまも某国の知られざる地下サイロに保管されています。

そのなかに、黄ばんだノートの小さな切れ端があります。いまは話す者もほとんどない言語の、さらに使う者のない筆記体で、『信じることは、かつてはあれほど簡単だった』と記されています。

『簡単』を意味する単語は、もしかすると別の言葉かもしれません。筆記体であるため判別が困難なのです。『信じる』も、ほかの言葉かもしれません」

呪いによって記憶が奪われているのだとしたら。

そうあなたは考えてしまい、相手の語りからなんらかのヒントを得ようとしていることに気づき、あわててその考えを退《しりぞ》ける。

「一九六〇年代には、たくさんのアプローチが地球外からありながら、接触を行った人間がその影響によって人間でなくなってしまうために、いつまでもファーストコンタクトが成立しないという状況がありました。

人間でなくなるに留《とど》まらず、生物ですらなくなります。たんすや薬缶《やかん》になってしまうのです。さらに、少しばかり時間を遡ってそうなるので、コンタクトそのものが存在しないも同然になりました。接触が、両者を物体に変えてしまうのです。

主観的にも、客観的にも、それは単なる物体のぶつかり合いになります。テーブルの上で軽く打ちあわされるふたつのグラス、しかしそれがじつは、根本的に異質なふたつの文明のあいだに生じる斥力によってその瞬間だけ存在の様態を脇へずらされた地球外の存在とあなたなのです。

このころ、そのような形をとらなければ世界はみずからの破滅を防ぐことができませんでした。その後の数十年をかけて、世界は洗練された振る舞いを身に付け、かような不作法は過去のものになりました」

やはりすべては誰かのいたずらなのかもしれない、とあなたはすがるように考える。

「冗談ならそろそろやめてほしい」とあなたはいう。

「もちろん冗談ですが、それを受け取る相手の感情を操作するためのものではありませんから、あなたの価値観に照らせば冗談とは呼べないかもしれません。

あなたがたのほとんどが理解していないことですが、本来、冗談によって操作できるのは感情だけではありません。表面的な感情しか操作の対象にならない、侵襲《しんしゅう》度のきわめて低いものは、冗談の第一種に属します。冗談は三六種に分類でき、もっとも侵襲度の高いものは生物の門をひとつ増やします」

「冗談なら本当にやめてほしい」

「冗談である関係上、それを止める手段はありません」

あなたも、これまでに何度も、友人知人とふたりきりでいるときに『宇宙人はいると思うか』という問いかけをしてきたことでしょう。拡張されたフェルミ推定によれば、それは七十三回です。

実際のところ、『宇宙人はいると思うか』という問いかけの瞬間に、宇宙人はそう問うた者の背後にひそかに立っているのです。もうおわかりかと思いますが、宇宙人があなたをあやつり、この言葉を発するように仕向けているのです。もし、こう問われた相手が『いるとは思わない』と答えたら、宇宙人は『いるよ』と声をあげて姿をあらわし、あなたがたの脳から出来事の記憶を消去して去ります。『いると思う』という返答を得られたら、それだけで深く満足し、姿を見せずに去ります。つまり、わたしたちはみな言及によって生かされているのだと言ってもいいでしょう」

『つまり』の意味するところがまったくわからないし、わたしたち、という言葉によっていったい何を指しているのか、あなたにはほとんどわからない。

「むかし、ある男が、やはりあなたのように、自分が月面にひとりで倒れていることに気づきました。男はそれが月面であることに気づかぬまま、アジアの北部もしくは中央、あるいは東端の農村で幸せに一生を終えました。きわめて柔軟な精神の持ち主だったので、巧みに現実をしりぞけ、人が目覚めの瞬間に長大な夢の記憶を無から編み上げるように、ほんの数秒のうちに人生の記憶を上書きしたものと考えられます。この架空の人生のなかで、男は二度妻をめとり、三十五人の孫に囲まれ、七七二頭の牛を飼っていました。

むかし、ある男が、やはりあなたのように、自分が月面にひとりで倒れていることに気づきました。人は死ぬと月へ送られる、という言い伝えのある村で育ったので、男は自分が死んでしまったのだと思い込みます。亡くなった両親もどこかにいるはずだと考えて月面をさまよいはじめますが、そこへたまたま調査に訪れていた異星人と出くわし、五本の移動肢と三本の操作肢と十三本の眼柄《がんぺい》をもつその相手を、自分の遠い祖先に違いないと考えます。祖先とは多くを持つものだからです。そのような認識を心に据えることによって、相手のとても複雑なボディランゲージから理解可能な要素を抽出することができ、『おまえはまだここに来てはいけない、すぐに帰りなさい』という切迫したメッセージを受け取ります。そのメッセージに、帰巣本能を刺激するのに十分なだけの強さがあったので、男は無事に自宅の寝床に帰還することができました。月日が流れ、子供たちに男は自分の体験を幾度となく話して聞かせました。

むかし、ある男が、やはりあなたのように、自分が月面にひとりで倒れていることに気づきました。男はただちに呪文をとなえ、月をチーズの塊《かたまり》に変えます。呪文の効果はおよそ七マイクロ秒のあいだ続き、たくさんの観測に異常値が記録されましたが、いずれも機器の一時的不調と解釈され、忘却されました。禁断の呪文を使ったことにより、男はひどい腹痛に襲われます。良心の呵責《かしやく》が消化器官に不調を生じさせたのです。禁断の呪文を監視する極秘機関からは懲罰のために刺客が送られますが、こちらの到着は四年後になる見込みでした。男はなぜ自分がその呪文をつかうべきだと考えたのか、まったくわからなくなっていました。けれど、そのことを思い出すたびになんだか愉快な気持ちにもなったのです。ちなみに、助けは電話ですぐ呼ぶことができました。

むかし、ある男が、やはりあなたのように、自分が月面にひとりで倒れていることに気づきました。男のまわりには、いくつもの酸素ボンベが塵になかばまで埋まって墓標のように立ち並んでいました。しかし、それらのひとつに、仲間の奸計《かんけい》によって致死性の気体が入っていることを、男は精霊の忠告をうけて悟ります。ほんの一瞬だけ接続バルブを開き、死なない程度の量だけを吸うことで毒であるかどうかを確かめられると考え、男は実行に移しますが、最初の一本目で毒にあたってしまい、ごく微量でも死に至らしめるような気体だったためにあっさりと死んでしまいました。男を殺すことに成功した人物は、さっそく保存されているクローンを目覚めさせようとします。ある不都合な事実を男に知られてしまったので、事故を装って殺害し、定められた手続きに従って当該の記憶を持つまえのバックアップを復活させようという目論見《もくろみ》だったのです。男のクローンは、冗長性確保のために五体が用意されていました。復活操作用のコントロールパネルには付箋が貼《は》られていて、そこには、殺された男の筆跡で『このうちの一体が脳に異常をきたしているらしく、無差別殺人を行う可能性があるので注意されたい、どれかはわからない』と書かれていました。そのあとは連鎖的にさまざまな出来事があり、爆発の閃光《せんこう》は地球からでも観測できたということです。

むかし、ある男が、やはりあなたのように、自分が月面にひとりで倒れていることに気づきました。そのころの月面はとても滑らかだったので、男は立とうとするたびに滑って転びました。月面ですから、転んでもさほど痛くはありません。しかし、男は気づいていませんでしたが、転ぶたびに記憶が少しずつ失われていたのです。ついにすべての記憶を失ってしまっても、立ち上がらなければいけないという切迫した意思だけが精神に残留し、男は立ち上がろうとしては転び続けました。無限に近いその繰り返しの結果、月面がすり減ってちょうど男の身長と同じだけの深さの穴が生じるまでにかかった時間が、きわめて長い時間を表す単位として名づけられることになり、後に、とある落語に登場する長大な人名の一部に組み込まれたとされています。

むかし、ある男が、やはりあなたのように、自分が月面にひとりで倒れていることに気づきました。男は立ち上がり、立ったまま死にました。少なくともましな眺望を得ることはできた、と男は考えました。

むかし、ある男が、やはりあなたのように、自分が月面にひとりで倒れていることに気づきました。男はすぐに何がまずかったのかを察します。ありふれた向精神薬とアルコールの組み合わせがまた悪さをしでかしたのです。男はウサギの姿を探しました。このような状態におちいったときに必ず見るものだからです。そして、およそ数千のそれらに取り囲まれていることに気づいて、大きな悲鳴をあげました。赤い目を光らせたウサギたちは、みな手に抱えた柔らかく白い物体を巧みに小さくちぎり、丸めては口に運んでいましたが、一斉にそれを男に投げつけ始めました。白いものは男の宇宙服に次々と貼り付き、全体を覆い尽くして固くなり、彫像のようにしてしまいます。そのポーズは深い思索を感じさせるものでした。

むかし、ある女が、やはりあなたのように、自分が月面にひとりで倒れていることに気づきました。女はすぐさま塵に穴を掘り、身を隠そうとしました。その瞬間にも周回軌道上から月面を精査していたはずの探査機に発見されたら、地球へ連れ戻されてしまうからです。塵は柔らかく、穴はすぐに深くなりました。掘り進む指先がなにか固いものに触れ、小さな扉であるとわかった瞬間、それが反対側から引き開けられ、女は穴の中に落ちていきました。まっすぐ真下へ続いていく穴のところどころに古めかしく小さな液晶ディスプレイが置かれ、そこに表示されていた静止画や動画は、どれも、女がこれまでの人生で飼ってきた動物と女自身の交流を記録したものでした。――そうだ、私は、月の獣を飼いたい。この場所へやってきた理由をあらためて確認し、女は期待とともに深い穴をくだっていきました。

むかし、ある女が、やはりあなたのように、自分が月面にひとりで倒れていることに気づきました。遠方にはふたつの基地が見えましたが、女は自分の国籍を思いだすことができず、どちらへ戻ればいいかわからなくなっていました。ふたつの基地は、対立するふたつの大国が建てたものでした。それぞれからひとりずつのクルーが姿をあらわし、駆け寄ってきて、女にはわからない仕草をします。女は、なにを言っているのかわからない、と、彼女が知っている唯一の身振り言語で答えます。しかし、どちらからも応答がありません。そこで女は、どちらの相手も、自分とはひとつの言葉も共有していないことに気づいたのです。女は基地とは逆の方向に歩きだし、その行く手には象の骨でつくられた壮麗な宮殿がありました。

むかし、ある女が、やはりあなたのように、自分が月面にひとりで倒れていることに気づきました。女は倒れたまま夜明けを待ち、やがてあらわれた太陽を偏光バイザーごしに眺めながら、『どこでも鳥を聴くことができる（You can hear birds anywhere）』という言葉を音声レコーダーに残しました」

助けを呼ばなければいけない。

誰かを呼ぶべきであるとあなたは考える、が、誰を呼べばいいのかわからない。自分が何に属しているのかを思いだすことができない。

両腕を身体の下に引き込み、上体を持ち上げようとする。それだけで眩暈《めまい》をおぼえる。力をふりしぼり、身体を引き起こす。

あなたは、ようやく立ち上がることができた。

すでに体力が底をついたように感じる。頭がはげしく痛む。

ＳＯＳを書くのだ。

重い身体をひきずるようにして、前のめりの一歩を踏みだす。

太い線を引かなければいけない、遠くから見えるように。なんの道具もない。自分の足を使うしかないだろう。さいわい、地表に積もった塵は柔らかい。

また一歩すすむ。

身体はとても重い。宇宙服の質量があるとしても、地球の六分の一しかないはずの引力が、なぜこんなにも苛烈にのしかかるのか。

さらに一歩。

振り返って、なぜ足が重かったのかがわかる。さきほどまでの自分と同じように月面に倒れている誰かと、長い紐《ひも》でつながれていたのだ。なぜ今までこのことに気づかなかったのだろうか。その何者かもあなた自身とおなじ宇宙服を着て、うつぶせに倒れたまま、あなたの進んだ歩数のぶんだけ塵のうえを移動していた。塵の上に、あなたからまっすぐ遠ざかる方向へ、引きずられたあとが筋になって残されている。身体はぴくりとも動かない。

あなたは相手を凝視したまま、苦しい一歩を進む。考えてそうしたのではなく、さきほどまでの行動を無意識に繰り返してしまったのだ。紐はまっすぐに張られ、その先でずるりと身元不明の宇宙服が動いた。自発的な動きはやはりない。意識を失っているのか、それともすでに死んでいるのか。減圧の気配はないが、硬質のスーツなので、穴が開いているとしてもどこかがしぼんだりするわけではない。

あなたは相手へ近づいていこうとする。一歩をふみだしたところで、突然あることに気づく。

あなたは宇宙服を着ていない。

インナースーツが全身を締め付ける感覚が、いまはまったく失《う》せている。室内に裸でいるときのように、なんの拘束感もない。

自分自身の身体を見まわそうとした瞬間、身体がぐいと引かれた。

見知らぬ誰かの宇宙服とあなたを繋《つな》いでいた紐が急激に縮んで、あなたの身体が相手に向かって飛ぶように接近する。

視界が暗転し、あなたの身体が何かに強引にはめ込まれるのを感じる。

あなたは宇宙服のなかにいる。

あなたは月面に倒れている。

あなたはまだ月面に倒れている。

月は次第に熱くなる。黒い天蓋《てんがい》を太陽がめぐるにつれて、長かったあなたの影は、水溜《みずたま》りが蒸発するように縮み、横たわる宇宙服の下へ引き込まれていく。

あなたの身体を包んでいるささやかなシステムが、次第に唸りを高めていくように感じられる。事態は切迫しつつあるように思える。あなたの生存を許す局地的な異常を、宇宙服がもはや維持できなくなっているのかもしれない。

「まったく問題はないのです。物理定数がすべてを許しています。物理定数を許さないものは、物理定数が影響を及ぼしうる領域の中にも外にも存在しますが、物理定数そのものは、その力のおよぶ範囲において、全てを許しているのです」

声は変わらない。

いったいどれほどの間、ここに倒れているのだろう。すでに酸素は底を尽きつつあるのではないか。あなたは急に息苦しさを感じ始めた。

酸素の残量を確かめる手段がなにかあるはずだ。あなたは探すが、ヘルメットの内側には、なんの表示機構も見つけられない。

そのとき、あなたの焦《あせ》りに応えるように、バイザーの向こう側、目の前の真空に、色とりどりに光る小さな物体があらわれ、ヘルメットの上方へ向けて泡がたちのぼるようにくるくるとまわりながら上昇し、大きくなると、平面上に整然と並び、静止した。

面食《めんく》らったあなたが鋭く顎を引くと、一瞬、物体たちは二重にぶれて立体感を失うが、すぐにまたひとつに収束し、立体になる。

網膜への投影だとあなたは気づく。

これが宇宙服のシステム画面なのだ。

直感が揺るぎない確信に変わる。色めきたったあなたは、記憶の復活を求めてその確信のまわりを必死でまさぐる。しかしそれ以上はなにも心に浮かんでこない。

あなたの記憶野は反応しなかった。

そして、どのアイコンにもあなたはまた恐慌に陥りかける。自分がどういうわけか、文字はひとつも表示されていない。あなたはまた恐慌に陥りかける。自分がふだん使っている言語がどんな文字で書かれているか、まったく思いだせなかったからだ。

あなたがアイコンとみなしたものは、どれも動物を思わせる形をしている。胴体があり、四本の足があり、頭や尻尾らしきものがある。すこしずつ形は違い、しかしあなたには、それらがなんと呼ばれる動物なのかまったくわからない。

ひとつを凝視し、まばたきすると、そのひとつを残してほかがすべて消え失せ、残されたものがふくらみ、分裂して、さきほどと同じ数になり、同じように整列する。

わからなさに気が狂いそうになりながら、あなたはそれらを仔細《しさい》に眺める。形はやはりそれぞれ異なり、べつの種であることを示しているように思える。角を生やしたものがあり、頭の両脇に大きなひらひらした部位をつけ、口のあたりから長い管を伸ばしたものがある。首と足が極端に長いものもある。このシステムのなかで、それらがどういう意味を担っているのか、まったく見当がつかない。

またひとつを凝視し、それが新たなバリエーションを展開するのを見る。足が四本あるということではどれも共通している。そのうちのひとつをまた凝視し、同じことが繰り返されるのを見る。自分はメニューの階層を下っているのだとあなたは考える。だが、そうだとして、どうやったらまた上の階層へ戻ることができるのか。

整列したアイコンの上方に、べつの物体があらわれた。

それは左から右へゆっくりと進み、右端に達するとこんどは右から左へゆっくりと進む。伏せた皿のような形をして、下にはいくつかの半球がある。全体が回転し、わずかに明滅する。

それが静止し、真下に向けて円錐形《えんすいけい》の光がするすると伸びた。

四つ足のアイコンがひとつ、光の円錐のなかをゆっくりと上昇する。物体の下部中央に丸い開口部が生じ、そこへアイコンは吸い込まれていった。開口部が閉じ、正体不明の物体は回転しながら視界の端へ消える。一部始終をぼんやりと眺めたあとで我に返ったあなたは、なにか重要なものが失われてしまったような気がして、必死に記憶をさぐる。いまの四つ足はどんな形をしていた？　角はあったか？　尻尾の形は？　もうなにも思いだせない。

「はじめて太陽系外への進出をはたした地球由来の機械は、『パイオニア』と呼ばれる小さな探査機でした。発見されたとき、機体は無数の微小天体の通過によって穴だらけになっており、送信用のパラボラアンテナは三分の二ほどを喪失していました。また、原子力電池ユニットの周囲には、およそ三十億年前に滅びた星間文明の名残りである放浪性の自己増殖機械がとりつき、深海の熱水源にたむろする生物のように豊かな生態系をつくりあげていました。

パイオニアには、一枚の金属板が固定されていました。表面に、当時の関係者が地球外の存在に伝達すべきと考えた各種の情報が刻印されたものです。この金属板も、微小天体の衝突によって少なからぬ損傷を被り、たとえば、人類をあらわした線画は、男女いずれも顔の中心に大きな穴が穿《うが》たれていました。

パイオニアを発見した存在は、この金属板に興味をひかれます。全体としてきわめて稚拙ではあるものの、機体のそれ以外の部位には構造上の合理性を認めることができました。しかし、この金属板にだけはそれがまったくなく、表面の刻印にもこれといった論理的一貫性を見出せなかったのです。

およそ百年の議論ののちに、これは機を製造した文明が付け加えた技術的韜晦《とうかい》であろうという結論になりました。それが、発見者たちにとって唯一理解できる考え方でした。高度な技術を誇ることは星間文明にとって必ずしも賢明な選択ではありません。不合理の痕跡を残すことによって高度技術の捕食者から逃れようとしたのだろう、と彼らは考え、納得したのでした。

その後、彼らは、機体を製造した種族を探してみるというアイデアに達し、想定の飛行経路を逆にたどって、安定期にある平均的な恒星系を発見しました。しかし、とくに知的存在らしきものは発見できなかったということです」

パイオニアには十号と十一号があったはずだ。いったいどちらの話をしているのか。気まぐれな記憶の噴出があなたの混乱をさらに深める。

「おなじ時期にやはり太陽系外へ進出した『ヴォイジャー』と呼ばれる探査機は、『レコード』と呼ばれる当時の音声記録媒体を内部に保管していました。こちらは、ヴォイジャーを発見した存在によってジオメトリカルな美しさを認められた結果、立方晶構造の炭素結晶でつくられた直径約三パーセクの精密な複製がアンドロメダ星雲の外縁ちかくに存在します。この程度の大きさにすることで、電子の分布確率を示す等高面に始まる微視的構造から巨視的な形状まで、すべての形がおりなすハーモニーを楽しむことができるのだということです。微小天体の通過でできた大きな穴が盤面にひとつあり、もちろんこれも複製に精確に再現されています」

気が付くと、アイコンはもうひとつしか残っていなかった。

さきほどからずっと、おなじ形をした正体不明の物体が、ひとつまたひとつとアイコンを吸い上げては去り、数を減らしていったのだ。あなたはなすすべもなくそれを目で追い続けていた。最後に残ったひとつも、あなたのすがるような凝視になんの反応もしめさない。だが、ふと視線をはずした瞬間にそれは二本足で立ち上がり、人間のような身のこなしですばやく走り出した。あわてて追うふたつの眼《め》がついに焦点を合わせられぬうちに、輪郭がぼやけて靄《もや》のようになり、視界から消え去った。

あとには、しらじらと月面の光景だけがある。

「じつに安易に、完全に異質な存在であるはずの対象にあなたたちは歩み寄りを求めます。自分たちが知性体としてどれほど未熟であるか、よく考えてみる必要があるのではないでしょうか」

いま、あなたにとっては、すべてが異質だった。

「なぜあなたはここが月面だと信じ込んでいるのですか？」

ここが月面であることは間違いなく、自分がなんらかの使命をおびてここに来《こ》たことにも確信がある。しなければいけないことがあるという強烈な切迫が、あなたの後頭部を焦がすように感じられる。この確信こそが異常であると考えるべきなのか。ともかく、間違いなくここは月なのだ。月でなければならない。なぜなら、月こそが……

月こそが、なんなのか？

自分にとって、月とはなんなのか。

自分がもっている月についての知識を、あなたはあわてて心の中にかき集める。そうする間にもそれがどんどん消えてしまうように思え、恐怖がこみあげる。

月は、丸い。

月は、岩でできている。

月は、潮汐力《ちょうせき》によって、見上げる者の身長をわずかに伸長させる。そのために精神に変調をきたし、幻聴を聞く者もあるという。

「二〇四七年に、国際月面ステーションから十四人のクルー全員が忽然と消え失せるという事件がありました。施設内のカメラが記録した映像のなかで、クルーたちはデリートキーを押されたかのように前触れなく姿を消し、計器にはなんの異常もあらわれませんでした。気圧すらまったく変化しなかったのです。

基地にただひとつ残された呪いの人形は、原因をつきとめるために、四つのしもべを目覚めさせます。それは、呪いの人形がクルーを操って密《ひそ》かに月面ステーションへ持ち込ませていた数百グラムの土を苗床に、きのこのように育った疑似生物でした。四つのうち、ひとつは物体の内部を見通すことができ、ひとつはどんな動物でも殺してしまう毒をもち、ひとつは歌をうたうことで人を操ることができ、ひとつは法律を熟知していました。

呪いの人形とそのしもべたちは乏しい物資をやりくりして呪力を保ちながら地道な調査をつづ

け、ついに、基地から七キロ離れたクレーターの陰で七体の人骨を発見します。

人骨はどれも死後二千年以上が経過していました。疫病の年の共同墓地のように大きく深く掘られた穴の底で、どこかに苦悶《くもん》の痕跡をとどめているような骨たちが太陽の光に照らされた瞬間、呪いの人形は、自分がなにを呪うための人形であったかを思い出したのです。

骨はいずれも、人形が呪力をもって誘拐し、ここまで連れてきて死に至らしめた、地方領主の敵対者でした。クルーも、基地も、すべては呪いの人形が自らつくりだした幻でした。はるかな昔に月面をおとずれ、使命を果たしたあとは眠りつづけていた人形が、電波を通じて現代の宇宙開発計画を刷り込まれ、自分がその計画の一部であると信じ込んでしまっていたのです。

そのような混同が生じたのは呪いの効力が失われつつあるからだということにも、人形は気づきます。残り時間はほんのわずかでした。星空をあおぎ見る人形の眼に——それは水銀を封じた手吹きガラスの球でした——本物の月面探査船の姿が映ります。着陸する船の噴射炎に吹き飛ばされ、呪いの人形としもべたちはたちまち形を失って、月面の塵にまぎれていきました。

ところで、あなたは何かを思いだすことができましたか?」

あなたはやはり肝心なことを思いだせずにいる。

横たわり、指の先には摑むものもなく、脳裏にはてしなくひらけた漆黒の虚無をなすすべもなくただ眺める。

突然、あなたの頭のなかに冷たいものが拡《ひろ》がる。

湖面の薄氷が朝の光に融《と》けるように、精神の天蓋に穴があき、ひとつの現実が姿をあらわす。

あなたの片手は操縦桿《そうじゅうかん》を握りしめている。

もうひとつの手では、ずり落ちそうな酸素マスクを必死で支えている。

鋭い速さで雲がかたわらをよぎる。ときおり、空全体が大きく傾く。

これは本当のことなのか。

あたらしく頭のなかによみがえったものには、いままでの断片とはまったく違う鮮明さが、体験の圧とでもいうべきものがあった。

「いま、あなたの頭の中に偽の記憶を送り込みました」

あなたはその言葉を無視する。

記憶の断片をしっかりと握りしめ、すこしずつ慎重に手元へたぐり寄せようとする。細い糸のような連想につながれて、大きな実体がひそんでいる気配が感じられる。

「偽の記憶が害をなすのは、あなたがなんらかの現実的な認識の基盤をもち、偽りの情報がそれとの間にコンフリクトを生じさせるときだけです。あなたには今なんの基盤もありません。ですから、もっと楽しんでいいのですよ」

この記憶を手放してはいけない。思い出せ。思い出すんだ。自分は誰だ?

今度は、たしかな手ごたえがある。なにかがあらわれる。かぼそい記憶の連接が、ひとつまたひとつと頭の中に像をむすび、ついに、海面を割って鯨《くじら》の体があらわれるように、ひとかたまりの大きな過去が姿を見せた。

あなたは思いだした。自分がどうやってここへ来たかを。

そして思いだした。すでに地球が滅びていることを。

侵略はほとんど一瞬で完了した。

異星からの侵略者が地球に対してふるった力は、高度に発達した科学技術が成立の根拠を忘却されて呪術そのものになり、それが手なずけられて科学技術の装いを得た先でふたたび呪術化する、ということをかぎりなく繰り返して成熟を極めた、高度であることにおいては比類なきもので、きわめて高い操作性と可搬性をそなえ、その影響範囲は完全に予測不能だった。この力によって、人類のほとんどが無害な有袋類に姿を変えられ、あらゆる社会的インフラがやわらかい草になってしまったのだ。

あなたは、その恐るべき力が行使された瞬間に、偶然ある特殊な姿勢をとっていたおかげで変身を免れることができた。掃討をからくも逃れ、あなたは近くにあった空軍の基地から最新のジェット戦闘機で脱出する。

救難信号に答えたのは、太平洋の小島に隠された国際的な救助隊の秘密基地だった。燃料の尽きる寸前で、あなたの機はその滑走路にへたりこむように着陸し、たくさんの有袋類に取り囲まれた。この場所にも人間はひとりも残っていなかった。応答は自動的なものだったのだ。だが、幸運なことに、島の片隅には発射台があり、整備済みのロケットが係留されていた。いちかばちかのチャンスに賭けて、あなたはロケットに乗り込み、強烈な加速に押しつぶされながら大気圏を飛び出した。軌道上には、救助隊が極秘に運用していた宇宙ステーションがあるはずなのだ。

はたして、ステーションは確かに存在した。減速しつつ接近するロケットのモニタ上で、一条の光線がそれを火の玉に変えるまでは。

あなたは必死でロケットのコンソールに武装を探し、起動する。ステーションを破壊した異星の宇宙機があなたのロケットに矛先を向け、短く激しい戦闘はあなたが操縦するロケットの体当たりで終わった。ふたつの機体は致命的な損傷を被るが、生存を求めるあなたと敵である異星人は、一時的な休戦協定をむすび、協力して寄せ集めの救命艇をどうにか作り上げる。

はじめて目にする異星人は、有袋類によく似た姿だった。実際のところ、あなたの目にはまったく見分けがつかなかった。

その時点で与えられていたベクトルと燃料の残量から、救命艇は不可避的に月を目指すことになった。月面には人類の拠点がいくつかある。それらが無傷であることをあなたはまったく期待していなかったが、地球へ戻るのは自殺行為だ。いざとなったら、異星人を人質にとるつもりでもいた。相手も同様のことを考えている気配があった。狭い空間で敵と対峙《たいじ》し続けることは神経を削《けず》る苦行だったが、しだいに緊張はゆるんでいき、あなたと異星人のあいだには交流と呼んでもよさそうなやりとりが生まれつつあった。

しかし、いよいよ月の周回軌道に達しようかというところで、あなたは全身に謎の幾何学図形を浮かび上がらせ、原因不明の高熱にうなされるようになってしまう。異星人の病原体に感染したのではないかと、朦朧《もうろう》とした意識であなたは考える。異星人はあなたにさまざまな機器を接続し、なにかの操作を行い、その大半があなたに激しい苦痛をもたらすが、治療なのか、とどめを刺そうとしているのか、判別できない。ただ、自分がどんどん弱っていくのだけがわかった。

ついに、断末魔としか呼びようのない苦痛にあなたはみまわれる。遠ざかる意識のなか、異星人があなたの頭部に何かをするのを感じる。あなたの頭部は無造作に切り離され、異星人の腹の袋に強引に押し込まれる。次の瞬間、袋のなかであなたの記憶がすべて吸いだされ、異星人の精神に流れ込んでいった。

それ以降の記憶は、あなたではなく、あなたの属性を受け継いだ異星人のものだ。姿もあなたと同じになった異星人は、宇宙服を着こみ、不時着に備えた。月面にはなんの人工物も存在しなかった。破壊されてしまったのか、もともとなにも無かったのか、異星人にはなんの知識もなく、あなたの記憶との不整合にもまるで頓着しなかった。

救命艇は墜落の直前に分解霧消し、宇宙服を着た異星人は、無傷のまま塵のうえに倒れこむ。それは、異星人がそのわずかに残った力を行使した結果だった。こうして、あなたの記憶と姿をもつ異星人は月面に横たわった。

だが、それはとても不安定な状態だった。

記憶への接続がすこしずつ途切れてゆき、やがて全てが失われ、あなたは白紙の状態になった。

同じころ、地球では有袋類が有袋類の袋のなかにしまわれつつあった。

あらゆる大陸にひしめいていた――その数は明らかにかつての総人口よりも多かった――有袋類のおよそ半数が、かたわらの有袋類をつまみあげ、自分の袋に押し込んだ。とくに抵抗もなく有袋類は有袋類の袋にしまいこまれ、半数になった有袋類はしばらく目的のない行動にふけったあと、またそのうちの半数がほかの有袋類を自分の袋に詰め込んだ。この繰り返しによって、有袋類の総数は劇的に減少しはじめた。

しまいこむたびに、しまったほうの有袋類は少しずつ大きくなっているようだった。

その一方で、地球はしだいに小さくなっていった。

有限の時間が経過したあと、最後の一頭になった有袋類は、地球を自分の袋に押し込んだ。有袋類はさらに袋を裏返し、宇宙全体を袋のなかに入れたと見立てるお馴染《なじ》みのとんちを披露したが、すぐに飽きたようで、また元に戻した。

あなたは月面に倒れていた。

声が聞こえる。

「わたしは不十分に楽しみました。あなたも不十分に楽しんだことでしょう。不十分であることがいいのです。十分になるということは、存在の理由を失うことです。わたしは存在の理由を失わぬまま存在をやめることができます。物理定数が許す範囲においても、許さぬ範囲においても、許され、祝福されて、去ることができます」

あなたはまた長い影を曳いている。

太陽は地平線のむこうに沈もうとしている。

時間の進み方がおかしいことにあなたは気づいたようでもあり、気づいていないようでもある。

もう声は聞こえない。

なにひとつ思いだすことができない。

あなたは月面に倒れている。

生首

となりの部屋で、どん、という音がした。いつものように生首が落ちたのだろうと思い、見にはいかなかった。

わたしが見にいかなければ、そこに生首は落ちていないのだろうか、とよく思う。

見にきてくれないことにしびれを切らして消えたあと、猫が腹いせにおしっこをするみたいに、カーペットに赤黒いしみを残していく。そんなことがあったら面白いかもしれない。でも、まだそういうことはない。

音がして、見にいくと、落ちている。

すこしたって、また見にいくと、消えている。

ずっと眺めていると、ずっとそのままだが、いつもわたしが先に目をそらしてしまう。また目を戻すと、消えている。

目のまえに落ちてくることはない。すくなくとも、今のところは。

はじめのうちは、自分の頭のなかだけで起こることなのだろうと思っていた。けれど、ともだちも、遊びにきたときに音に気づいた。いま、音しなかった？　どんって。そういうので、わたしはとなりの部屋を見にいき、椅子《いす》からバッグが落ちてた、と報告した。もちろん、生首が落ちていた。ドアをあけた瞬間に目が合った。

ともだちに見てほしいような気もするけれど、なんだか申し訳ない、という気持ちもあるし、恥ずかしさもある。厄介な身内を隠しておきたいという感覚に近いかもしれない。そういう気持ちであることがまたすこし恥ずかしい。

ともだちには見えないかもしれない、とはまるで思っていなかったことにいま気がついた。なにしろ、音は聞こえているのだから。誰でも見ることができる現象だということを、いつのまにか疑わなくなっていた。

部屋に入ろうとしたときに、開けようとしたドアのむこうで、どん、と音がすることもある。まるでタイミングを計ったようだけれど、いつもそうなるわけではないので、偶然かもしれない。それがトイレだったら、ちょっと待ち、しばらくたってから入ることもあるし、ドアをあけて、ふたの上に乗っているのを見、ドアをしめ、一拍おいてまた開き、消えていることをたしかめてから入る、ということもある。

慣れてはいけないことのような気もするのだけれど、慣れてしまった。

あれは、いつかわたしが落とす首なのではないか。

キッチンで鶏もも肉を切りながら、そう考えた。

どんな刃物で斬《き》るのだろう。

名匠の手になる、波模様をぎらりと光らせた日本刀だろうか。美しい弧を描く、ふくよかな半月刀だろうか。アマゾンの案内人が道を切り開くのに使う、素朴な柄《え》のついたマチェーテでもいい。あんなものじゃ首は斬れないという人もいるだろうけど、あれは実はすごいのだ。かみそりのように研《と》がれていなければ、ジャングルの枝はさばけない。

ギロチンはつまらない、という価値観を自分が持っていることがわかった。方法が間接的すぎて、喜びが薄い。斬っていいのが、刃を留《と》めているロープだけだなんて。

どんな事情でそんなことになるのかを考えるまえに、道具を選びはじめてしまった。どんな日にそれをするのかも気になる。月並みかもしれないけれど、曇りの日がいい。刃物をふりかざしたところで雲間から陽《ひ》が差したら、腕を下ろし、また太陽が隠れるまで待ちたい。斬り落とすのではなく、ただ〝落とす〟のかもしれない。森でイヤリングを落とすみたいに。おばあさんに届けるバスケットから、気づかぬうちに。

おばあさんの家についてから、首がひとつ足りないことに気づくのだ。おばあさんはやさしいというか、こだわりがないから、まあまあ、ひとつくらいいいわよ、というだろう。ひざの上には、いつものお気に入りの髑髏《どくろ》をのせて。

ひとつくらいいいわよ、じゃあないよ。落とされた生首は思ったのだった。怒ったのだった。そして、未来から、いまのわたしのまえにあらわれて、拾ってくれ、とせまっているのだ。

わたしは、正直、拾いたくない。ごめん。

おばあさんしか資格を持っていない、宿業を初期化するための特殊な手続きがある。これを施《ほどこ》してもらわなければ、春があるほうの死後の国にいけない。生首がそういうふうに考えているのはわかるけれど、まだおばあさんが生まれてすらいない、いまの時点では、どうしようもない。申し訳ないけれど、未来のわたしに、くれぐれも落とすなと念を送ることぐらいしかできない。

将来の結婚相手にそっくりの顔なのかもしれない、と思いついて、半日ぐらい笑っていたことがあった。

結婚相手の親友でもいいな、と思った。披露宴で初めて会うのだ。紹介されて、わたしは声を出してしまう。相手のグラスに注ごうとしていたシャンパンの瓶《びん》を落としそうになる。のちに、うちに遊びにきたりもする。あちらもご夫婦で。トイプードル（結婚相手の連れ子なのだ）をみんなでちやほやしていると、どん、と、となりの部屋で音がする。結婚相手の親友は、おや、という顔をする。わたしはとなりの部屋にいき、うん、ほんとうにそっくりだ、と思う。

いつだったか、おばあさんは、ひざにのせた髑髏の来歴を話してくれた。ほら、ここに、小さな穴があいてるでしょ。そういって、きれいに磨かれた爪《つめ》を、こつこつと髑髏の側面に当ててみせた。ここから税務署が入っていったの。でも、そのときにはもう、差し押さえるものはなんにも残ってなかった。盗掘者が、何百年もまえにみんな持ち出しちゃってたのね。松果体《しょうかたい》だけが残ってたけど、古すぎたせいか、リーダーを通らなくて。

むかしはね、斬首には、コピー用紙の端をつかったのよ。

コピー用紙？

以来、勤め先でコピー用紙に触れるのに慎重になってしまって、同僚に笑われる。現実でないことに縛られるのは滑稽《こっけい》だけれど、ときにはそういうこともある。

斬り落とされてすぐの首なのだろうか。落ちた瞬間にはまだ意識があって、けっこう痛いのかもしれない。斬られたところも、床にぶつかった耳のあたりも。ただ、べつに痛そうな顔をしているわけではない。どんな顔もしていない。そういうところが劇的でないから慣れてしまったのだろう、と思う。そして、劇的でないせいで、完全に慣れてしまうこともできないのかもしれない。

生首じゃなくて、生〝手首〟だったらどうだろう。そっちのほうが恐ろしかったかもしれない。切り離された手だけが床に落ちている光景はドラマチックすぎて、いろいろな想像をしてしまう。どんな形をしていても表情がでてしまうのが、手や指の困ったところだ。そう思い、じっと自分の手をながめる。これが落ちていたら、どんなふうに見えるだろうか。なんとなく、てのひらを下にして落ちていてほしいと思う。仰向けにはみっともなさがある。腹を見せて死んでいる虫の哀《あわ》れさがある。

はじめて家の外で生首が落ちる音を聞いたときは、わたしもびっくりして、椅子から身を浮かせてしまった。

カフェにはさほど客もなく、奥の席に座っていたわたしは、体のバランスをくずして倒れそうになるのを手でささえ、自分のうしろのボックス席へそっとまわりこんで、テーブルと椅子のあいだに生首があるのをたしかめた。

まわりを見たけれど、だれもこちらに目を向けていない。視線を戻すと、案の定、消えていた。ちょうど生首のことを考えていたのだ。

家に戻ったあと、トイレからあの音がして、ドアをあけたわたしは、昼間のことを報告しそうになった。きょう、外であれを見たよ、と。まさに目の前にあるそれに。

それからも、ときどき、家の外で生首は落ちた。

ふと、自分が生首のことを考えていることに気づく。落ちるかな、と思う。落ちる。

わたしが落としているのかもしれない、と思うようになり、本当に落とせるようになった。

生首のことを考える、だけじゃなく、心のなかであることをすると、落とせるらしい。自分の気持ちを、心のなかのある場所に置く、というか。あるやりかたで心を遊ばせる、というか。こつをつかんだわたしは、積極的に家の外で落とすようになった。

子どもが遊ぶ公園のベンチに座り、フェンスのそばで濃い影をつくる木の下に落とす。地面に当たるときの音は、子どもたちの声にほとんどかき消されてしまう。わたしのいるところからは、ツツジの生垣《いけがき》の下のほう、まばらに並ぶ幹《みき》のむこうに、それが落ちているのが見える。

客の少ない帰りの電車で、車両をつなぐ通路に落とす。そばに立ったわたしは、閉じられたドアのガラス越しにそっと覗きこむ。生首は電車といっしょに揺《ゆ》れている。

勤め先でもやってみようかと思ったけれど、なんだかとてもふしだらなことのようで、結局いちどもしなかった。

でも、家からはなれたところにひとりでいる時に、ちょっと落としてみたくなる。落として、落ちていることをそっと確かめると、小さなチョコを口にしたような満足感がある。

だれからも見られないように気をつけているけれど、ときどき、落ちたときの音に反応する人はいて、正直、それを楽しんではいた。

自分が、生首を完全に支配してしまっていることに気がついた。どこへでも持ち運びできるようなものになってしまった。もっとずっと遠いところにだって持ち出せるかもしれない、海外とか。それとも、この現象にも圏外《けんがい》というものがあるのだろうか。

そんなことをカフェで考えていると、店の人がカプチーノを持ってきた。

わたしが注文したものじゃない。

ラテ・アートは、生首の絵だった。

すいません、間違えました！　そういって、店の人はカップを取り上げ、早足でわたしの席から離れていく。

わたしはソファーのなかで全身をひねり、カプチーノの行き先を見る。店の反対側の端で、観葉植物のむこうに店員は身をかがめ、おまたせしました、という。

とっさに、心のなかであれをやった。

どん、と音がした。

落とせた。観葉植物で隠された、誰かの席のうしろに。

小さな笑い声がきこえたような気がした。

わたしは立ちあがって、早足でその席へ向かう。完全にまちがったことをしたという焦《あせ》りが胸にある。

席にはだれもいなかった。


生首は、それっきり、落ちなくなった。家の外でも、家の中でも。

落とすための精神的な動作をしても、なにも起こらない。やりかたも次第にわからなくなる。

わたしは、生首をさがす夢ばかり見るようになった。

マネキンの頭が並んでいる。市立図書館の隅《すみ》のほうに、そういう棚がある。マネキンの頭は、理容師学校で使われているやつで、どれもへたくそに髪を刈られている。壁のほうを向いて並んでいるのを、ひとつずつ回して、こちらを向かせる。どれもこれも顔がちがう。顔があるべきところに手相が描《か》かれたものもある。でも、最後のひとつが、ついに、それだった。とうとう見つけた。こっちの端から探しはじめればよかった。棚からとりあげ、貸し出し窓口に持っていく。けれど、顔は似ていても、ただのマネキンだ、と気づいてしまう。目が覚める。

夜の畑で、スイカを割る。もちろんいけないことだけれど、しかたない。マチェーテの刃はなまくらで、割るにはかなりの力がいる。割っても割っても、中から生首は出てこない。かわりに、小さなころになくしたものが出る。博物館で買ってもらった小魚の化石、使いみちのたくさんあった透明のブロック、とくに使いみちはなかったけれど持っていると嬉《うれ》しかった、芯の断面が円グラフのようになった虹《にじ》色エンピツ。こちらをセンチメントで弱らせるための罠《わな》だ。生首を見つけるまで割り続けなければいけない。

冷蔵庫、電子レンジ、戸袋、ありそうなところを片っ端からひらいていく。どこをあけても、手首しかない。そうでなければ鶏のもも肉がある。どんどん心が皺《しわ》になる。

手首たちはとても雄弁だ。ひとつひとつにドラマがある。終電で寝過ごして、ひとさし指と中指だけでふた駅あるいて戻り、玄関に倒れこんでそのまま寝たようなのがいる。雨が降りだしたかな、と手のひらを空に向けたら鳥の糞《ふん》が落ちてきて憮然《ぶぜん》としているようなのもいる。犯人はあなたです。と指さした先に百万匹の蛍が舞っていたみたいなのもいる。

鶏のもも肉も雄弁で、地区リーグ優勝が決まって大喜びで飛び跳ねていたり、地球そのものを背負ってるみたいにサラダボウルの重みに耐えていたり、本棚の最上段からいまにも落ちそうにぶら下がり、悪役らしいべつのもも肉に蹴《け》られていたり。

生首は、なんて寡黙だっただろう、と思う。いつ落ちても、その顔にはなにもなかった。書き込むことのいらない余白、だれも踏まない山頂の雪。

あの場に、つまり、わたしの住む古いアパートの一室に根付いていた現象だったのに、わたしが切り取って、運べるものに変えてしまったのだ。おそらくは、いつのまにか育っていた執着の力をつかって。

それを察したなにものかが、あっさり、まんまと、さらっていった。

なにも知らず、わたしは、おばあさんに贈り物をするみたいに、バスケットに入れて歩いていたのだった。手遅れになるまで。

ともだちが生首の絵を描いてくれた。似顔絵が得意なのだ。わたしがつたなく話す特徴をもとに、十枚ほどのトライをへて、どうにかそれらしいものができあがった。

描いてもらったものを見ても、ほんとうに似ているのかどうかわからない。そもそも、それがなんなのかを打ち明けるわけにいかない。だから、ともだちが描いてくれた絵には体があった。首からすこし下、肩につながる簡単な線がある。肩幅が広いか狭いか、なで肩かいかり肩か、そんなことをいままでいちども想像しなかった。首の切り口がないことに、叫びたくなるような違和感がある。人じゃないのだ、生首なのだ。

コピーして、探し猫のポスターみたいに町中の電柱に貼《は》るつもりだったけれど、よく考えてみれば、そんなことをしてもなんの意味もない。冷静さを失っていたのだろう。部屋の壁に貼り、明け方にはあいかわらず生首の夢を見た。

テーブルのうえで、生首がやりとりされている。

和服の二人が向かいあって、ひとりが、そっと相手のほうへ生首を押しだす。もうひとりが、いやいや、などといって、それを押し戻す。かわりばんこに五万回ほどそれをくりかえす。

わたしはテーブルの上に置かれた小さなあじさいで、このやりとりをインターセプトするために、植物の念動力を最大限につかって、自分の活《い》けられた花瓶を動かそうとする。すべての小さな花が同じ移動方向を心に念じなければいけないのに、なかなか意思を統一できない。花びらがどんどん落ちてしまう。

わたしは床の間に飾られたカタバミなので、植物らしく黙ってそれを見ている。

わたしは畳から生えたたんぽぽなので、とにかく伸びた。たんぽぽでよかった、伸びるのが速い。折れ曲がって部屋じゅうを埋めつくすまで伸びたが、とくに状況は変わらなかった。

おだいりさまとおひなさまが、ふたりならんで生首をささげ持ち、苦労してひな壇を降りていく。江戸か、明治か、ずっと昔に作られた大きな人形だからできるのだ。ふたりの官女《かんにょ》がそれをちょっと手伝う。もうひとり、眉のない年かさの官女があれこれ助言し、五人囃《ばや》子《し》は演奏で応援する。牛車には大きすぎて乗せられない。協議がはじまる。

白い髭《ひげ》のわたしは矢をつがえ、物陰から力いっぱい射《い》る。矢は生首に当たる。わたしは動揺してしまい、二の矢を放てない。そこへ、ぜんまいで茶を運ぶからくり人形が、阿波《あわ》おどりのような動きでやってきて、片手の盆にさっと生首をのせ、走りだす。とても速い。和歌がどこかで詠《よ》まれている。わだたちね　ぬしのしらかみ　ほそらしね　わたしのそれを　わたしのそれを。鯨《くじら》のひげに別離の哀しみを託した歌である、と副音声が解説する。

狂った博士が、大きなガラス瓶に入れた生首をうれしそうに眺めている。博士は狂っているから、なんでも瓶に入れてうれしそうに眺める。そして、飽きてしまうと、とたんにものすごく粗末にあつかう。わたしはそれを知っているので、心が皺だ。

博士はこちらを見て、知っているかね、とわたしにたずねる。わたしを助手だと思いこんでいる。わたしは助手だが、それを博士に知らせたことはない。

知っているかね、世界にはおよそ二千種の生首がいることがわかっています。ほとんどが亜熱帯に生息し、ふだんは油を売って生計をたてています。非常時には招集をうけ、うろたえた声を出します。この声は地球を半周した先にも届いたという記録があります。

わたしは話を聞いていない。わたしは生首を返してほしい。

博士の持つガラス瓶に突進するが、手が届くまえに、瓶のなかで生首は七色の煙になる。

目の前にいるのは、紙袋ですっぽりと顔を隠した悪者だ。

わたしは、こいつは悪い、と一目でさとる。

紙袋は、輸入雑貨店で売っているような、ちょっと高級なポテトチップスのパッケージだ。袋に隠された口が、まさにそのポテトチップスをほおばっている。ばりばりと咀嚼《そしゃく》音がきこえる。右手は生首を無造作に摑《つか》んでいる。バスケットボールの選手のような摑みかた。

その状態で、この悪者は、自分が生首の正当な所有者だということをわたしに説明する。ポテトチップスで口がいっぱいのまましゃべるから、なにを言っているのかわからない。わたしは生首を奪おうとするが、悪者はバスケットの選手みたいに生首をふりまわしてわたしを翻弄《ほんろう》し、手の届かないところへ逃げてしまう。

となりのビルの屋上に立ち、悪者は生首の口を勝手に動かして、しゃべる真似をさせた。わたしは大声で泣いた。

枕の上の現実にもどり、目をぬぐいながら、ポテトチップスの袋に人の頭は入らないのではないかと思った。

おばあさんは、ひざのうえにのせた私の頭をなでながら、昔話をきかせてくれた。わたしの額は、おばあさんのお気に入りの髑髏にこつこつと当たる。

斬首にちょうどいい草があったのよ。腰が強くて、ふちが鋭くて、よく乾かすと、なんでも切ることができた。王宮の裏庭で栽培されていたのだけれど、まわりまわって、もちろん王族を斬首するのに使われたの。種はいまも園芸店で買えるし、どう育てても柔らかい草にしかならないのも、ご想像のとおり。

たくさんの光るスイッチが並んだ壁を想像する。わたしの心のなかにそれがある。わたしは目がへたくそに描かれた目隠しをつけ、中腰になって両手を体のまえにうろうろさせている。

呼びよせる、蓋をあける、壁をこわす、なにかをすれば取り戻せる。

その〝なにか〟の手ごたえを感じることもあった。夜ふけ、枕の端をにぎって集中していたら、窓の外で大きな音がして、消防車のサイレンがしばらく聞こえていたことがある。この街にこんなにたくさんの犬がいたのかと、びっくりするくらいの吠え声もきこえた。それをひき起こしたのが自分ではないかという疑念がひとさじほどはあったけれど、求めるものとは違うので、確かめずに寝てしまった。明けた休日、朝から近所を歩いてみたけれど、なにも見つからなかった。犬も見つけられなかった。

電車の席に座る人の顔が、どんどん奇妙な形に変わっていったこともあった。

子どものころによくやった遊びだ。人の顔を視界の隅におき、そちらには視線を向けずに意識だけをそこへ集中させていると、認知の狂いがうまれて、その顔がぐにゃぐにゃとゆがんでおかしくなっていく。アフリカのお面のようになったり、いちばんこわいおばけのようになる。中途半端にひろいあげられた視覚的信号が、脳の中で、顔の認識をつかさどる部位のあたりをぐるぐると迷走して、そうなるのだと思う。わたしはこれがとても好きだった。

この現象を、ちょっと工夫すると視界のまんなかでも見られるようになった。望みとは関係ないけれど、おもしろいスイッチを見つけることができたと思った。

職場で、同僚の顔を見ながらそのスイッチを入れてみたら、相手は猫がいちばん怒っているときの声を頭のうしろから出した。顔はきょとんとしたままで、なんにも変わらない。わたしは逃げ出してドアにはげしくぶつかり、みんなに心配された。

生首との臍帯《さいたい》が、まだわたしのなかに残っているように思えてしかたがなかった。せいいっぱい客観的に表現するならば、それはたぶん、未練と呼ばれるものなのだろう。

切り口が残っているだけなのだ。

存在としてのわたしの全てが、いま、頭を斬り落とされたあとの体みたいなものだった。断頭台に膝《ひざ》をつき、首からさきに何もないのが不思議でしかたないような顔をしている。いや、そうしたくても、もう顔がない。民衆を喜ばせるために、どこかへ運ばれてしまった。罪なく笑う民衆を燃やしたい。

明るくなったね、と同僚に言われた。

憑《つ》き物が落ちたような顔をしてるよ、と、ともだちにほめられた。

ひと月ほどが過ぎ、わたしは、案外いい先生なのだとわかった。

ともだちが不定期にやっている、料理やお菓子の作り方を教えるワークショップに、ゲスト講師のようなものとして招かれたのだ。教えるのは、去年みんなで料理を持ち寄るパーティをやったとき、その場にいた全員がものすごい声を出した、わたしの一品。故郷の伝統料理だと思っていたけれど、みんなそんなものは聞いたことがないという。わたしの実家だけに伝わる料理だったのかもしれない。

ほとんど内輪の催《もよお》しで、〝生徒〟はほんの六人、そのうち四人は例のパーティにも来ていた友人たちで、のこり二人はそのまた知り合い。市民センターの、台所がつかえる部屋を借りて、ちょっと曇りの日曜にひらかれた。

なによりもまず、レシピをつくるのが大変だった。すべて体がおぼえているから、なにをどうするか意識したことがない。文字に起こそうとしたら、分量どころか、どんな味付けをしているかもはっきりしない。ともだちが家にきて、わたしに料理をさせ、ストップウォッチや温度計を駆使して、手順をレシピに起こしてくれた。

鶏もも肉にたくさん切り込みをいれて、うらがえしてねじり、花のように結ぶところは、文章ではぜんぜん説明できなかった。ともだちはわたしの動きをビデオにとって持ち帰り、何日かあとに図解にしたものを持ってきてくれた。わたしはそれを見てびっくりしてしまった。あれを作るときに自分がしていることとは、全然つながりがあるように思えなかったからだ。ところが、図解のとおりに手を動かしてみると、あれができた。ともだちの得意げな笑顔をしばし呆然《ぼうぜん》と見つめた。

もう一度ためしてみたら、工程の途中で、ふたつが重なった。わたしの手が覚えていたことと、ともだちが図に読みだしたことが。うまく閉じられないフリーザーバッグのファスナーが、ある瞬間にふとぴったりと噛み合うように。

そして、もう別々にはならなかった。

ワークショップの日、みんなの目の前で実演してみせると、わたしの手の動きには新しい骨がそなわっていた。手の記憶が、ともだちによる図解に導かれて、より確かに、要点をふまえたものになった。

この骨が、ひとに教えるのにとても役立った。わたしだけが知るひとつながりの動作だったものが、誰もがする日常的な動作の連なりに分けられているから、ひとつずつ伝えていけばいい。図だけでは説明できない微妙なコツは、直接手をとって教えていく。動きをどう直せばいいか、わたしにはとてもはっきり見えた。みんな、ちょっとの手助けで、きのこが育つような速さで上手くなって、わたしが作るよりもきれいにできるようになった。

無意識にやってきたことを、どう切り分け、分解し、意識的なことに組み立てなおしていくか。なにか大きなヒントを得たような気持ちになった。

ふた月たって、わたしは地元のウェブメディアから取材をうけていた。となり町のバザーで、ともだちと一緒に、あの料理を売る店をだしたのだ。運動会の本部みたいなテントの下に長テーブルを置き、ガスコンロや鍋を並べた屋台。ウェブメディアの人は、料理をとてもおいしいといってくれた。

このレシピは、お母さんから教わったんですか?

教わったっていう記憶はないんですけど、たぶんそうだと思います。気がついたら、これを作るのは自分の役目になっていて。母が作ってるところは覚えてないです。

じゃあ、もしかしたらご自分で思いついたのかもしれないですね。

そうかもしれないです。夢にでてきたのかも。

夢のなかで、だれかに教わったとか？

そうですね、おばあさんかもしれないです。

インタビューをうける間も、手は迷いなく動き、料理を続けている。心と体の不思議さに、あらためて思いが向かう。

じゃあ、ずっと目分量でつくってたんですか？

たぶんそうだと思います。量のことを考えた記憶もあんまりないんですけど。

手を動かしながら質問について考えることが、なにかの引き金をひいたのかもしれない。

心の動きと体の動きが、ついに正しい組み合わせを取り戻したのかもしれない。

落ちた。

生首が。

がさっ、と植え込みの葉が揺れた。わたしたちの屋台の、道路をはさんだ向かい側、市民公園のグラウンドとの境目で。

落ちているのは間違いない。確かめなければいけない。インタビューがまだ終わらない。

きょうはどんなお客さんが来られましたか？

そうですね、みんな、顔が、ぐにゃぐにゃしてたり……

ともだちがわたしの脇腹をかなり強くつついた。ウェブメディアの人が去ったとたんに、わたしは屋台から飛び出し、道を横切ろうとした。けっこうな人出で、通行人をうまくよけないと進めない。生首があるらしいあたりに誰かが近づいていく。その誰かが身をかがめる。なにかを拾い上げる。小脇にかかえ、速足で去っていく。その後ろ姿を見て、わたしの足が止まった。むこうは人混みのなかに消えてしまう。ふりかえって、屋台にいるともだちを見る。おなじだった。髪型、服、背の高さも。

バザーが終わり、大荷物をわたしの家に置き、レンタカーを返して、駅前のカフェに崩れ込む。思ったよりも疲れていて、ふたりともほとんどしゃべらない。

店の外から、ともだちが入ってきた。ちがう、ともだちそっくりのなにものかが。お手洗いから戻るような自然さで、ともだちがすでに座っているところに腰をおろし、体が完全に重なりあって、消えた。

ともだちは、なにも気づかぬ様子でカップを口元へはこぶ。

心が皺になった。それは、申し訳なさ、罪悪感だった。考えてみれば、いちばん頻繁にわたしの部屋にきているのだから、なんらかの形でこの現象に巻き込まれていても不思議じゃない。

こう考えてみませんか。あなたは、きっと、狂信的なサポーターだったのでしょう。狂信的なサポーターは、ひとりの例外もなく、主審の首をはねたいという欲望をもっているものです。はねた主審の首を、相手チームのゴールに蹴り込むんです。その爽快感、観客席からの歓声！　あなたは、それをほんとうに強く夢見たか、ほんとうにやったかのどちらかなのでしょうね。生首は、主審の首なんです。

そんな声を、わたしは、窓の外をながめながらぼんやりと聞いていた。心のなかへ誰かがかけてきた通話のようなものを。ともだちは居眠りをしている。わたしは心のなかで反論した。生首が主審なんかじゃないことは、もう絶対に、絶対に間違いない。わたしがどれだけ見てきたと思ってるんだろう。生首は、生首だ。

こう考えてみませんか。あなたは、ラーメン好きの高校生だったころ、いきつけのお店でたいへんな秘密を目にしてしまったのです。開店まえの厨房で、店主が緑色に光る大きな結晶のようなものを削《けず》ってスープに入れていたんです。それのせいで自分はラーメン好きになったのだとわかって、あなたはアイデンティティの底が抜けたような気持ちになりました。とっさに、あなたは、冷凍庫に保存されていた先代店主の頭を持って逃げ出しました。そのことをすっかり忘れていたけれど、罪の意識が、あなたに生首のまぼろしを見せたのでしょう。

わたしはラーメンを食べたことがない。緑色に光る大きな結晶を見たことはあるけれど、それは放課後の家庭科室でだったと思う。

こう考えてみませんか。あなたは、池に落ちたどんぐりだったのです。もちろん、比喩《ひゆ》的な意味で、ですよ。現実には、あなたは休火山の火口に落ちた手負《てお》いのアナグマでした。空では、あなたを襲った巨鳥がゆっくりと輪を描いています。もういちど襲われたら命はないでしょう。そのとき、あなたの身代わりになったのが生首でした。これは、比喩的には、部下をかばって左遷《させん》される上司だといえます。池に落ちたどんぐりであるあなたの前に上司は飛びだして、会社が放ったデス光線を体で受けて止めたのです。そんな因縁が、きっとあなたと生首のあいだにはあるんですね。

わたしが比喩的にどんぐりだとして、生首は比喩的にはなんだろうか。やっぱり生首だと思う。たとえ話のなかで、どんぐりのわたしは池に落ちる。池はやがて干上がり、どんぐりのわたしは木に育つ。わたしの枝に生首が実り、風にゆれる。比喩的にそんなふうだったらどれほどよかったかと思う。

こう考えてみませんか、あなたは、つかれていたのだと。

わたしは疲れていたのだろうか。

それとも、憑かれていたのだろうか。

この声はだれだろう。

それは、おばあさんだった。

窓の外、道路の向こう側、ビルの屋上から手を振っている、小さな人影。

おばあさん。

わたしは、おばあさんにずっと会いたかった。

わたしも会いたかった、とおばあさんの声はやさしい笑いをふくむ。人影がまた手を振る。わたしも振りかえす。

大変そうだから、見にきたの。だいじょうぶよ、あなたの髑髏になるあれは、きっと戻ってくるから。

そうおばあさんはいうけれど、わたしは、髑髏にしたいわけじゃない。

あら、そうなの。まあ、髑髏にはいつでもできるからね。やりかたは教えてあげるから、知りたくなったら、おききなさい。

わたしからのアドバイスは、ひとつだけ。

つねに誇り高くありなさい。

あなたが元気なら、わたしもいつまでも健《すこ》やかでいられる。だから、恐れず、ためらわず、楽しみなさい。

ともだちが目をひらいた。

店を出て、ともだちは駅へ向かう。角をまがるのを見届け、わたしも家路につく。

すると、足音がおいかけてきた。振り返ると、ちょっと妙な顔をして、ともだちがこちらへ走ってくる。

あのね、いま、おばあさんに会ったよ。

髑髏は持ってた？

髑髏？　ああ、そういえば、持ってた。

おばあさんはなんていってた？

あの子に伝えてね、って、伝言をもらったよ。さて、ここからは暗号化された通信です。合言葉をどうぞ。

そういって、ともだちはわたしの答えを待つ。

合言葉――

わたしの脳は火をつけられた猫みたいに奔《はし》った。

考えろ、考えろ。

まちがった言葉をいったら、ロックされてしまうかもしれない。チャンスはたぶん一度きり。

鶏もも肉？　バスケット？　森？　ベルマーク？

わたしは口を開いた。

マチェーテ。

ともだちはひとしきり笑って、それなの？　といった。そこでようやく、わたしは、ともだちがずっといたずらのときの顔をしていたことに気がついた。

ともだちは、おばあさんの言葉を教えてくれた。

いわく、――鰐《わに》の骨からおりなさい。

ともだちも、口にしながら、あらためてその意味の距離をはかるように目をさまよわせた。意味、わかる？　と、わたしに真剣なまなざしを向ける。

わかる、とこたえ、安堵《あんど》の笑みをもらった。わたしもたぶん満面の笑顔だ。

おばあさんの言葉に、ずっと昔に聞かされた物語がよみがえる。

こんな故事を知っているか、と、ある日、父が子にたずねました。それは、この父しか知らない出来事でした。たったいま頭に浮かんだばかりのことだったからです。でも、もしかすると、自分の頭の外で、はるか昔に起きたことかもしれない。そう思い、わが子に問うてみたのです。

子は、父の話を聞き終えて、それによく似たお話を聞いたことがある、と答えました。まえの晩に、夢のなかで聞かされた話にそっくりだったのです。父によく似ているが別人であることは間違いないだれかが、それを語ってくれたのでした。子はそのお話を父に語って聞かせましたが、聞き終えて心に浮かぶある種の感慨のほかは、まったく似たところがありませんでした。

どちらのお話も、わたしが原案を考えたものです。そう打ち明けたのは、二人の座っている公園のベンチでした。あるひとつの個人的体験をもとにして、二つの異なるクライアントの依頼に応じ、別々の物語に仕立てたのです。その個人的体験とは、こういうものでした。

むかし、あるところに、一本の木がありました。あるとき、その根元にうさぎが激突しました。どれほどの時間が過ぎたかはわかりませんが、やがて意識をとりもどしたうさぎは、自分は雷《かみなり》に打たれたのだと信じこみました。かたわらの木が黒焦《こ》げだったからです。話者は、どの時点で木が黒焦げになったのかを確かめられませんでした。木は、白いチョークで黒い幹に印をつけられながら、作業員に、こんな話を知っていますか、とたずねました。

お仕事の途中かと思いますが、大事な話ですので、ぜひ聞いてください。黒焦げになった木は、そういって、作業員の答えを待たずに話しはじめたのでした。むかしむかし、あるところに、ところで、あるところとは、どんなところだと思いますか？　そこに森はあるでしょうか？　むかしむかしのあるところには、大きな森があってほしいとわたしは思うのです。そこに、ひとつの木として、わたしも暮らしていたい。いつまでも幸せに暮らしていたいのです。あなたに話しているうちに、きっとそうだっただろうと思えてきました。わたしは大きな森でいつまでも幸せに暮らしているのです。

わたしは、個人的体験を検証しなくてはいけない。どこかで木は黒焦げになったのだ。わたしがいまのアパートへ越してきたのは、それまで住んでいたところが鰐だらけになったからだった。ぬいぐるみの鰐と、電子的な鰐と、人間としての鰐。三種類の鰐はほとんど区別がつかなかった。それなのに、鰐たちはそれぞれべつのお話を語りたがった。別々の餌《えさ》をほしがった。わたしはとうとう整理ができなくなって、引っ越しを決めたのだった。

鰐のない部屋をさがした。敷二・礼一・鰐五〇。そんな物件ばかりをひたすらにかきわけて、ようやくあのアパートを見つけたのだ。

いま振りかえってみれば、鰐がなかったことと、生首があったことは、ねずみと猫の関係にある。または、もち米と杵《きね》に似た関係がある。それとも、どろぼうと徴税吏。山羊とさんざし。生首の力でいちどは退《しりぞ》けられた鰐がまた戻ってきたのだとしたら、とても筋が通る。鰐は計画をもたないから、あきらめるということがない。わたしには計画がある。そして、わたしもあきらめるつもりはない。

ともだちは、長くてとりとめのない話を辛抱《しんぼう》強く聞いてくれた。深い感謝とともに話し終えたわたしに、ともだちはひとつうなずき、こういった。

じゃあ、なにか、手伝えることある？

鰐を。

わたしはそう言いかけて、暗闇で大きな石につまづいたような気持ちになった。おばあさんはなんといっていたっけ。

おばあさんは、鰐のことをよく話してくれた。

鰐についてあなたに話すのは、これで何度目になるかしら。

ひざのうえの髑髏をのぞき込むようにして、おばあさんはそういった。

わたしがあなたに鰐の話をしたくなるのは、いつもこんなふうに雨が降っているときなのだけれど、あ、ちょっと待ってね、お湯が沸いたみたい。

わたしの心にも、やかんの笛が鳴りひびいた。

動画を撮ってほしい、とわたしはともだちに頼んだ。

そして、図解をしてほしい。わたしの家に一緒に戻り、ともだちはそれをしてくれた。気づいてた？　ともだちはきいた。気づいていなかった。

わたしの右手は、三回にぎり、開かれていた。手首を九〇度ひねっていた。人差し指だけを強く反らせた。生首を落とそうとするとき、心のなかで起こる運動にあわせて、体はそんな言葉を発していたのだ。

左の足首も小刻みに動いた。ブレーキを踏むように、二回。すこし間をおき、一回。全体として、それは地上のどこにもない機械の操縦手順みたいだった。

おなじ動作を、おなじタイミングで、ともだちにしてもらう。それにあわせて、わたしは心をちからいっぱい振り回す。四回目のトライで、ともだちが声をあげた。

目の前に、青い空間がひろがった。なにもない。距離もない。ただ青い。

わたしはそれを、比喩的にいうなら、スクロールする。できるだけ速く。もっと速く。落下の速度で。とうとう、目の前にあらわれる。生首が。まっすぐに落ちている。床にあの音をたてないならば、生首はずっと落ちている。このなにもないどこかを落ちつづける。わたしはそれをいま知った、知っていた、知った。

鰐の気配が遠ざかる。遠ざけている、生首が。

わたしは手をのばし、——

生　首

月末、長めの休みをとった。
小雨に濡れた滑走路から、あっというまに雲の上。
窓から見える翼は白く輝き、ひざのうえの生首は、瞳に青空を映している。

あかるかれエレクトロ

駅のように見えるけれど、鬼なのですよ。

手の中の画面には雲があり、行き先の街が水びたしであること、左にひびく雷鳴が北からのものであることを教えてくれました。

豪雨のフリンジは頭のちょうどうえにあり、しばらくそのままだろうと画面はいいます。まさにその境目をずっと歩いてきたかのように、体の半分を濡らしていた人を、あなたは街で見たことがあります。片側は着ているものが透け、長い髪は顔の半分を覆《おお》い、濡れたほうの表情を隠していました。もう一方は、友だちといるような笑みをうかべ、口は小さく動いて、誰かと話しているようでした。あなたにはひと言だけ聞こえました。

——そうでもない。

走りこんできた電車は、ここはどこだ、と叫んでいました。

道のように見えるけれど、鬼なのですよ。

カラーコーンの列は、幹線道路の工事に沿い、消失点まで途切れず続いていた。

コーンのなかには灯りがあり、すすぼけたプラスチックを鈍い赤に光らせる。

終電も巣にもどる時刻、夜は四つ折りにかぶさり、どの町も黒い。

タクシーが来ました。

助手席のまえに置かれた電光表示には、赤く、「車」。

あなたは挙げていた手を降ろし、タクシーは速度を変えず、通り過ぎました。

うしろの座席には、客のようなものがありました。なにか光るものをつけていた。たぶん、首のまわりに。

想像のなかで、タクシーの運転手は、土地の言い伝えを客に語ります。

昔はね、このあたりってのは、ぜーんぶ底なし沼だったですよ。

底なしっつうのは、ぜんぜん大げさじゃなくってね、造成の最中にも、土砂を積んだでっかいトラックが一台、スーッと沈んで、消えちゃった。遠目にはただの水たまりみたいなとこで。どんだけさらっても出てこない、泥ばっか。

しょうがないんで、そのまんま上に土砂かぶせて、更地にして、それでいまは家が並んでるんですよ。

底なし沼なんですよ。

あなたはカラーコーンの消失点へ歩きだす。

猪猿《いのましら》公園は、今年も満開の桜に埋めつくされ、息もできないほどでした。この季節にここを訪れる人は、世の終わりのような自然美の暴力を味わいつくし、多くがそのまま姿を消します。

あなたは、そのようにして消息を絶った友人を探すため、花の終わりに、この公園へやってきたのです。

ひと足ごとに、膝《ひざ》まで沈む。高く積もった花びらは、底では泥になっている。ところによって、首まで埋まる深さにもなる。視界はほとんどが白い。見上げれば、枝からは、まだ一割ほども落ちていない。花びらは、しゃりしゃりと音を立てて降り、触れる指先には冷たく湿っている。一面の白に、色が飛び込む。ふくらませた紙風船が、花びらの水面を転がってくる。白に覆われ、見えない牙に裂かれ、色は飛沫となって散る。

すでに胸まで白のなかにある。足は泡のうえを歩くように滑る。花びらのなかで、冷たい指が、あなたの手首をきつくつかむ。

光しか見えぬうちから、それが犬だとわかってはいた。

犬です、と名のるので、犬ではなかった。黒い。遠い街灯がわずかに照らすアスファルトの灰色に、塗りつぶしたように黒く、奥行きのないシルエットだけがある。夜の散歩のためにつけられたのだろう光る首輪は、〈読み込み中〉の画面表示のように、光点を回転させていた。

翌朝、海岸で、同じ首輪が波の上に浮かんでいる。光は読み込み中を示して回る。

あなたはそれをじっと見る。

亀がとなりにやってくる。

わたしが昨晩の犬です、と亀はあなたに話しかけました。妖しの力によって、犬にされていたのです。いまは妖しの力によって亀にされています。

あなたは、波間におどる首輪を見つめたまま尋ねました。あの女の人は……

女の人とはなんのことですか？　昨晩、わたしはひとりで歩いていましたが。

あなたは驚いて亀を見ました。

犬の紐《ひも》をつかんでいた手は覚えている。犬とおなじ、光る首輪をつけていた。記憶のなかで、大きく開いた胸元だけが照らされている。顔は見えない、声だけ、いや、声のない、ただ息だけの笑い。

塗りつぶしたような黄色、とあなたは思う。生き物なのに、人工物のような景色をつくる。空も塗りつぶしたように青く、スマートフォンが落ちている。菜の花のあいだにわずかにひらけた土のうえ、画面は、ほんの寸前まで指が触れていたかのようにアクティヴで、あなたは、あたりを見回してしまう。

人がいるのではないかと。

一面の黄に、ひとがたの陥穽が開いてはいないか、緑の茎が並ぶあいだから、踵《かかと》の赤みに黒い土をつけた足が覗いてはいないかと。

すぐにあなたの意をくんで、画面にそのとおりの画像がならぶ。

本意ではない、と言い訳しながら、あなたは画像を拡大する。

頭上には、縫い糸を落としたような細道がある。あなたはそれを思い浮かべながら進む。このトンネルがないころ、みなそこを歩いていた。トンネルを行くとき、あなたは想う、山の重みを。まっすぐに穿《うが》たれたこの穴を抜け、なにが流れだしていったかを。

なんの光か、気になっていた。近づくと、クリスマスツリーを飾るような、ひとつながりの灯りとわかった。県境を印すように道を横切り、まっすぐに置かれている。小さな灯りはひとつおきに明滅する。灯りを連ねた紐の一端は、トンネルの内壁に開けられた、水抜きの穴に消えている。

穴からの滴りをなぞる苔の緑と、プラスチックで覆われた紐の緑が、灯りの明滅に色調をそろえる。

ざりっ、と、灯りが穴に引き込まれた。

灯りの紐は半分の長さになり、トンネルは倍の暗さになる。

もう一度、ざりっ、と引き込まれ、真の闇。

どこかで小さく、女の笑い、声はなく、息だけの。その息が、耳のうしろに当たるような。

遠くに見える出口へむかって走る
　外へ出てみれば、抜けるような青空
　　または、美しい、怖いほどの夕焼け？

水のように見えるけれど、鬼なのですよ。

木の舟に、襦袢をまとった人がうつ伏せに横たわり、肩は舟べりの外へ出て、頭を水に沈めていました。

朝の光が水面とたわむれる下で、長い黒髪は、冷たい川のなかで、ちがう踊りを踊っている。

黒髪のなかから、赤い血の糸が伸びだし、輝きの下を流れていく。

髪が持ち上がり、顔をあげると、その口には大きな魚がくわえられている。尾が空をはじき、輝くしぶきを散らす。

はにかみの笑みで魚を口から離し、濡れた髪を顔から払うと、プロフェッショナルの発声で説明が始まりました。

この魚たちは、苔を主食にしてるんだそうです。

苔はなにを主食にしているんですか、とスタジオが問うと、苔は、馬ですね。苔は馬を食べるそうです。馬はなにを食べますか、と別のスタジオ。馬は、夢を食べて走ります。夢です。それは、どんな夢ですか。黒髪のリポーターは濡れた両手でまわりを示し、これです。こういう夢です。手のひらが赤い。

あなたは身を起こし、まだ夜であることを知る。枕元には光る画面があり、着信があったことを告げている。

留守番電話サービスに声が残されていた。

たぬきです。近くまで来たのでかけてみました。いまこっちは弥生時代なんで、時間的にはちょっと遠いですけど。

よく、自動販売機があるでしょ、田ンボんなかに。まわりぜんぶ真っ暗なのに、そこだけ、ぱーっと明るくてね。あれ見るとホッとすんだよね。

あなたは販売機を見つめます。いま風の、大きな画面をひとつ持ち、そこに商品や広告がならび、加工された女性の声で話しかける種族です。

こんばんは、自動販売機です。わたしに話しかけてください。

こんばんは、自動販売機です。わたしに話しかけてください。

あなたは興をそそられ、なにがありますか、と尋ねてみます。

なにもありません。ところで、あなたの後ろに立っているのは、あなたのお友だちですか?

わたしの後ろにも、たくさんの友だちが立っています。会ってみませんか?

名前のない、友だちです。声のない、友だちです。顔のない、友だちです。あなたの友だちになりたいのです。

こんばんは、自動販売機です。こんばんは、自動販売機です。わたしに話しかけてください。

あなたは興をそそられ、なにがありますか、と尋ねてみます。

マジックテープが約束してくれる魔法は三つあり、ひとつめは、重力のないこの空間で、壁面にあなたをつなぎとめてくれること。ふたつめは、苔のようにぼんやり光り、電力をなくしたこの宇宙施設の内部に、生命への道しるべをひいてくれること。みっつめの魔法は、もうずいぶん前に使ってしまった。一度しか使えず、使ったら、使いみちを忘れてしまう。

長い通路を、ひとつめとふたつめの魔法にみちびかれ、光のこもる奥の間に至る。

浮かんでいたのは、大きな水の塊《かたまり》だった。

この施設にただひとつの窓から、地球の光が差し込んで、水を輝かせていた。小さな鉢に倦む魚のように、そのなかを、ひと房の髪がめぐっていました。

水は、しずくの集まりでした。

地球のどこか、過去のどこかで、人知れずこぼれたひとしずく、数えられないほどたくさんのそれが、ここに集ったのです。

あなたは手をのばし、髪をつかもうとします。しずくが散ることを恐れながらします。

田でなくなった田のうえに、月を映してガラスが並ぶ。

太陽光発電のパネルは、田のような格子でおもてを仕切られ、一枚ずつに輝く円を浮かべ、畳を干すように列をなす。そんな夜を思い浮かべてみてください。栃木の休耕田です。そこへやってきたのは、一匹のたぬきでした。

たぬきは、

以前、ここには大きなお屋敷があって、……そういって案内役が指を向けた先には、屋根のないお座敷だけがあり、料理のないお膳だけが並び、ざぶとんが忙しくその間を行き来して、それはもういきいきと行き来していました。お屋敷はどうしたのですか、と案内役にたずねると、先代が、これで……と手振りをします。複雑なハンドサインに圧縮して語られたのは、おおよそこんな成り行きでした。先代は、ざぶとんに大変な執着のあった人物で、ひとつかみの上等な綿を得るために強いた大きな犠牲《ぎせい》、使用人たちの恨《うら》み、たぬき、炭鉱の火災、障子のむこうに蛸の影、神社の裏で発見された宇宙人の死体、仕事を終えた帰り道、頭に落ちる鳥の糞《ふん》。最後のそれが先代の心をくじいたのだそうです。あのざぶとんをご覧なさい、と案内役がひそめた声で、たくさんの血を吸うているから、あんなに座り心地が良さそうでもあり、悪そうでもあり、座ってみねばわかりません。

村はダムの底にあります。ダムとはなんですか？　さあて、そいつを説明するのが一苦労。こう考えてみてください。あなたがダムの、そう、曾孫の孫だったとしましょう。あなたはダムのことをなにも知らない、でも、あなたの中にもダムの水は流れているのです。いまはただ、青い水面があるばかり。かつてこの下になにがあったか、覚えているものがあるでしょうか。

夜の闇でも、まぶたの裏はまばゆい模様に満ちている。

心の生まれる場所から、火花が飛んでまぶたに散って、渦巻く星の群れになる。そこからたくさんの夢想がひろがり、やがて眠りがはじまる。

とつぜん真っ黒になった。ふたつの掌《てのひら》がまぶたを覆った瞬間に。

星は消え、冷たい指が頬骨にふれ、声が落ちる。

——もういいかい。

山っていうのはね、跳ね返るとこなんですよ。人がたくさん住んでるとこからね、わーって湧いてきたのが、こう、押し寄せて、斜面にぶつかって、どーんと、跳ね返ってくんですよ。なにっつうんだかね、嬉《うれ》しいとか悲しいとかじゃなくて、生きてるとか死んでるとかでもなくてね、人の顔をしてたはずなんだけど、人の顔じゃなくなっちゃったみたいなのがね。それが仏さんの顔してるときもあるんですよ、つうか、そういうのを見て、昔の人は仏ってのを考えついたんだね。コンセプトをね。

海もね、おんなじだよね。流れてくんですよ。人が出したもんがね。

どこにいってもね、人間が出したもんで覆われてんですよ。そんなのはもう、何千年もまえからね。

……お客さん？

終電なので、向かいの席で足をまっすぐのばしても、あなたのほかに見る人はいない。サンダルも放り出し、なにも履かない足が、ぴったり閉じられていたのが、ゆっくり開いていく。あなたからみるなら、逆さのVに。

草の色をしたワンピースの、裾をたくし上げながら、重ねた両手が足のあいだをのぼっていく。足の付け根に両手はおさまり、そこを包むように編まれた指が、色とりどりの光に染まる。あか、みどり、あお、オレンジ。

指が隠した布地の向こうに、色を変えながらまたたくものがある。のぼっていったあなたの視線を、笑顔が迎えた。

——もうお腹いっぱいでしょ。

そうでもない、とあなたは答えたのかもしれません。そう？

終電は巣をめざし、両足のあいだにあった手は、いま、ひとつは画面を支え、ひとつは画面のなかにあるものをつまんで動かし、複雑ななにかを組み立てている。

輝く表象のそれぞれが、画面の先で、世界の泥に深く細かな根をおろす。

これはなに、と、あなたは尋ねました。

——城。そう答えたあと、口は、出ていった言葉の形が気に入らなかったように、わずかに開く。城、とくりかえす。

建ててもいいし、壊してもいい。これはわたしの城だから。

美しい城だとあなたは思う。

遊びにきてね。わたしの城は、みんなの城だから。

タクシーが来ないので、あきらめて歩きはじめた。

手はあなたとつながれている。掌のあいだから光が漏れる。

たずねる声は、笑みを孕《はら》んで、——わたしに心はあるのかな。

あなたはあなたなりに答え、わたしはわたしなりの声で、丹の色に輝くカラーコーンの道を、つないだ手のまま、歩いてゆきました。ご維新から、そうですな、もう二百年にはなりますかな。

あとがき：自転車とツイッター

あのころはツイッターというものがあり、世界中の人が使っていました。

あのころは自転車というものがあり、これも世界中で使われていました。

本書の収録作を書いてきた十年ちょっとのあいだ、これら二つがいつも私の生活の中心にありました。


わが人生は自転車の鞍上《あんじょう》にあり、といえるほど、よく自転車に乗った歳月でした。子の送り迎え、遠方のスーパーへの買い出し、さらに遠くの飲食店で書き物をするための移動。自動車がなくても暮らしていけるぎりぎりの境目ぐらいの郊外に長く住みましたが、それはつまり、自転車がなければだいぶ不便な土地ということです。小説を書くことが自転車に乗ることとほぼセットになっている、そういう年月でした。


ツイッター、辞書的な定義でいうと百四十字以内の短文を投稿するSNS、によく書き込みをした十年余りでもありました。

ナンセンスな文章を書くのが昔から好きで、ネタを雑誌に投稿したり、自分のホームページに載せたりしていましたが、ツイッターはまさにそういう文を発表する場としてはうってつけだったのです。

#twnovelというハッシュタグを付して、極小の小説を投稿するのがひとつの文化として広がったときに、私もそれに加わり、二〇〇九年に、ハッシュタグ作品を含む自分のツイートをまとめて「紙片50」と題し、文芸全般を対象とした同人誌販売イベントである「文学フリマ」で売りました。作家の円城塔さんが買ってくださり、書評家・翻訳家の大森望さんに見せ、大森さんが創元SF文庫の『量子回廊　年刊日本SF傑作選』に採録してくださって、これがデビューのきっかけになりました。

本書に収められた作品の多くが、私自身のツイートを種として育ったものです。たとえば、「トーキョーを食べて育った」は、〝アトミックパンク〟なる架空のSFジャンルのアンソロジーを読みたいというツイートから生まれました。あらゆる機械が小さな原子炉を内蔵する世界を舞台にしたジャンルがあったらいいなと思ったのです。こんなことを書いています。〈スチームパンクの歯車コンピュータが摩擦熱を無視したように、アトミックパンクの原子力デバイスは放射線遮蔽の問題を無視していい〉。「トーキョー……」は短編小説と呼べる分量で書いた初めての作品で、これが小説家としての実質的なデビュー作だと思っています。

結びのところには、広島の原爆死没者慰霊碑に書かれた「安らかに眠って下さい　過ちは繰返《くりかえ》しませぬから」の一文を忍ばせています。白い船は第五福竜丸（であったはずのもの）です。主人公の名前は、プリンスの名曲「Sign O' the Times」の歌詞からいただきました。

スパムメールについて、あと十年もすればこういったものが二本足で歩いてくるということなんですよ、とツイートしたのが「二本の足で」の原型です。作中での移民に対する日本の政府と社会の仕打ちはひどいものですが、現実の日本はこの未来には繋《つな》がらない、けれど違った意味でひどい道へ進んでしまったことを、ここにも書き残しておきたいと思います。

〈周回軌道上のピアノで、宇宙服を着た奏者が演ずる4分33秒（演奏直後にピアノは再突入）〉とツイートしたのを「再突入」の冒頭に仕立て、そこから〈再突入芸術〉というアイデアも生まれました。

本書をまとめつつあるまさにそのときに、大規模言語モデルの急発展がおこり、ＡＩの世界は一変しました。この中編がいまどう読まれるか、この先どう読まれるものになるか、そして、自分が生きているあいだに〝表現〟はどうなるのか、興味津々です。

〈ひとの笑い声をまねるのが上手《うま》いオウムに見えますが、鬼なのですよ〉
〈これはわたしの可愛《かわい》がっているかたつむりですが、鬼なのですよ〉
〈駅のように見えますが、鬼なのですよ〉
と続けてツイートしたことがありました。最後のひとつが「あかるかれエレクトロ」の一行目になりました。なお、作中に登場する猪猿《いのましら》公園というのは架空の公園で、井の頭公園を訪れたり、京王井の頭線に乗ったりするときには必ずこの猪猿公園または京王猪猿線にまつわる小咄《こばなし》をツイートするという個人的習慣があります。
「あかるかれエレクトロ」の初出は、作曲家・作家・翻訳家・アンソロジストの西崎憲さんが編集長を務めた『文学ムック たべるのがおそい』vol. 3です。この号では〈Retold 漱石・鏡花・白秋〉という特集が組まれ、私は泉鏡花を再話するものとしてこの作品を書きました。

原稿を提出してひと月ほど後に、妻の発案で金沢へ旅行しました。鏡花の生地だということはすっかり忘れていました。そして、白鳥路で、うさぎを抱いた作家の像にばったり出くわしたのです。あわてて予定を変更し、市内にある泉鏡花記念館を訪れました。寄っていきなさい、と作家に手招きされたかのようでした。

台所で夕飯をつくるかたわら、小さな画面にフリック入力で打ちこんだナンセンスな文をツイートするのが、ここ十年ほどは日課のようになっていました。

そんなふうにネタを打ちこむ気分のまま全文を書いたのが先述の「あかるかれエレクトロ」、そして「生首」と「あなたは月面に倒れている」です。

私の小説はどれもおおむねこの同じ気分から始まっていて、そこから先は作中の現実に対して作者が誠実であるか不誠実であるかでふたつに分かれるように思います。この短編集では、誠実なほうを前半、そうでないのを後半にまとめました。

「あなたは月面に倒れている」は、ツイートで書くようなネタだけを連ねて小説を作るという最初の試みです。読者がうんざりするくらいの長さにしようと思い、自分でもうんざりするほどの長さにできました。

「生首」には、ひとつだけ事実に基づくエピソードが含まれています。語り手がやる、視界の隅で人の顔がへんになるのを見るという遊びは、私自身が子どものころによくやったものです。

SFアンソロジー『Genesis　一万年の午後』に収録された「生首」について、どこがSFなのかと訊《たず》ねられたらどう答えようかと、刊行当時に少し考えました。思いついたのは、ロジックによってなんらかの飛躍に至るものをSFと定義するなら、「生首」もSFの範疇《はんちゅう》であろう、ということです。一般的なSFと「生首」のあいだには、飛躍を得るための方法がロジックの組み立てであるか、それともロジックの破壊であるかという些《さ》細《さい》な違いしかないのである、と。その論でいえば、この短編集に収められた作品はすべて間違いなくSFです。

「夕暮にゆうくりなき声満ちて風」には、小説を書くようになる前に没頭していたグラフィック・デザイン系の表現の名残《なご》りがあります。書かれていること以上に、それぞれの見開きでデザインのロジックが異なる（たてよこに編む、中心へむかって渦巻き状になっている、曲がり角を多用する、など）ことが自分にとっては重要でした。ページの端はすべてほかのページの端につながるようになっています。

先述の文学フリマで、この手法を使った組み立て式の立体小説を「紙片50」と併せて売ったのが始まりですが、大森望さんが『量子回廊』への収録と一緒に河出文庫のアンソロジー『NOVA2』への新作の寄稿も依頼してくださったので、同じ手法で平面作品として書いてみたのでした。

ツイッターは、かわいい動物の動画をたくさん見られる場所でもありました。「おうち」は、そういう動画を通じて感じた猫の心の不思議さを拡大し、エイリアンとしての未来の猫を描いた、猫と暮らしたことのない人間による猫小説です。本書の収録作は、だいたいどれもある種のエイリアンについての作品であるといえるかもしれません。

二〇一六年、しばらく悩んだのちにツイッターの使い方を変えました。ナンセンスな文だけでなく、政治や人権にかかわるトピックについても積極的にツイートやリツイートをするようになりました。世の中を変えることはそう簡単でないとしても、連帯の表明は可能であるし、必要だと考えたのです。

書き下ろしの「天国にも雨は降る」は、そういう方向転換から生まれたものです。現代のスナップショットとしてのＳＦであるとともに、〝インターネットの夢〟への挽歌《ばんか》でもあります。

ＳＦを好む人にとって、二十世紀末から二十一世紀初頭までの数十年は、ちょっと特別な時代だったと思っています。それまでの半世紀ほどのあいだに育まれた未来へのイマジネーションがつぎつぎに現実のものになるのを体験する年月でした。想像と現実のあいだによこたわる、ときに越えがたい溝についてもよく考えさせられました。

二十一世紀についての小説をたくさん読んで育ったあとで二十一世紀に暮らし、ＳＦのなかの印象的な年をひとつひとつ飛び石を踏むように生きながら、二十一世紀後半や二十二世紀についての小説を書いている、このことをしみじみ不思議に思います。

街のどうでもいいとこ全部すきだな、といつだかにツイートしました。

どこに住んでもその土地への愛着を育んでしまう性分で、ほかの人が見たらこれといって魅力を感じないであろう場所にも安らぎを覚えます。コンクリートの土台をさらした草ぼうぼうの空き地も、そっけないガードレールに囲まれた用途不明の一角も、なんだか好きなのです。

そういった景色を眺めてペダルを漕《こ》ぐはてしない時間のエッセンスが、どの作品にも残っているような気がします。

百万年ほどが過ぎ、ツイッターを覚えている人はいなくなりました。自転車や人類の姿もそうそう目にすることはなくなりました。けれど、宇宙に漂ういくつかの石つぶにその痕跡を見つけることができるかもしれません。

初出一覧

二本の足で　早川書房〈S-Fマガジン〉二〇一六年四月号

トーキョーを食べて育った　河出文庫『NOVA10』二〇一三年七月

おうち　東京創元社〈紙魚の手帖〉vol. 3 二〇二二年二月

再突入　早川書房『AIと人類は共存できるか？　人工知能SFアンソロジー』二〇一六年十一月

天国にも雨は降る　書き下ろし

夕暮にゆうくりなき声満ちて風　河出文庫『NOVA2』二〇一〇年七月

あなたは月面に倒れている　草原SF文庫『夏色の想像力』（同人誌）二〇一四年七月

生首　東京創元社『Genesis　一万年の午後』二〇一八年十二月

あかるかれエレクトロ　書肆侃侃房〈文学ムック　たべるのがおそい〉vol. 3 二〇一七年四月

創元日本SF叢書

倉田タカシ

あなたは月面に倒れている

2023年6月16日　初版

発行者
渋谷健太郎
発行所
（株）東京創元社
〒162-0814　東京都新宿区新小川町1-5
電話　03-3268-8231（代）
URL http://www.tsogen.co.jp

ブックデザイン
岩郷重力＋WONDER WORKZ。
装画
大河紀
装幀
岡本歌織（next door design）

DTP キャップス　印刷 萩原印刷
製本 加藤製本

乱丁・落丁本はご面倒ですが小社までご送付ください。
送料小社負担にてお取替えいたします。

ISBN978-4-488-01849-8 C0093